AF546660

SILVIA STOLZENBURG

Die Begine von Ulm

SILVIA STOLZENBURG

Die Begine von Ulm

Historischer Kriminalroman

GMEINER

Bei Fragen zur Produktsicherheit gemäß der Verordnung über die allgemeine Produktsicherheit (GPSR) wenden Sie sich bitte an den Verlag.

Dieses Buch wurde vermittelt durch die Autoren- und Projektagentur Gerd F. Rumler (München)

Im Ehnried 5, 88605 Meßkirch
Telefon 07575/2095-0
info@gmeiner-verlag.de

8. Auflage 2026

Lektorat: Claudia Senghaas, Kirchardt
Satz: Mirjam Hecht
Umschlaggestaltung: U.O.R.G. Lutz Eberle, Stuttgart
unter Verwendung eines Bildes von: © Elnur / shutterstock und https://commons.wikimedia.org/wiki/File:Christ_Carrying_the_Cross,_with_the_Crucifixion;_The_Resurrection,_with_the_Pilgrims_of_Emmaus_MET_DT3082.jpg
Druck: Custom Printing Warschau
Printed in Poland
ISBN 978-3-8392-2552-3

Für Effan, meinen unbezahlbaren Schatz

Prolog

Ein Waldstück in der Nähe von Ulm, Ende März 1412

»HEILIGE MUTTERGOTTES, STEH MIR BEI!« Die Worte waren kaum mehr als ein Flüstern. Die junge Frau, die sie vor sich hinmurmelte, kroch tiefer ins Dickicht und kauerte sich hinter einen kahlen Dornenbusch. Ihr dünnes Nachtgewand war zerrissen, die nackten Füße blutig von der Flucht über den stellenweise schneebedeckten Waldboden. Ihr Atem kam stoßweise, das Herz in ihrer Brust raste. Die Furcht sorgte dafür, dass sie weder den Schmerz noch die Kälte spürte, die unaufhaltsam durch das fadenscheinige Gewand drang. Sie machte sich so klein, dass die Zweige des Gestrüpps sie vollkommen verbargen.

Das Heulen des Windes in den Wipfeln der Bäume war laut und übertönte beinahe das wütende Bellen. In den Ohren der jungen Frau klang es wie der Ruf eines Dämons. Während sie die Beine an die Brust zog und mit den Armen umschlang, lauschte sie mit angehaltenem Atem in die Dämmerung.

Das Bellen wurde lauter.

Mit einem Wimmern machte sie sich noch kleiner und betete. »Barmherziger Vater, vergib mir meine Sünden. Erlöse mich von dem Bösen und lass dein Antlitz leuchten über mir«, wisperte sie. Ihre Hand wanderte zu ihrem Bauch. Das Kind darin war eine Frucht der Sünde, ein Balg des Teufels. Gezeugt ohne den Segen eines Priesters. Was Frauen wie sie im Jenseits erwartete, wusste sie nur zu gut.

Ihre Seelenwaage würde sich nach unten senken und sie zu einer Ewigkeit im Fegefeuer oder der Hölle verdammen. Sie schlug die Hände vors Gesicht und ließ den Tränen der Verzweiflung freien Lauf. Warum hatte sie kein gottgefälligeres Leben geführt? Wieso war sie den Versuchungen der Sünde erlegen und hatte Vergnügungen gesucht, vor denen die Pfaffen bei jeder Messe warnten? Weshalb war sie nicht wie ihre Schwestern damit zufrieden gewesen, einen anständigen Burschen zum Mann zu nehmen und in frommer Demut zu leben? Welcher Dämon hatte Besitz von ihr ergriffen, sie im Netz der Sünde gefangen? Sie wischte sich mit dem Handrücken über die Augen und schlug ein Kreuz vor der Brust. »Herr Jesus, erlöse mich«, flehte sie erneut.

Doch ihr Bitten schien auf taube Ohren zu stoßen, da sich zornige Rufe zu dem Bellen gesellten.

Er war fast bei ihr! Nicht mehr lange, dann würden die Hunde sie wittern, aus ihrem Versteck ziehen und sie zerfetzen. Die Furcht war wie ein wildes Tier, das seine Klauen in ihr Herz schlug. Seit Stunden war sie auf der Flucht, hatte bereits zu hoffen gewagt, dass Gott sie doch nicht verlassen hatte. Aber dann war sie immer tiefer in den Wald geraten, der mit jedem Schritt undurchdringlicher zu werden schien. Als eine Schlucht sie schließlich zum Umkehren gezwungen hatte, hatte das erste Bellen die Stille zerrissen. Seitdem waren die Vögel verstummt, und mit der Zeit war die Sonne hinter den Wipfeln verschwunden. Bald würde es ganz dunkel sein. Wenn er sie bis dahin nicht gefunden hatte, würde die eisige Kälte ihm die Arbeit abnehmen.

Sie vernahm ein Geräusch. Es dauerte einige Augenblicke, bis sie begriff, dass es ihre eigenen Zähne waren, die aufeinanderschlugen. Inzwischen waren ihre Glieder so steif, dass sie sich kaum mehr bewegen konnte. Ihre Zehen brannten, als ob sie in Flammen stünden, und sie wusste, dass es nicht mehr lange dauern würde, bis sie müde wurde. Was, wenn sie ihr Versteck verließ und ihn um Vergebung bat? Gewiss würde er Gnade zeigen. Sie tastete nach ihrem Rücken, der übersät war von Striemen und tiefen Wunden. Er hatte sie nur bestrafen wollen, nicht töten, redete sie sich ein. Wenn sie aufgab …

»Zeig dich, du verdammte Hure!«, hallte eine tiefe Stimme durch den Wald.

Sie wagte kaum zu atmen.

»Sucht sie!« Der Befehl galt den Hunden, deren Hecheln deutlich zu hören war.

Als sich plötzlich etwas neben der jungen Frau bewegte und mit einem Rascheln durch das Dickicht huschte, hätte sie beinahe einen Schrei ausgestoßen. Im letzten Moment presste sie die Hand auf den Mund und erstarrte.

Das Bellen der Hunde verwandelte sich in kehliges Knurren, dann stoben sie davon.

»Aus!« Ein Pfiff gellte durch den Wald, gefolgt von einem gotteslästerlichen Fluch. »Lasst den Hasen in Ruhe!« Die Schritte ihres Verfolgers entfernten sich.

Eine Zeit lang wartete die junge Frau, ob die Hunde zurückkehren würden, doch offenbar hatte der Hase sie von ihrer Fährte abgelenkt. Mit dem Mut der Verzweiflung nahm sie ihre letzte Kraft zusammen, kroch aus dem Dickicht hervor und sah sich zitternd um. Gott schien ihr Flehen erhört zu haben. Sie bekreuzigte sich erneut und humpelte mit steifen Beinen in die entgegengesetzte Richtung, aus der die Hunde gekommen waren. Sie musste nur lange genug laufen, dann würde sie irgendwann den Waldrand oder eine Siedlung erreichen.

Wenn sie nicht vorher erfror.

Während es immer dunkler wurde, stolperte sie auf zerschundenen Füßen einen kaum erkennbaren Pfad entlang. Der Mond war bereits aufgegangen, als sich die Bäume endlich lichteten und die erleuchteten Fenster eines Anwesens durch die kahlen Äste blitzten.

Mit einem Schluchzen schleppte sie sich über einen frisch gepflügten Acker auf die Gebäude zu, während der Mond hinter einer Wolke verschwand. Im Dunkeln war nicht viel zu sehen, weshalb sie ihren Fehler zu spät erkannte. Erst als der Mond sich wieder zeigte, sah sie, wohin sie gelaufen war. »Heilige Jungfrau Maria!«, keuchte sie und fiel, vor Erschöpfung zitternd, auf die Knie. Sie war direkt zurück in die Hölle gelaufen!

Kapitel 1

Ulm, April 1412

DIE ULMER WAREN eine Versammlung leichtsinniger Narren! Der Spielmann Gallus versicherte sich, dass er seine Sackpfeife richtig geschultert hatte, ehe er näher an das

Lagerhaus der Gräth, des städtischen Waag- und Zollhauses, schlich. Dieses befand sich nordwestlich des prunkvoll bemalten Rathauses, vor dem sich zahllose Buden und Läden von Kaufleuten drängten. Er duckte sich in die langen Schatten der Giebel, die vom Mondlicht gespenstisch beleuchtet wurden. Was er aus der Entfernung nur vermutet hatte, bestätigte sich, als er vor dem Lagerhaus anlangte: Eines der Tore des flachen Gebäudes stand einen Spalt offen. Ein Grinsen huschte über sein Gesicht, da weit und breit kein Stadtwächter zu sehen war. Vor dem direkt an das Lagerhaus anschließenden Gebäude, einem dreigeschossigen Fachwerkbau, stand ein halbes Dutzend leerer Karren, die vermutlich am nächsten Tag beladen werden sollten. Allerdings schienen sich die Besitzer in die Herbergen der Stadt zurückgezogen zu haben.

Die Nacht war kalt und ungemütlich, da es vor einigen Stunden angefangen hatte, leicht zu regnen. Obwohl er die Stadt als Fahrender eigentlich bei Sonnenuntergang hätte verlassen müssen, war Gallus noch auf der Straße – in der Hoffnung, einen Unterschlupf innerhalb der Stadtmauern zu ergattern. Er verzog das Gesicht. Wenn er ehrlich zu sich war, befand er sich nicht nur auf der Suche nach einem trockenen Platz zum Schlafen, sondern auch nach lohnender Beute. Die Anstellung, wegen der er nach Ulm gekommen war, hatte ihm ein anderer vor der Nase weggeschnappt. An Gallus' Stelle hatte ein aufgeblasener Lump aus der Gegend den Posten des Türmers und Stadtpfeifers erhalten, auf den Gallus gehofft hatte. Er schlug den Kragen seines abgetragenen Mantels hoch und schüttelte die letzten Bedenken ab. Wenn man ihn erwischte, konnte er sich damit entschuldigen, dass die Tür offen gestanden hatte. Strenggenommen beging er keinen

Einbruch. Nach einem letzten Blick auf den verwaisten Marktplatz eilte er zur Lagerhalle und schlüpfte hinein.

Im Inneren des riesigen Gebäudes war es nicht viel wärmer als im Freien. Es roch nach Holz, frisch gefärbten Tuchen, Gewürzen und eingesalzenen Heringen, außerdem nach kaltem Pferdeschweiß. Durch die Fenster in den Giebeln der Lagerhalle fiel etwas Mondlicht herein, wodurch die Umrisse der gelagerten Waren erkennbar wurden. In der Nähe der großen Tore befanden sich zahllose Ballen des »Ulmer Goldes«, wie man den in der Stadt hergestellten Barchent nannte. Dieses Gewebe aus Leinen und Baumwolle war so begehrt, dass es in die ganze Welt verschifft wurde.

Gallus ließ die Ballen links liegen und machte sich auf den Weg in den hinteren Bereich der Gräth. Dort reichten die Kisten und Fässer bis fast unter die Decke, von deren Balken pralle Netze herabhingen. Den Inhalt konnte Gallus trotz des Mondlichts nicht erkennen. Er folgte seiner Nase, bis er in einem Teil der Lagerhalle ankam, in dem sich kleine und große Säcke türmten. Die meisten waren bereits mit dem städtischen Stempel versehen, dem Zeichen dafür, dass sie gewogen und ihr Inhalt überprüft worden war. Gallus' Nase kitzelte. Der Duft von Pfeffer, Muskat, Kardamom und Zimt hing so schwer in der Luft, dass er spürte, wie ein Niesen in ihm aufstieg. Er presste den Ärmel auf Mund und Nase und rang den Drang nieder. Dann zückte er sein Messer, um ein paar der Säckchen aufzuschneiden und einige der kostbaren Körnchen in den Lederbeutel an seinem Gürtel abzufüllen.

Er hatte gerade die Klinge angesetzt, als er ein Geräusch vernahm. Mit einem lautlosen Fluch duckte er sich hinter einen prallen Salzsack und umfasste sein Messer fester.

»Schschsch!«, hörte er jemanden zischen.

Ein Poltern folgte, dann ein Geräusch, als ob jemand mit einer Brechstange den Deckel einer Kiste aufbrach.

Gallus zog die Brauen hoch. Offenbar war er nicht der einzige Strolch, dem die offen stehende Tür aufgefallen war. Obwohl ihm sein Verstand sagte, dass es klüger war, in seinem Versteck zu bleiben, gewann die Neugier die Oberhand. Vielleicht erkannte er die Kerle und konnte dieses Wissen später gewinnbringend nutzen. So leise wie möglich kroch er hinter dem Salzsack hervor und schlich in die Richtung, aus der die Geräusche kamen.

Je weiter er sich vom Gewürzlager entfernte, desto stärker wurde der Geruch nach eingesalzenem Fisch. Es dauerte nicht lange, bis Gallus eine lange Reihe von Fässern erreichte, in denen er Heringe vermutete. Sämtliche Fässer waren unversiegelt und warteten offenbar noch darauf, mit dem Stempel der Stadt versehen zu werden. Als Holz splitterte, zuckte er zusammen. Ein platschendes Geräusch folgte, dann schien jemand Nägel in einen Deckel zu schlagen, um ein Fass zu verschließen.

»Nichts wie weg hier!«

»Noch nicht. Die Zeichen!«

Etwas kratzte über Holz, ehe sich die Schritte der Männer entfernten.

Gallus wartete, bis wieder Ruhe eingekehrt war, und näherte sich vorsichtig der Stelle, an der sich die Männer an den Fässern zu schaffen gemacht hatten. Auf halbem Weg trat er auf etwas Weiches, das empört fauchte. Die Hand mit dem Messer zuckte nach vorn, während Gallus' Herz beinahe einen Überschlag machte. Es fauchte erneut, dann stob etwas zwischen seinen Beinen hindurch und suchte das Weite.

Eine Katze! Gallus blies die Wangen auf und ließ die Luft durch die gespitzten Lippen entweichen. Die Hand mit dem Messer zitterte. Er schalt sich einen Narren. Es war nur eine Katze, nichts weiter, versuchte er, sich selbst zu beruhigen. Während sein Herz immer noch so heftig schlug, dass er es in seiner Halsgrube spüren konnte, schlich er auf Zehenspitzen weiter. Im schwachen Mondlicht sah er auf dem Boden etwas glitzern. Als er in die Hocke ging, um es zu betasten, stellte er fest, dass es sich um einen Hering handelte. Mit einem Stirnrunzeln hob er den Fisch auf und schnupperte daran. Er roch nach Salz, Zwiebeln und Essig und schien noch nicht lange auf dem Boden zu liegen.

Merkwürdig, dachte er. Wenn die Kerle im Lagerhaus eingebrochen waren, um etwas zu stehlen, warum hatten sie sich dann mit den Salzheringen zufriedengegeben? Er trat näher an die Fässer und sah, dass an einem von ihnen Flüssigkeit hinabrann. Außerdem war der Deckel des Fasses mit hastig hingekritzelten Kreidezeichen versehen. Gallus beugte sich tiefer, um besser sehen zu können. Als er die Zeichen erkannte, erschrak er bis ins Mark. »Was, bei allen Heiligen …?«, murmelte er und sah sich nach etwas um, mit dem er den Deckel öffnen konnte. Nicht weit entfernt lag eine Eisenstange auf dem Boden. Ohne zu zögern, hob Gallus sie auf und hebelte den Deckel auf.

Der Inhalt des Fasses ließ ihn ein entsetztes Keuchen ausstoßen. Die Eisenstange fiel polternd zu Boden.

»Heda! Was hast du hier zu suchen?«

Gallus fuhr zusammen.

»Gib dich zu erkennen! Wer bist du?« Ein Mann mit einer Laterne kam einen der schmalen Gänge entlang auf

Gallus zu. Seine Hand wanderte zu dem Dolch an seinem Gürtel.

Die Erstarrung fiel von Gallus ab. Er machte auf dem Absatz kehrt und rannte wie von Furien gehetzt davon.

»Bleib hier, du Strauchdieb!«, rief ihm der Mann hinterher.

Aber Gallus dachte nicht daran. Er machte erst Halt, als er einen Schlag und einen kehligen Schrei vernahm. Das Geräusch eines zu Boden fallenden Körpers folgte, dann entfernten sich Schritte. Die darauf folgende Stille war unheimlich. Gallus spürte, wie sich die kleinen Härchen auf seinen Unterarmen aufrichteten. Obwohl es ihn zur Flucht drängte, machte er kehrt, um nachzusehen, was geschehen war. Schon von weitem sah er, dass der Mann, vor dem er davongerannt war, reglos am Boden lag. Seine Laterne war erloschen, der Deckel des Fasses, das Gallus geöffnet hatte, wieder an seinem Platz.

Der Mann gab ein Stöhnen von sich. Als er den Kopf hob und begann, auf Gallus zuzukriechen, ergriff der Spielmann die Flucht.

Kapitel 2

Ulm, April 1412

Die Luft an diesem sonnigen Apriltag war frisch und trug den Duft des blühenden Bärlauchs aus dem Garten der Beginensammlung heran. Auf den Dächern der Ställe und Scheunen schimpften die Spatzen, während der Schmied die Hufe der Zugtiere neu beschlug. Es roch nach Heu, frisch gebackenem Brot und den Blüten der Kirschbäume, die von Bienen umschwärmt wurden. Die um den rechteckigen Innenhof angeordneten Fachwerkgebäude erstrahlten in frisch getünchtem Weiß. Die Ehehalten, die Knechte und Mägde der Beginen, waren emsig bei der Arbeit, schöpften Wasser aus dem Zugbrunnen und misteten die Ställe aus. Außerdem kümmerten sie sich um die reisenden Frauen, die in der Herberge der Sammlung untergebracht waren. Aus der Ferne trug der Wind das Schlagen von Zimmermannshämmern heran.

Mit einem Seufzen reckte die siebzehnjährige Anna Ehinger ihr Gesicht der Sonne entgegen und lächelte selig, als der Wind ihre Wangen kühlte. Nach einem Morgen voller harter Arbeit war sie froh, der Hitze der Hostienbäckerei entkommen zu sein und wenigstens einen Augenblick lang den Frühling genießen zu können. Obwohl sie jeden Tag dankbar dafür war, eine der zwölf Schwestern zu sein, die in dem großen Anwesen in der Frauengasse lebten, wünschte sie sich an Tagen wie diesem, frei zu sein wie ein Vogel. Neidisch beobachtete sie das Spiel der Spatzen, die ausgelassen auf den Dachgiebeln herumhüpften.

Da die Meisterin der Sammlung zusammen mit der Kornmeisterin und der Kellerin am Vortag in das Dorf Ersingen aufgebrochen war, über das die Schwestern die Gerichtsbarkeit besaßen, trug Anna bis zu ihrer Rückkehr mehr Verantwortung als sonst. Zwar waren die Zinsmeisterin und die Schreiberin in Ulm geblieben, doch diese beiden Amtsschwestern verließen die Schreibstube und die Bibliothek nur selten. Die anderen Schwestern und Novizinnen hatten mit der Schulspeisung und dem Unterricht der Mädchen alle Hände voll zu tun, weshalb es Annas Aufgabe war, sich neben den Hostien auch um die Tränke und Arzneien für das Heilig-Geist-Spital zu kümmern. Sie war froh, dass die Fastenzeit vorüber war. Denn in den Wochen vor Ostern waren die Beginen verpflichtet, Tausende von kleinen und großen Oblaten an die Frauenpfarrei und das Predigerkloster zu liefern. Das Backwerk vom heutigen Tag würde – wie das der gesamten nächsten Woche – nach Italien verschifft werden.

Mit einem Seufzen strich sie sich das graue Gewand glatt, unter dem sie eine weiße Haube und ein Gebende trug, um ihre Keuschheit zu bezeugen. Zwar waren die Beginen nicht zu lebenslanger Ehelosigkeit verpflichtet, doch bisher hatte Anna nie den Wunsch verspürt, die Sammlung zu verlassen, um eine Familie zu gründen. Sie war zufrieden mit ihrem Leben und konnte sich nicht vorstellen, einen der hohlen Gecken zu heiraten, die in ihren schreiend bunten Gewändern durch die Stadt stolzierten. Sie wollte sich gerade auf den Weg in die Kräuterküche machen, als zwei etwa achtjährige Jungen aus einem der Ställe auf den Hof rannten und anfingen sich zu balgen.

»Lass das! Gib es wieder her!« Der Kleinere der beiden zog den anderen am Ärmel und versuchte, ihm etwas zu entwinden.

Ein Lächeln huschte über Annas Gesicht.

»Es gehört aber mir!«

»Stimmt nicht. *Ich* habe es gefunden!«

»Hast du nicht!«

»Doch!«

Der Größere schlug nach dem Kleinen, der sich heftig zur Wehr setzte.

Annas Lächeln verwandelte sich in ein Stirnrunzeln. Ohne zu zögern, eilte sie über den Hof auf die beiden Streithähne zu und packte den Größeren beim Kragen. »Was soll das?«, fragte sie. »Warum hast du ihn geschlagen?«

Die Bengel senkten die Köpfe und starrten beschämt auf ihre nackten Zehen.

Anna ließ das Hemd des Jungen los. »Ich habe dich etwas gefragt.« Es fiel ihr schwer, so streng zu sein, da die beiden sie an ihre jüngsten Brüder erinnerten, die sie schon viel zu lange nicht mehr gesehen hatte.

»Er hat mir mein Küken weggenommen«, beklagte sich der Kleinere und schob die Unterlippe vor. Es sah aus, als ob er gleich anfangen wollte zu heulen.

»Stimmt nicht«, widersprach der andere Bengel. »Und du bist eine Petze!«

Anna versetzte ihm einen Klaps auf den Hinterkopf. »Zeig mir das Küken«, sagte sie.

Einen Augenblick lang sah der Junge trotzig auf den Boden. Dann streckte er ihr die Hand entgegen und öffnete widerwillig die Faust.

Ein zerzauster gelber Federball kam zum Vorschein.

»Es ist meins!« Der Kleinere wollte nach dem Küken greifen.

Aber Anna hielt ihn davon ab. »Bringt es zurück in den Stall«, befahl sie. »Ihr könnt froh sein, dass Schwester Agnes nicht hier ist.«

Bei der Erwähnung der Meisterin erbleichten die Bengel.

»Und jetzt geht wieder an die Arbeit. Das nächste Mal lasse ich euch nicht so glimpflich davonkommen.« Anna sah ihnen nach, als sie über den Hof stoben und wenig später in einem der Stallgebäude verschwanden. Sie benahmen sich nicht nur wie ihre jüngeren Geschwister, sie sahen ihnen auch ähnlich. Aber vermutlich ähnelten sich alle kleinen Jungen. Sie machte mit einem Kopfschütteln kehrt, schob die Gedanken an ihre Brüder beiseite und tauchte in die Schatten eines Arkadengangs ein. Kurz darauf betrat sie die Kräuterküche. Da der Raum nur zwei winzige Fenster besaß, war es angenehm kühl, obwohl unter der gemauerten Kochstelle ein kräftiges Feuer prasselte. Der Funkenhut über der Kochstelle war mit einem Schornstein verbunden, dennoch hing immer etwas Rauch in der Luft. Anna ging zu den Fenstern, um die Läden zu öffnen. Dann überlegte sie, womit sie anfangen sollte. Schlichte Regale, bis obenhin gefüllt mit Behältnissen aller Art, säumten zwei der Wände. Auf einem kleinen Tisch lagen etwa ein halbes Dutzend Bücher. Außerdem befanden sich zwei Zuber, Mörser, Kessel, Schüsseln und ein großer Hacktisch im Raum. Da Anna nicht alle Rezepte auswendig kannte, schlug sie eines der illustrierten Kräuterbücher auf und begann, die Zutaten für Betonienwein, Mutterkrautsuppe und Veilchencreme zusammenzusuchen.

Bei den Heilmitteln für Frauenkrankheiten war es wichtig, zwischen den Temperamenten zu unterscheiden, da Sanguiniker, Choleriker, Phlegmatiker und Melancholiker an einem charakteristischen Ungleichgewicht der Körpersäfte litten. Bei fehlender Blutreinigung konnten sich aus diesem Ungleichgewicht schwere Krankheiten entwickeln, zu denen der Brustkrebs, Hauterkrankungen oder Krampfadern zählten.

Laut der Schriften in der Bibliothek gehörten die molligen, schönen Frauen zu den Sanguinikern. Sie waren kinderlieb, fruchtbar und liebenswürdig, wohingegen die cholerischen Frauen meist stark, klug, gefürchtet und mit einer natürlichen Autorität ausgestattet waren. Wie die Meisterin. Anna selbst rechnete sich zu den Melancholikern, die ein schlankes und hochgewachsenes, dunkles und oft wankelmütiges Wesen auszeichnete. Die meisten anderen Schwestern schienen Phlegmatiker zu sein, ernst und tüchtig.

Während Anna Betonienkraut hackte und es mit Wein vermischte, dachte sie über all die anderen Theorien über Frauen und Empfängnis nach, die sie gelesen hatte. Wenn man den alten Abhandlungen Glauben schenkte, enthielt der männliche Samen einen Homunculus, einen winzigen Menschen, der in der Gebärmutter der Frau ausgebrütet wurde. Oft schon hatte Anna sich gefragt, warum dieser Homunculus nicht beim Mann ausgetragen wurde, dessen Leib für stärker, wärmer und vollkommener gehalten wurde als der der Frau. Sie erinnerte sich daran, gelesen zu haben, dass der weibliche Körper schwächer, feuchter und poröser war als der des Mannes. Der Grund für diese Schwachheit war offenbar, dass der weibliche Körper die Nahrung nicht bis zur letzten Stufe, dem Samen, sondern nur bis zur vorletzten Stufe, dem Menstruationsblut, verkochen konnte. Deshalb galten Frauen vielen Gelehrten als »verstümmelte Männchen«, wodurch ihre Unterlegenheit begründet wurde.

Während ihr diese Theorien durch den Kopf gingen, seihte sie die Flüssigkeit durch ein feines Sieb ab und stellte den fertigen Betonienwein zur Seite. Dann hackte sie getrocknete Mutterkrautblätter, übergoss sie mit kochendem Wasser und gab Butter, Dinkelgrieß und Salz hinzu. Schließlich holte sie einen Tiegel mit Olivenöl aus dem Regal und vermischte es mit Veilchenblättern und Ziegenfett zu einer Creme gegen Zysten in der Brust. Sobald die Arzneien abgekühlt waren, packte sie alles in einen großen Korb und versuchte, die in ihr aufsteigende Aufregung zu unterdrücken. Dennoch konnte sie nicht verhindern, dass ihre Gedanken zu Bruder Lazarus, dem neuen Siechenmeister des Heilig-Geist-Spitals, abschweiften. Zu ihrem Verdruss beschleunigte sich ihr Herzschlag, als sie die Kräuterküche verließ und auf das große Tor des Beginenhofes zusteuerte.

Kapitel 3

Ulm, April 1412

Wie jedes Mal, wenn sie die schützenden Mauern verließ, fühlte Anna sich einen Moment lang klein und verloren. Dazu trugen auch die abfälligen Blicke der Zisterziensermönche des gegenüberliegenden klösterlichen Pfleghofes bei. Wie die meisten in der Stadt ansässigen Brüder brachten die Zisterzienser den Beginen Misstrauen, wenn nicht gar Hass entgegen. Da auf dem Konzil von Vienne vor beinahe einhundert Jahren das Beginentum offiziell verboten worden war, galten Anna und ihre Mitschwestern vielen Geistlichen als Ketzerinnen. Obwohl sich die Sammlung den Barfüßermönchen angeschlossen und sich den Regeln des Ordens unterstellt hatte, wurden auch in Ulm immer öfter Rufe nach einer Schließung des Beginenhofes laut.

»Es ist eine Schande!«, hörte sie einen der Mönche zischen.

»Man sollte sie allesamt auf dem Scheiterhaufen verbrennen«, schnaubte ein anderer.

»Das sind Bräute des Teufels«, pflichtete ihm ein dritter bei.

Die Männer bekreuzigten sich und starrten Anna feindselig an.

Mit dem wohlbekannten Gefühl der Ohnmacht ignorierte sie die Verachtung der Mönche, drückte den Korb fester an ihre Hüfte und floh in Richtung Donau. Sie brauchte sich nicht zu fürchten! Ihr und den anderen

Schwestern würde nichts zustoßen. Niemand würde es wagen, sie zu verhaften oder gar hinrichten zu lassen. Schließlich stammten sie alle aus angesehenen Patriziergeschlechtern. Sie war eine Ehinger! Ihr Großonkel Lutz Krafft hatte als Bürgermeister vor fünfunddreißig Jahren den Grundstein für den Bau der Münsterkirche gelegt. Gewiss würde der Rat sie und die Sammlung beschützen, sollte es je zu einer Anklage kommen. Da ihr die Gedanken Übelkeit bereiteten, hielt sie sich davon ab, sich auszumalen, was trotz ihrer mächtigen Familie passieren konnte. Mit heftig klopfendem Herzen eilte sie nach Süden die Frauengasse entlang und wandte sich beim Ochsenbergle nach Osten. Vorbei am Predigerkloster der Dominikaner begab sie sich zum Heilig-Geist-Spital, vor dem der Andrang an diesem Morgen groß war. Fuhrknechte, Mägde, Werkleute und Bedürftige warteten vor dem Haus des Torwächters, und Anna reihte sich in die Schlange ein.

Vor ihr stritten sich zwei Metzger darüber, wessen Fleisch billiger war.

»Ich wette, du verwurstest auch Hunde«, brummte einer, dessen haarige Arme speckig glänzten.

»Das sagt der Richtige«, schnaubte der andere. Seine Schürze war voller Blut, um das Fleisch auf seinem Karren kreisten Fliegen. Einige der Stücke schillerten grün im Sonnenlicht.

Anna war sicher, dass der Kellerer den Mann samt seiner Ware nach Hause schicken würde. Jedenfalls hoffte sie das, da sie fürchtete, sonst in den nächsten Tagen zahllose verdorbene Mägen behandeln zu müssen.

»Ich ziehe den Bedürftigen wenigstens nicht den letzten Pfennig aus der Tasche«, sagte der Mann mit den haarigen Armen.

»Dafür verkaufst du ihnen …«

»Zur Seite! Lasst uns durch!«, wurde er von einem lauten Ruf unterbrochen. Es kam Leben in die Wartenden. Von hinten drängten sich zwei Stadtwachen mit einem Ochsenkarren an der Schlange vorbei. Auf der Pritsche lag ein lebloser Mann. Sein Gesicht war blutverschmiert, die Haut wächsern wie die eines Toten.

»Geht zur Seite! Er braucht Hilfe!«

Augenblicklich drängte sich eine Handvoll Gaffer um den Karren.

»Macht Platz!«, befahl der Torwächter. Er trat aus dem Torhäuschen und winkte einen Knaben zu sich. »Sag dem Siechenmeister Bescheid«, befahl er dem Jungen. »Bringt ihn zur Dürftigenstube«, wandte er sich an die Männer mit dem Wagen.

Neugierig reckte auch Anna sich auf die Zehenspitzen, um den Verletzten besser sehen zu können. Doch der Karren hatte sich bereits in Bewegung gesetzt und verschwand kurz darauf in einem der beiden Höfe des Spitals. Während die Menschen um sie herum anfingen zu tuscheln, kaute Anna aufgeregt auf ihrer Unterlippe herum. Vielleicht durfte sie Lazarus dabei helfen, den Verletzten zu versorgen. Auch wenn sie dadurch das Missfallen der für die weiblichen Hilfskräfte zuständigen Meisterin auf sich ziehen würde.

»Vermutlich wieder so ein armer Tropf, der vom Gerüst der Münsterbaustelle gefallen ist«, ließ sich einer der Werkleute vernehmen. »Der Tracht nach muss es ein Zimmermann sein.«

»Wenn du mich fragst, hat ihm jemand den Schädel eingeschlagen«, widersprach ein Fuhrmann.

»Dich fragt aber keiner.«

Einige der Männer lachten.

»Das wäre der dritte Unfall in diesem Monat«, mischte sich ein weiterer Handwerker ein.

»Es ist ein Zeichen, das man kein Bauwerk errichten soll, das so hoch ist, dass es das Reich Gottes gefährdet«, meldete sich eine rundliche Frau zu Wort. »Dieser Turm wird nichts als Leid und Elend über die Stadt bringen, weil der Allmächtige uns für unseren Hochmut bestrafen wird!«

»Was geht es dich an, Weib?«, fragte der Handwerker.

»Gottes Zorn geht uns alle etwas an«, gab die Frau zurück und schlug ein Kreuz vor der Brust.

»Das war nicht Gottes Zorn. Der Kerl war vermutlich betrunken.«

»Woher willst du das wissen?«, fragte die Frau. »Glaubst du, Gottes Wege besser zu kennen …?«

»Ach, sei still, Weib!«

»Vielleicht ist ihm ein Dämon in den Arsch gekrochen und durch seinen Schädel wieder aus ihm gefahren«, lästerte ein anderer.

Die Frau schüttelte den Kopf und griff nach dem Kruzifix an ihrem Hals. »Ihr seid Narren. Verblendete Narren!«

Erneut lachten einige der Männer, andere hingegen blickten gescholten zu Boden.

Anna wusste nicht, was sie von dem Gerede halten sollte. Auch sie hatte davon gehört, dass der Bau des Münsterturms die Gemüter erhitzte. Einige Mitglieder des Rates fürchteten offenbar, dass Gott die Ulmer genauso für ihren Frevel bestrafen könnte wie die Babylonier. Andere hingegen waren der Ansicht, dass mit dem Bauwerk Gott besser gehuldigt wurde als irgendwo anders im Land. Auch die Beginen hatten sich schon öfter darüber unterhalten, da die Meisterin die Meinung der Mahner teilte.

Als sich die Schlange wieder in Bewegung setzte, verstummte der Streit, und wenig später betrat Anna den kleineren der beiden Spitalhöfe. Zu ihrer Rechten befanden sich Scheunen, Ställe und Fruchtkästen, zu ihrer Linken ragte die Spitalkirche in den blauen Himmel. Eine Bäckerei, mehrere Wirtschaftsgebäude und eine Schmiede schlossen an die Kirche an. Gegenüber dem Tor befand sich die Dürftigenstube, hinter der einer der Türme der Stadtbefestigung aufragte. Durch einen Bogengang neben der Kirche gelangte man in einen zweiten, größeren Hof. In dessen Mitte befand sich ein Ziehbrunnen, aus dem mehrere Mägde Wasser schöpften. Daneben waren die Fuhrwerke und größeren landwirtschaftlichen Geräte des Ordens abgestellt. Östlich der Kirche prangte das stattliche Haus des Spitalmeisters mit einer Kapelle. Den Abschluss des größeren Hofes bildeten die Häuser für die Pfründner, die alten Insassen des Spitals, eine Badestube und ein Speisesaal. Im Schatten der Stadtummauerung befanden sich ein kleiner Friedhof und ein Kräutergarten.

Wie immer herrschte reger Betrieb in den Höfen, da nicht nur zahlreiche Kranke und Bedürftige im Spital wohnten. Außer Lazarus, dem Siechenmeister, kümmerten sich Dutzende von Ordensbrüdern um die männlichen Kranken, wohingegen die weiblichen Insassen von der Meisterin, zwei im Spital wohnenden Schwestern und einer Milchmutter versorgt wurden. Das Geschrei von Neugeborenen vermischte sich mit dem Brüllen der Todkranken und dem Blöken der Ziegen und Schafe.

Aus dem einheitlichen Schwarz der Schwestern und Mönche stach ein bunt gekleideter Mann hervor, der sich mit dem Magister Hospitalis, dem Spitalmeister, vor dessen Haus unterhielt. Der Austausch wirkte selbst aus einiger Entfernung hitzig. Die ärgerlichen Stimmen der Männer wurden über den Hof getragen. In dem bunt Gekleideten erkannte Anna einen ihrer älteren Brüder, der als städtischer Pfleger im Dienst des Rates stand. Zu seinen Aufgaben gehörte es, die Vermögensverwaltung des Spitals zu überprüfen und den Hospitalmeister und dessen Zinseinnehmer zu beraten.

Sein Besuch schien beim Magister Hospitalis auf keine große Begeisterung zu stoßen. »Was soll das? Wie oft wollt Ihr unsere Bücher noch sehen?«

»Der Rat hat mich beauftragt …«

»Der Rat hat hier keine Befugnis!«, fauchte der Spitalmeister. »Ich habe mich an Rom gewandt. Bevor ich keine Antwort von der Leitung unseres Ordens habe, werde ich Euch überhaupt nichts mehr zeigen!«

»Warum macht Ihr es Euch schwerer als nötig?«, fragte Annas Bruder. »Ihr wisst, dass Ihr nur noch dem Namen nach ein Orden seid. Ihr werdet Euch daran gewöhnen müssen, dass Ihr in Zukunft dem Kaiser und nicht dem Papst untersteht.«

»Einen Teufel werde ich tun!« Der Spitalmeister bekreuzigte sich erschrocken.

Selbst aus der Ferne war zu erkennen, wie erregt er war. Immerhin standen Fluchen, Gotteslästern und schweres Zanken im Spital unter Strafe und konnten zu einem Ausschluss der Insassen führen. Sein Gesicht hatte beinahe dieselbe Farbe wie das Ordenszeichen auf seiner Kutte, ein rotes Kreuz auf blauem Grund.

Als er den Kopf wandte und Anna direkt ansah, ergriff sie hastig die Flucht. Sie hoffte, dass er nicht wusste, aus welcher Familie sie stammte, da sie sonst vermutlich seinen Zorn zu spüren bekam. Während ihr Bruder weiter auf den Magister Hospitalis einredete, umklammerte sie den Korb fester und eilte in Richtung Dürftigenstube. Kurz darauf betrat sie die lange Gewölbehalle.

Kapitel 4

Ulm, April 1412

DER SPIELMANN GALLUS trat unschlüssig von einem Fuß auf den anderen. Seit Stunden wanderte er ziellos durch die Stadt und langte immer wieder, wie durch Zauberhand geführt, vor der Gräth an. Eigentlich hatte er am Morgen die Stadt verlassen wollen. Doch das, was er gesehen hatte, ließ ihn nicht mehr los. Das Entsetzen war ihm die ganze Nacht über im Nacken gesessen wie ein Gespenst. Als er nach langem Suchen endlich eine offen stehende Scheune gefunden hatte, in der er sich verkriechen konnte, war an Schlaf nicht zu denken gewesen. Immer wieder hatte er den Inhalt des Fasses vor sich gesehen und sich gewünscht, er wäre nie nach Ulm gekommen.

Inzwischen hatte man den Mann gefunden, allerdings schien dieser sich bis zu einer der Buden auf dem Marktplatz geschleppt zu haben. Dort war er blutüberströmt liegen geblieben und erst vor kurzem entdeckt worden.

Das Geschrei war groß, die Schaulustigen immer noch dicht gedrängt, obwohl der Verletzte inzwischen auf einen Karren geladen worden war. Gallus vermutete, dass man ihn in ein Spital brachte, doch die Kopfverletzung war so schwer, dass er gewiss bald versterben würde. Da konnten selbst die Pfaffen nichts mehr ausrichten. Jedenfalls hoffte Gallus das, da er fürchtete, der Mann könne jemandem von ihm erzählen.

Er sah sich verstohlen auf dem Marktplatz um.

Überall wimmelte es von Stadtwächtern, die jeden befragten, der nicht rechtzeitig das Weite suchte. Den Inhalt des Fasses in der Gräth schien man noch nicht entdeckt zu haben, da sich niemand um den Verkehr vor dem Waag- und Zollhaus kümmerte. Sicherlich nahmen die Wachen an, dass der Verletzte Opfer eines Strauchdiebes geworden war, auf offener Straße überfallen und halb erschlagen. Nur Gallus wusste es besser. Und je länger er im Schatten des Rathauses stand und das Gewimmel beobachtete, desto klarer reifte ein Entschluss in ihm. Es war ein gefährliches Spiel. Aber sofern er es richtig anstellte, konnte es lohnender sein als jede ehrliche Arbeit es je sein würde. Ein kaltes Lächeln huschte über sein Gesicht. Wenn er sich verriet, würde man ihn zweifelsohne festnehmen und in einen der Türme werfen. Doch das Risiko nahm er gerne auf sich. Denn falls sein Plan Früchte trug, würde er Ulm als reicher Mann verlassen.

Er blieb noch eine Weile, wo er war, während das Vorhaben in seinem Kopf weiter Gestalt annahm. Aufgrund der vielen Stadtwächter war es nicht ratsam, hier aufzuspielen. Deshalb kehrte er dem Marktplatz den Rücken und machte sich auf zur Münsterbaustelle, wo er auf viele Zuhörer hoffen konnte.

Als er den Holzmarkt hinter der Gräth erreichte, schlug die Glocke des Rathauses die volle Stunde. Wenig später gesellte sich die Glocke der Frauenkirche hinzu, des gewaltigen Münsters, auf das Gallus zusteuerte. Auch wenn er den Münsterplatz bereits mehrmals überquert hatte, erfüllte ihn der Anblick des riesigen Bauwerks auch heute mit Ehrfurcht. Das Geräusch von Metall auf Stein war weithin zu vernehmen. Der weiße Kalkstein des riesigen Kirchenbaus erstrahlte im grellen Sonnenlicht, das sich funkelnd in den Werkzeugen der Steinmetze fing. Überall hämmerten, klopften und zimmerten die Handwerker, während in schwindelerregender Höhe Mörtelträger ihre Lasten über Laufschrägen schleppten. Obgleich es nicht besonders stürmisch war, schwankten die hölzernen Stangengerüste im Wind. Gallus ließ den Blick über die Fassade der Kirche wandern, die zwar schon geweiht, aber längst nicht fertiggestellt war. Die Seitenschiffe standen erst bis zum neunten Joch unter Dach, das Mittelschiff war mit einem Notdach versehen. Das Nordostportal besaß bereits eine bunte Fensterverglasung, doch von dem ungeheuren Westturm waren erst das Erdgeschoss, die Vorhalle und das erste Obergeschoss abgeschlossen. Vor allem an diesem Teil der Kirche wurde gebaut, an einem großen Bogen zwischen Turmhalle und Mittelschiff mit einer Scheitelhöhe von etwas mehr als einhundertdreißig Fuß. Eine Zeit lang beobachtete Gallus gebannt, wie sich ein paar Handlanger mit einem Galgenkran abmühten, der von einem Laufrad angetrieben wurde. Schließlich suchte er sich einen Platz etwas abseits des Materiallagers und nahm die Sackpfeife von der Schulter. Nachdem er mit einer heiteren Melodie eine Schar Schaulustiger angelockt hatte, hob er zu dem Lied an, das er vor dem Rathaus gedichtet hatte.

»Es war in einer kalten Nacht,
der Wind war schneidend, das Mondlicht schwach,
als ein einsamer Wandersmann,
einen Platz für die Nacht zu suchen begann.
Er fand ein trutzig' Haus, bewacht,
hat sich dennoch dorthin aufgemacht,
ein Tor, ein Loch, er schlüpft hinein,
wird wohl des Nachts verborgen sein.
Da hört er etwas, schwer und schlagend,
und er weiß nicht, kann er's wagen?
Der Mut gewinnt, er schaut hervor,
und hört und lauscht und spitzt das Ohr.
Da fällt sein Blick auf finstere Gesellen,
die …, ja, was nur, wagen anzustellen,
Hört, ihr Leut' gar schrecklich Kunde?
Bald ist es wohl in aller Munde.«

Er blies zum Abschluss der Weise in die Sackpfeife, hopste ein wenig von einem Fuß auf den anderen und zog schließlich die Kappe vom Kopf, um sie herumzureichen. Während er sich demütig für die Pfennige bedankte, beobachtete er die Gesichter der Zuhörer unauffällig. Alle lachten, keiner wirkte angespannt. Gallus versuchte, die Enttäuschung im Zaum zu halten. Vielleicht war es besser so, ein Wink des Schicksals, die Torheit sein zu lassen. Denn falls seine Worte die Richtigen erreichten, würde er auf der Hut sein müssen wie eine Jungfrau allein im Wald.

Kapitel 5

Ulm, April 1412

»Hol den Wundarzt!«, hörte Anna Bruder Lazarus beim Betreten der Dürftigenstube rufen. »Die Wunde fängt wieder an zu bluten.«

Der Knabe, dem er den Auftrag gegeben hatte, flitzte in Richtung Badestube davon, wo der Wundarzt für gewöhnlich zu finden war.

Während Lazarus zur Vorsicht mahnte, wurde der Verletzte von zwei weiteren Gehilfen auf eines der Betten in dem Teil der großen Halle gelegt, der für besonders pflegebedürftige Kranke vorgesehen war.

Die Säulen, die das Kreuzrippengewölbe stützten, unterteilten die Siechenstube in drei Bereiche: einen für Männer, einen für Frauen und einen für Schwerkranke. An der westlichen Stirnseite befanden sich ein Brunnen und eine Kanzel, von welcher der Kaplan zweimal in der Woche die Predigt für die Sterbenden las. Da das Stundengebet der Sext bald beginnen würde, herrschte reger Betrieb in der Stube. Mägde und Knechte halfen den Kranken beim Ankleiden, derweil diese sich, teils lautstark jammernd, beklagten. Manche humpelten auf Krücken zum Ausgang, andere wurden getragen, wieder andere wirkten auf Anna vollkommen gesund. Wer kräftig genug war zum Arbeiten, würde vom Spitalmeister im Anschluss an den Kirchgang zum Kehren, Holzhacken oder zur Gartenarbeit eingeteilt. Nur diejenigen, die zu krank oder zu schwach waren, durften in ihren Betten bleiben, die sie sich je zu zweit teilten.

»Vorsichtig!«, herrschte Lazarus die Gehilfen an. »Passt auf seinen Kopf auf!« Sobald der Kranke richtig gebettet war, scheuchte er die Gehilfen davon.

Während Anna sich auf den Weg zu den Frauen machte, die unter Brustkrebs litten, um ihnen mit der Veilchencreme und dem Betonienwein Linderung zu verschaffen, schielte sie verstohlen zu Lazarus.

Er war hochgewachsen, schlank und hatte ebenso schwarzes Haar wie sie. Wohingegen ihre Augen von einem durchdringenden Blau waren, blickten seine braun und sanft auf den Verletzten hinab. Anna wusste von den klatschsüchtigen Mägden, dass er vor drei Monaten direkt aus Rom gekommen war, wo er an einer Universität studiert hatte. An seinem Hals hing ein großes silbernes Kruzifix, in dem sich das Licht der durch die Bogenfenster hereinfallenden Sonne fing. Seine Hände waren schlank, mit langen Fingern, die geschickt und behutsam das Haar des Mannes zur Seite strichen.

Als er aufsah und sein Blick Annas traf, errötete sie heftig.

»Schwester Anna!«, begrüßte er sie freudig.

Sie spürte, wie sich die Röte vertiefte. Jedes Mal, wenn er sie ansah, fing es tief in ihr an zu brodeln wie in einem überhitzten Kessel. Ganz offensichtlich hatte er keine Ahnung, was für eine Wirkung sein strahlendes Lächeln auf sie hatte. Sie unterdrückte die plötzliche Unsicherheit und erwiderte den Gruß.

»Würdest du mir helfen, ihn beim Aderlass festzuhalten?«, bat Lazarus.

Anna sah sich suchend um. Doch die anderen Ordensbrüder schienen sich alle in Luft aufgelöst zu haben. Lediglich sie, Lazarus und zwei Siechenmägde waren noch in der Stube, die übrigen Insassen befanden sich auf dem Weg zur Kirche.

Sie nickte. Auf etwas unsicheren Beinen näherte sie sich dem Bett und stellte ihren Korb am Fußende ab. »Was ist ihm zugestoßen?«, fragte sie.

Lazarus zuckte die Achseln. Er zeigte auf die staubigen Kleider des vor ihm Liegenden. »Er scheint Zimmermann zu sein. Vermutlich ein Unfall.«

Anna runzelte die Stirn. »Warum haben ihn dann die Stadtwächter ins Spital gebracht?«

»Das ist eine gute Frage.« Lazarus schürzte die Lippen. Er beugte sich tief über den Besinnungslosen und tastete vorsichtig seine Glieder ab. »Es ist nichts gebrochen«, stellte er fest. »Das spricht gegen einen Sturz oder einen herabfallenden Balken.«

»Wo hat man ihn gefunden?«, wollte Anna wissen.

Lazarus richtete sich wieder auf. »Danach habe ich die Wachen nicht gefragt.«

»Soll ich ihm eine Schafgarbenkompresse machen?«, fragte Anna. Das Spital verfügte über eine eigene Kräuterküche, in der sich die gängigsten Zutaten finden ließen.

»Das ist gewiss …«, hob Lazarus an.

»… kein guter Einfall, ehe ich ihn nicht behandelt habe«, wurde er vom Wundarzt unterbrochen, der in diesem Moment zu ihnen trat. Er war ein vierschrötiger Mann mit einem Gesicht wie von einem schlechten Steinmetz gehauen. Seine Augen waren durchdringend, der Mund hart und schmallippig.

Anna fürchtete sich ein wenig vor ihm, da er ohne Mitleid schnitt, brannte und stach. Seine Heilmittel waren Pflaster, Brenneisen und Buße. Das Brennen wandte er bei solch unterschiedlichen Erkrankungen an wie Kopfschmerzen, Leber-, Milz- oder Magenbeschwerden, Fisteln am Darm und Hämorrhoiden. Außerdem schwor er bei der Nachbehandlung von Bruch- oder Zahnoperationen darauf. Meist konnte man seine Anwesenheit in der Stube schon von weitem am Brüllen der Behandelten hören. Er stellte seine Tasche auf einem Schemel ab und zog ein großes, gebogenes Messer hervor. Damit schor er dem Verletzten den Kopf und betrachtete die Wunde. »Das war kein Unfall«, sagte er schließlich. »Diesem Mann wollte jemand den Schädel einschlagen.« Ohne auf eine Antwort von Lazarus zu warten, steckte er ein Brenneisen in die Glut eines der Kohlebecken. Während er darauf wartete, dass es heiß wurde, bedeutete er Anna und Lazarus, den Mann festzuhalten. Dann machte er mit dem Messer einen langen Schnitt in der Armbeuge des Kranken, um ihn zur Ader zu lassen. Als das Eisen rot glühte, zog er es aus dem Becken und drückte es auf die Kopfwunde.

Das Zischen ging Anna durch Mark und Bein. Augenblicklich stank es nach verbranntem Fleisch, doch der Verwundete gab lediglich ein schwaches Stöhnen von sich.

Nachdem der Wundarzt eine Salbe aufgetragen und den Kopf des Mannes verbunden hatte, packte er seine Instrumente wieder ein und erhob sich. »Ich komme morgen wieder«, sagte er. »Wenn sich über Nacht keine Fäulnis bildet und Gott seiner Seele gnädig ist, wird er vielleicht wieder gesund. Es ist allerdings ebenso möglich, dass er als sabbernder Narr aufwacht und sich nie wieder erholt.« Mit diesen Worten ließ er Lazarus und Anna stehen, um sich um den nächsten Kranken zu kümmern.

Anna legte die Hand auf die Wange des Mannes, um zu spüren, ob er Fieber hatte. »Er glüht«, stellte sie fest.

»Kannst du ihm etwas Meisterwurzwein einflößen?«, bat Lazarus.

Anna nickte. Meisterwurzwein stand in großen Krügen in der Küche des Spitals bereit, da die Brüder und Schwestern ihn fast täglich benötigten. »Wer er wohl ist?«, fragte sie, nachdem sie den Patienten zugedeckt hatte.

»Das wird die Stadtwache herausfinden müssen«, entgegnete Lazarus. »Unsere Aufgabe ist es, ihn zu heilen oder auf den Weg ins Jenseits vorzubereiten. Ich lasse eine der Mägde Tag und Nacht Wache an seinem Bett halten, damit ihm die Beichte abgenommen werden kann, sobald er aufwacht.« Lazarus nahm das Kruzifix ab und legte es dem Kranken auf die Stirn. Dann murmelte er ein Gebet und hängte sich das Kreuz wieder um. »Lass nach mir schicken, wenn er aufwacht«, bat er sie. »Ich muss mich um zwei der Pfründner kümmern.« Bevor Anna etwas erwidern konnte, kehrte er ihr den Rücken und machte sich auf den Weg zum Ausgang.

Anna blickte ihm nach, bis er durch die große Doppelpforte der Stube verschwunden war. Was bist du nur für eine dumme Gans, schalt sie sich, da ihr Herz wie ein Vogel in ihrer Brust flatterte. Jedes Mal, wenn sie ihm so nah war wie eben, schlichen sich Gedanken in ihren Kopf, für die sie Buße würde tun müssen. Lazarus war ein Mönch und sie eine Begine! Was auch immer ihr Verlangen ihr vorgaukelte, war nicht nur sündig, sondern auch unvorstellbar. Mit einem Seufzen hob sie ihren Korb vom Boden auf und ging in die Kräuterküche des Spitals. Dort legte sie Tücher in kaltes Wasser, kochte eine Kanne Schafgarbentee, goss Meisterwurzwein in einen Krug und begab sich zurück zu dem Kranken.

Der warf sich inzwischen unruhig in den Kissen hin

und her. Seine Zähne schlugen aufeinander, dennoch schwitzte er heftig.

Nachdem Anna ihm zwei kalte Wadenwickel gemacht hatte, setzte sie sich neben das Bett und schob die Hand unter seinen Hinterkopf. So behutsam wie möglich hob sie ihn an und hielt ihm einen Becher mit Meisterwurzwein an die Lippen.

Seine Augenlider bewegten sich.

»Trink das«, murmelte Anna. »Es hilft dir, gesund zu werden.«

Der Mann schien sie zu hören. Er stöhnte und begann heftiger zu blinzeln.

Anna hob seinen Kopf etwas weiter an. Obwohl ein Großteil des Weines an seinem Kinn hinabrann, gelang es ihr, ihm wenigstens ein Viertel des Bechers einzuflößen. Als ihr die Arme schwer wurden, bettete sie seinen Kopf wieder auf den Kissen. Sie erschrak, als seine Hand plötzlich ihren Arm umklammerte.

»Mörder«, hauchte er schwach.

Anna beugte sich tiefer. »Was?«

»Mörder.« Er schloss die Augen und sein Griff erschlaffte.

Anna sah entsetzt auf ihn hinab. Hatte sie richtig gehört? Hastig stellte sie den Becher ab und sprang auf, um nach Lazarus zu suchen.

Kapitel 6

Ulm, April 1412

Ohne auf die missfälligen Blicke der wenigen Brüder zu achten, die noch nicht zum Gebet in der Spitalkirche waren, stob Anna über den Hof zu den Häusern der Pfründner. Dort fand sie Lazarus in der Wohnung eines ehemaligen Ratsherrn, dessen Augen grau und trüb waren. Er war in Gesellschaft des Spitalbaders. Offenbar war dieser damit beschäftigt, den bettlägerigen Alten zu schröpfen, da er mehrere gläserne Schröpfköpfe auf seinem Rücken angebracht hatte.

»Lazarus!«, keuchte Anna.

Der Mönch wandte sich um und sah sie fragend an.

»Du musst sofort in die Stube kommen. Der Verletzte …« Sie brach den Satz mit einem Blick auf den Greis ab.

»Was ist mit ihm? Geht es ihm schlechter?«

»Er hat gesprochen.«

»Das ist ein gutes Zeichen. Was hat er gesagt?«

Anna schüttelte den Kopf. Sie wollte dem alten Mann keine Angst machen.

Lazarus runzelte die Stirn. Dann bat er den Bader, mit dem Schröpfen fortzufahren, und kam auf Anna zu. »Was hat er gesagt?«, fragte er erneut, sobald sie die Kammer des Greises verlassen hatten.

»Mörder!«

Lazarus schien nicht zu verstehen, da er sie verdutzt ansah.

»Der Kranke hat ›Mörder‹ gemurmelt«, erklärte Anna. »Mehr hat er nicht gesagt.«

Lazarus' Augen weiteten sich, als ihm die Tragweite dessen, was Anna ihm mitteilte, bewusst wurde. »Dann müssen wir sofort nach der Stadtwache schicken lassen«, sagte er nach einigen Augenblicken des Überlegens. Sein Blick wanderte über den Hof und blieb an der Pforte der Spitalkirche haften. Die Knechte und Laufburschen befanden sich genau wie die meisten Insassen und Pfleger beim Stundengebet. »Bleib bei dem Verletzten«, trug er Anna auf. »Ich hole die Wache.«

Bevor Anna protestieren konnte, eilte er davon und verschwand wenig später durch das Tor.

Während die Glocken über ihr allmählich verstummten, versuchte Anna, das Gefühl der Beklemmung in ihrem Inneren unter Kontrolle zu bringen. Plötzlich fühlte sie sich mutterseelenallein in dem riesigen Hof, in dem es sonst vor Leben nur so wimmelte. Hastig sandte sie ein Gebet zum Himmel, da es Gott gewiss nicht gefiel, dass sie ihre Christenpflicht versäumte, und machte sich zurück auf den Weg zur Siechenstube. Dort war außer ihr und den Bettlägerigen weit und breit niemand zu sehen. Dennoch fühlte sie sich beobachtet. Während sich eine Gänsehaut auf ihren Unterarmen ausbreitete, ging sie zur Bettstatt des Patienten und legte die Hand auf seine Wange.

Er glühte vor Fieber. Seine Haut wirkte noch wächserner als zuvor und sein Atem war flach und abgehackt. Er schien das Bewusstsein wieder verloren zu haben, da er nicht auf Annas Ansprache reagierte. Als sie versuchte, ihm noch etwas Betonienwein einzuflößen, rann ein Großteil der Flüssigkeit an seinem Kinn hinab. Sie stellte den Krug auf einen kleinen Tisch neben dem Bett und trocknete dem Kranken den Mund. Dann umfasste sie das Kruzifix an ihrem Hals mit beiden Händen und kniete sich neben das Bett. »Herr, ich traue auf Dich«, hob sie an. »Lass mich nimmermehr zu Schaden werden. Errette mich durch Deine Gerechtigkeit und hilf mir aus. Neige Deine Ohren zu mir und hilf mir! Sei mir ein starker Hort, dahin ich immer fliehen möge, der Du zugesagt hast, mir zu helfen. Denn Du bist mein Fels und meine Burg.« Sie senkte den Kopf und betete im Stillen weiter, bis einige Zeit später die Glocken der Kirche das Ende des Stundengebetes verkündeten. Sie war gerade zurück auf die Beine gekommen, als Lazarus in Begleitung zweier Wächter die Siechenstube betrat.

Furchtsam wich Anna einen Schritt zur Seite, als die Männer auf sie zueilten.

»Ist sie das?«, fragte einer der Soldaten.

Lazarus bejahte.

Die beiden Stadtwachen beäugten Anna mit unverhohlener Geringschätzung. »Du behauptest, er hätte etwas gesagt?«, herrschte der ältere der beiden sie an.

Anna nickte. Unvermittelt fühlten sich ihr Mund trocken und ihre Handflächen feucht an.

»Was hat er gesagt? Wiederhole es!«

»Nur ein einziges Wort«, gab Anna leise zurück. »Mörder.«

Der Stadtwächter trat ans Bett und blickte auf den Mann im Bett hinab.

»Wisst Ihr inzwischen, wer er ist?«, wollte Lazarus wissen.

Der Angesprochene nickte. »Ein Zimmermann namens Konrad. Der Ansicht des Hauptmanns nach ist der Kerl von einem Gerüst gefallen«, brummte er. »Ein Missgeschick.«

»Das glaube ich nicht«, widersprach Lazarus.

»Glauben könnt Ihr in der Kirche«, war die barsche Antwort.

Anna zog erschrocken die Luft ein. Wie konnte es der Mann wagen, so mit einem heiligen Bruder zu reden?

»Warum sollte er von einem Mörder reden, wenn er einen Unfall hatte?«, fragte Lazarus, ungerührt von der Respektlosigkeit des Mannes.

»Vermutlich hat sie sich verhört«, gab der Stadtsoldat zurück.

»Das habe ich nicht!«, brauste Anna auf, schlug jedoch sofort den Blick nieder, als die Wächter sie grimmig ansahen.

»Wir haben Wichtigeres zu tun, als uns von einem närrischen Weib die Zeit stehlen zu lassen! Der Mann verdankt die Beule seiner eigenen Unachtsamkeit.«

»Es ist weit mehr als eine Beule«, sagte Lazarus scharf. »Der Wundarzt ist der Ansicht, dass jemand versucht hat, ihm den Schädel einzuschlagen. Vielleicht solltet Ihr versuchen, mehr herauszufinden, anstatt einer Begine eine Narretei zu unterstellen.«

Der jüngere der Soldaten verzog das Gesicht.

»Beim Heiligen Georg!«, schimpfte der Stadtwächter. Er drückte seinem Begleiter den Spieß in die Hand und trat neben den Bewusstlosen. »Heda!« Er rüttelte ihn an der Schulter.

»Gebt acht!«, warnte Lazarus. »Er hat eine schwere Kopfverletzung.«

Der Wächter beugte sich über den Verwundeten und lauschte auf dessen Atem. Dann verlangte er nach einem feuchten Tuch.

»Was wollt Ihr damit?«, fragte Lazarus.

»Ihn aufwecken, was sonst?«

Da Anna es nicht wagte, den Befehl zu missachten, lief sie zum Brunnen und brachte dem Mann das Verlangte.

Der klatschte dem Zimmermann das Tuch ohne viel Federlesens ins Gesicht, was zur Folge hatte, dass der Kranke leise stöhnte. »Geht doch«, stellte der Wächter zufrieden fest. Als die Augenlider des Verletzten anfingen zu flattern, beugte er sich tiefer zu ihm hinab. »Kannst du mich hören?«, fragte er.

Der Mann zeigte keine Reaktion.

»Hörst du mich?«, versuchte er es noch einmal und machte Anstalten, den Kranken erneut an der Schulter zu packen.

»Das ist genug!« Lazarus trat zwischen ihn und die Bettstatt und funkelte ihn kampflustig an. »Ihr bringt ihn um! Ihr solltet euch auf die Suche nach demjenigen machen, der dafür verantwortlich ist.« Er zeigte auf den dicken Verband.

Der Stadtsoldat schnaubte. »Ihr habt uns keine Befehle zu erteilen! Wenn Ihr nichts Handfesteres habt als die Behauptung eines Weibes …«

Anna wich einen Schritt zurück, als die Männer auf dem Absatz kehrtmachten und an ihr vorbei aus der Siechenstube rauschten.

»Ich fürchte, das war Zeitverschwendung«, seufzte Lazarus. »Diese Narren!«

Anna sah ihn mit einer Mischung aus Furcht und Bewunderung an. Wie er den Männern die Stirn geboten hatte! »Glaubst *du* mir?«, fragte sie schließlich.

Lazarus nickte. »Weshalb solltest du eine Sünde begehen und die Unwahrheit sagen?«

Anna atmete erleichtert auf. Obwohl sie sich vor den

Wächtern fürchtete, war ihr wichtiger, was Lazarus von ihr dachte. »Was sollen wir jetzt machen?«

Lazarus rieb sich das Kinn. »Wir können nichts weiter tun, als ihn zu verarzten und dafür beten, dass der Herr Erbarmen mit seiner armen Seele hat.«

»Aber was ist, wenn die Wachen nicht nach demjenigen suchen, der dafür verantwortlich ist?«, fragte Anna.

Lazarus zuckte die Schultern. »Die Zukunft liegt nicht in unserer Hand.«

Kapitel 7

Ulm, April 1412

Der Spielmann Gallus warf einen Blick an den Himmel. Von Norden her zogen Wolken in Richtung Donau, die immer wieder die Sonne verdeckten. Auch der Wind war frischer geworden, weshalb er fröstelnd den Kragen seines fadenscheinigen Umhangs hochschlug. Da die Darbietung seines Liedes ihm zwar ein paar Pfennige eingebracht hatte, aber nicht das, was er wollte, beschloss er, zu einem anderen Platz weiterzuziehen. Inzwischen wusste er, dass Ulm über drei große Hauptplätze verfügte, den Marktplatz vor dem Rathaus, den Weinhof und den Platz vor der Kirche der Heiligen Jungfrau. Zudem gab es noch den Korn- oder Getreidemarkt, den Rossmarkt auf dem Gries neben dem Gänstor und den Grünen Hof bei den Predigern. Da er so viele Zuhörer wie möglich wollte, machte er sich auf den Weg zum Rathaus, auch wenn sich dort eine Wachstube befand.

Während der Wind immer unangenehmer wurde, näherte er sich dem gewaltigen, bunt bemalten Gebäude, das auf allen Seiten einen vergoldeten Glockenturm besaß. Die zahllosen Fenster zeugten von vielen Räumen, die große Glocke auf dem Dach schlug jede Stunde. Auf dem Platz vor dem Rathaus standen zahlreiche hölzerne Buden und Läden der Kaufleute, die dort zum Wochenmarkt ihre Waren feilboten. An diesem Tag waren die Katen jedoch verschlossen, dennoch herrschte reger Betrieb, da sich die Gräth nicht weit entfernt befand.

Obwohl Gallus ein ungutes Gefühl hatte wegen der Nähe des Waaghauses, aus dem er in der letzten Nacht geflohen war, nahm er seine Sackpfeife von der Schulter und hob an zu spielen.

»Es war in einer kalten Nacht,
der Wind war schneidend, das Mondlicht schwach,
als ein einsamer Wandersmann,
einen Platz für die Nacht zu suchen begann«,
trällerte er dieselbe Weise wie vor der Münsterkirche.

Wieder sammelten sich zahlreiche Schaulustige, warfen Münzen in seine Kappe und klatschten zu seinem Lied in die Hände. Über ein Dutzend Mal stimmte er es an verschiedenen Stellen des Platzes an, bis ihm ein Mann in der Menge auffiel, der ihn mit grimmiger Miene musterte. Er war einfach, aber nicht ärmlich gekleidet, vierschrötig und schien sich mehr für Gallus zu interessieren als die anderen. Obschon er darauf gehofft hatte, die Aufmerksamkeit der richtigen Leute zu erregen, kroch Gallus ein kalter Schauer über den Rücken. Sobald er seine Weise beendet hatte, verbeugte er sich, sammelte das Geld ein und machte Anstalten, den Platz zu verlassen. Er hatte gerade seine Sackpfeife geschultert, als der Mann auf ihn zutrat und ihm bedeutete, ihm in eine Gasse zu folgen, die ins Viertel der Fischer und Gerber führte. Zwischen seinen Fingern glänzte eine Silbermünze.

Gallus schluckte die Furcht, die in ihm aufstieg, tastete nach dem Messer an seinem Gürtel und bahnte sich einen Weg durch die Schaulustigen, die sich noch nicht wieder zerstreut hatten. Wenn er nicht ewig als Fahrender durch die Lande streifen wollte, war das, was er vorhatte, der einzige Weg. Er sah sich nach Verfolgern um, ehe er dem Mann hinterhereilte. Der schlug den Weg zu dem kleinen Flüsschen ein, das den Schmutz und den Unrat der Menschen davontrug, Mehl mahlte und neben den zahlreichen Brunnen die Ulmer mit Wasser zu versorgen schien. Als der Vierschrötige bei einem engen Durchgang zu einem Hinterhof ankam, verlangsamte er die Schritte und wandte sich zu Gallus um.

Der hielt einige Armlängen Abstand und legte warnend die Hand an seinen Dolch.

»Wer bist du?«, fragte der Mann. Er verschränkte die Arme vor der Brust.

»Niemand«, gab Gallus vorsichtig zurück. »Nur ein armer Spielmann, der versucht, sich seinen Unterhalt zu verdienen.«

»Was willst du mit deinem Lied bezwecken? Dass die Stadtwache dich festnimmt und verhört? Denkst du, das sind Narren?«

Gallus fuhr sich mit der Zunge über die plötzlich trockenen Lippen. »Ich könnte aufhören, es zu singen«, sagte er listig. »Allerdings müsste mir jemand die dadurch verlorenen Einnahmen ersetzen.«

Der Mann schnaubte. »Entweder bist du einfältig oder gierig.« Er steckte zwei Finger in den Mund und stieß einen gellenden Pfiff aus.

Daraufhin tauchte wie aus dem Nichts ein zweiter Mann auf, der drohend auf Gallus zukam. In seiner Hand blitzte eine Klinge auf.

Gallus reagierte im Bruchteil eines Augenblicks. Da ihm keine andere Wahl blieb, schleuderte er dem Mann, dem er gefolgt war, seine Sackpfeife entgegen. Während dieser überrascht aus dem Weg sprang, versetzte Gallus ihm einen Hieb und rannte an ihm vorbei in den Hinterhof. Zwar war es möglich, dass er dadurch in eine Falle tappte, doch zu seiner gewaltigen Erleichterung schien es am anderen Ende des Hofes einen weiteren Durchgang zu geben. Wie von Furien gehetzt, überquerte er den Hof und erreichte eine enge Gasse. Ohne sich umzusehen, floh Gallus weiter, bis er den Marktplatz erreichte, wo ihm die Menge Schutz bot. Er wagte nicht, die Schritte zu verlangsamen, da er fürchtete, dass die Männer ihm dicht auf den Fersen waren. Außer Atem, mit stechenden Seiten stolperte er weiter in Richtung Münster, wo er sich in einer Nische zwischen einem Stein- und einem Holzlager verbarg.

Kapitel 8

Ulm, April 1412

Obwohl Anna wusste, dass Lazarus recht hatte, dass die Zukunft nicht in ihrer Hand lag, gelang es ihr nicht, die Gedanken an den verletzten Zimmermann zu verdrängen. Während sie einer der reichen Pfründnerinnen dabei half, den Weg zur Badestube zurückzulegen, zermarterte sie sich das Gehirn, wie sie die Wachen davon überzeugen konnte, dass sie sich nicht getäuscht hatte. Sie hatte sich nicht verhört! Der Verwundete hatte eindeutig »Mörder« gemurmelt. Wenn die Soldaten nicht nach dem Schuldigen suchten, fiel ihm vielleicht noch jemand zum Opfer. Ob das Misstrauen der Wachen daran lag, dass sie eine Begine war? Vermutlich hielten sie sie nicht nur für eine Närrin …

»Nicht so schnell, Kind«, riss die alte Frau, die sich an Annas Arm festklammerte, sie aus den Gedanken. »Ich habe nicht mehr das Feuer der Jugend.« Ihre verkrümmten Finger krallten sich fester in Annas Gewand, als sie einen Moment innehielt, um Atem zu schöpfen. »Wo bist du mit deinem hübschen Köpfchen? Hat es dir ein junger Mann verdreht?«

Anna spürte, wie ihr das Blut in die Wangen schoss. »Nein!«, beeilte sie sich zu sagen.

Die Pfründnerin lachte leise. Ihr Griff lockerte sich und sie tätschelte Anna den Arm. »Es ist keine Sünde, von der Liebe zu träumen«, sagte sie. »Gewiss keine

Sünde.« Sie klammerte sich wieder an Annas Gewand fest und gab ihr zu verstehen, dass sie weitergehen konnten.

Bei der Badestube angekommen, öffnete Anna die Tür und führte die Greisin hinein. Die Stube lag zwischen dem heimlichen Gemach und der Gemeinschaftsküche der Pfründner und schon im Eingangsbereich wurden sie von dichten Dampfschwaden empfangen. Es gab einen Bereich für Männer und einen für Frauen zu ihrer Linken. Kurz darauf fand Anna sich in einem niedrigen Gemach wieder, an dessen Ende ein Ofen gemauert war, vor dem in einem Kessel heißes Wasser dampfte. Entlang der Wände verliefen Holzbänke, auf denen die Besucher schwitzen konnten. Anna führte die alte Frau weiter in den Bereich des Gebäudes, in dem sich das Wannenbad befand. Dort luden etwa ein halbes Dutzend Zuber und Bottiche zum Baden ein. Anna und die Pfründnerin wurden von einer jungen Magd empfangen.

»Ich bin Englin«, stellte das Mädchen sich vor. Es war etwas jünger als Anna, schlank und hatte goldblondes Haar, das bis auf ihre Hüften fiel. Ihre Wangen waren von der Hitze gerötet. »Wünscht Ihr Hilfe?«, wandte sie sich an die alte Frau.

Die ließ Annas Arm los und nickte. Mit zittrigen Händen kramte sie in ihrer Rocktasche und holte ein paar Pfennige hervor. »Mach das Wasser nicht zu heiß«, bat sie. »Das letzte Mal habe ich mich fast verbrüht.«

Anna wartete noch einen Moment, bis Englin die Greisin zu einer Bank geführt hatte, wo sie ihr half, sich zu entkleiden. Dann kehrte sie der Badestube den Rücken und ging zurück zur Siechenstube.

Obwohl sie genug damit zu tun hatte, die Kranken

zu pflegen und den Sterbenden aus der Bibel vorzulesen, zog es sie immer wieder zum Bett des verletzten Zimmermanns. Von Lazarus war weit und breit nichts zu sehen, lediglich der Wundarzt befand sich in der Stube, um Verbände zu wechseln und die brandige Wunde eines Insassen zu versorgen. Der Patient, dessen Arm bereits halb abgenommen worden war, brüllte vor Schmerz und warf sich auf seinem Bett hin und her. Als der Wundarzt schließlich ein glühendes Eisen auf seinen Armstumpf presste, verlor er das Bewusstsein. Anna wandte sich mit einer Grimasse ab und beschloss, ihm einen Trank aus zerstoßenem Lorbeer und Wein gegen die Schmerzen einzuflößen, sobald er erwachte.

»Denkst du nicht, es wäre besser, den Stadtarzt zu rufen?«, hörte sie Lazarus fragen, der, ohne dass sie es bemerkt hatte, die Stube betreten hatte. Er beugte sich über den Bewusstlosen und begutachtete die Wunde. »Ich kann nicht viel für ihn tun. Und wenn du ihm noch mehr von seinem Arm abnimmst, überlebt er vermutlich den morgigen Tag nicht.«

Der Wundarzt zuckte die Achseln. »Wenn du glaubst, dass der Quacksalber mehr für ihn tun kann …«

»Er ist ein studierter Arzt!«

Der Wundarzt lachte. »Er ist ein Kurpfuscher! Er gibt den Kranken irgendwelche Tränke, die nicht helfen.« Er zeigte auf die Verletzung. »Bei so etwas braucht es mehr als Schonkost. Es gibt kein anderes Mittel gegen die Fäulnis als Brennen und Schneiden.«

Als Lazarus sich umwandte, senkte Anna hastig den Blick, da sie nicht neugierig wirken wollte. Geistesabwesend drückte sie der Kranken, an deren Bett sie sich befand, einen Rosenkranz in die Hand und begann, mit ihr zu beten. Erst als Lazarus und der Wundarzt die Stube verlassen hatten, erhob sie sich und ging zum Lager des Bewusstlosen, um nach ihm zu sehen. Da er nicht auf ihre Ansprache reagierte, wandte sie sich nach einigen Minuten wieder von ihm ab, um in die Kräuterküche zu gehen. Auf dem Weg dorthin kam sie am Bett des Zimmermanns vorbei, der sich fiebernd in den Kissen hin- und herwarf. Er schien etwas zu murmeln, weshalb Anna innehielt, um sich über ihn zu beugen.

»Mörder«, hauchte er. »Mörder!«

Anna erstarrte. Was sollte sie tun? Wenn sie fortging, um Lazarus zu holen, schlief der Mann vielleicht wieder ein. Als er unvermittelt die Hand nach ihr ausstreckte, stieß sie einen erstickten Schrei aus.

Seine Augenlider bewegten sich. »Hilfe!«

Anna fuhr sich mit der Zungenspitze über die Lippen. Obwohl sie wusste, dass es töricht war, nicht augenblicklich nach Lazarus zu suchen, setzte sie sich auf die Bettkante und tupfte dem Kranken den Schweiß von der Stirn. »Kannst du mich hören?«, fragte sie.

Der Mann zeigte keinerlei Reaktion.

»Wer hat dir das angetan?«, versuchte Anna es erneut.

Erneut schien es, als ob er ihrer Gegenwart nicht gewahr wäre. Sie griff nach dem Becher mit Betonienwein, der immer noch neben seinem Lager stand, und versuchte, ihm etwas davon einzuflößen. Dann starrte sie auf ihn hinab und hoffte darauf, dass er noch etwas sagen würde. Lange Zeit saß sie wartend da, doch der Zimmermann verriet mit keiner Regung, ob er immer noch bei Besinnung war.

»Ist er wach?«

Anna ließ vor Schreck beinahe den Becher fallen, den

sie geistesabwesend in der Hand hielt. Sie hatte Lazarus nicht kommen hören.

Er stand am Fußende des Bettes und betrachtete sie forschend.

Anna fühlte sich unwohl unter seinem Blick, weshalb sie sich hastig wieder dem Kranken zuwandte. »Er hat gesprochen«, sagte sie.

»Was?« Lazarus trat hinter sie. Er war so nah, dass sie die Wärme spüren konnte, die von ihm ausging.

»Er …«, hob sie an, wurde jedoch unterbrochen, als der Zimmermann erneut die Lider bewegte und die Augen aufschlug.

»Mörder!« Sein Blick zuckte verwirrt von links nach rechts. »Der Leibhaftige.« Er versuchte, die Hand zu heben, um sich zu bekreuzigen, war allerdings zu schwach.

Anna legte ihm ihr Kruzifix auf die Decke.

»Wer hat dich so zugerichtet?«, fragte Lazarus. »War es ein Unfall?«

Der Verwundete bewegte schwach den Kopf zur Seite. »Diebe …« Seine Stimme versagte. Offensichtlich verließ ihn die Kraft.

»Hat dich ein Dieb überfallen?«, wollte Lazarus wissen.

»Greth«, murmelte der Mann. Dann verstummte er und schloss die Augen.

»Wer ist Grete?«, fragte Lazarus. »Ist sie deine Frau?«

Doch der Zimmermann schien wieder in einen fiebrigen Schlaf gefallen zu sein.

Lazarus richtete sich auf. »Seltsam.«

»Glaubst du mir jetzt?«, fragte Anna. Sie stellte den Becher zurück auf das kleine Tischchen und erhob sich.

Lazarus suchte ihren Blick. »Ich habe dir von Anfang an geglaubt«, gab er zurück.

Anna verspürte das wohlbekannte Kribbeln in ihrer Magengegend, als sie zu ihm aufsah. »Was sollen wir jetzt tun?«

»Zur Wache gehen«, war Lazarus' Antwort.

»Aber die haben …«, hob Anna an.

»Sie werden es wohl kaum wagen, dem Wort eines Mönches zu misstrauen.« Er runzelte die Stirn. »Wenn er doch nur mehr gesagt hätte!«

Kapitel 9

Ulm, April 1412

Nachdem Lazarus die Siechenstube verlassen hatte, machte Anna sich schweren Herzens wieder an die Arbeit. Auch wenn ihr vor Aufregung ganz flau war, blieb ihr nichts anderes übrig, als sich mit ihren Aufgaben abzulenken, bis Lazarus zurückkehrte. Folglich machte sie sich auf den Weg zu einem armen Pfründner, der unter einem Nierenleiden litt. Vergangene Woche hatte die Meisterin ihr einen Dachsfellgürtel für ihn mitgegeben, außerdem Weinrautensalbe und Wermutwein. Anna vermutete, dass das Leiden daher rührte, dass der Mann zu viel harte Arbeit verrichtet hatte, da sein Rücken krumm war wie ein Bogen. Davon wollte der Magister Hospitalis allerdings nichts wissen, selbst die armen Pfründner wurden noch zur Arbeit im Hof eingeteilt.

Als sie nicht mehr weit vom Wohnbereich der Armen entfernt war, begegnete sie dem Spitalmeister, der sie mit einem grimmigen Blick bedachte. Anna senkte hastig den Kopf, trat ehrerbietig zur Seite und wartete, bis er und die Männer, die ihm folgten, in einem der Wirtschaftsgebäude verschwunden waren. Obwohl die Neugier ein Laster war, blieb sie stehen, um zu sehen, was vor sich ging. Es dauerte nicht lange, bis ein Knecht das Tor öffnete, während ein anderer vier prächtige Pferde aus den Stallungen herbeiführte. Diese spannte er vor die Kutsche des Magisters Hospitalis, half ihm einzusteigen und schwang sich auf den Bock. Während Anna, einige Tagelöhner, eine Milchmutter und zwei Viehmägde sich zum Brunnen zurückzogen, um nicht unter die Räder zu kommen, knallte die Peitsche und die Kutsche setzte sich in Bewegung.

»Als ob er der Kaiser höchstselbst wäre«, schnaubte die Milchmutter. »Von wegen Armut!«

Die anderen schwiegen. Vermutlich fürchteten sie, jemand könne sie an die Brüder verraten, wenn sie abfällig über den Magister Hospitalis sprachen.

»Geck!«, murmelte die Milchmutter, ehe sie ihre Röcke raffte und auf den Teil des Spitals zusteuerte, in dem sich die Wöchnerinnen befanden.

Anna gab ihr insgeheim recht. Hatte Lazarus ihr nicht gesagt, dass die Mitglieder des Ordens vier Gelübde ablegen mussten? Zählte außer Gehorsam, Ehelosigkeit und

Spitaldienst nicht auch die Armut zu den Tugenden, zu denen sie sich verpflichteten? Wie passte das zu dem protzigen Auftreten des Prälaten? Sie sah der Kutsche nach, bis sie durch das Tor verschwunden war, dann setzte sie ihren Weg fort.

Die nächste Stunde verbrachte sie damit, Tränke zu verabreichen, Trost zu spenden und einem der Waisenknaben sein aufgeschürftes Knie zu verbinden. Sie war gerade dabei, frisches Wasser aus dem Brunnen im Hof zu holen, als sie zwei Stadtwachen beim Torhüter sah. Die Männer machten eine herrische Geste in Richtung Hof und senkten ihre Spieße.

Anna beeilte sich, den Schöpfeimer aus dem Brunnen zu ziehen. Sie kam jedoch nicht dazu, das Wasser in den Krug umzufüllen, den sie mitgebracht hatte, da die Stadtsoldaten geradewegs auf sie zusteuerten.

»Bist du Anna Ehinger?«, wollte der größere der beiden wissen.

Anna nickte. Alles Blut wich aus ihrem Gesicht und sie spürte, wie ihr die Knie weich wurden.

»Der Hauptmann schickt nach dir«, brummte der Wächter.

»Der Hauptmann?« Annas Stimme zitterte.

»Wir sollen dich zu ihm bringen.« Der zweite Soldat machte eine Geste zum Tor.

Anna wischte sich die Hände an den Röcken ab. »Bruder Lazarus …«, hob sie an.

»Ist ebenfalls in der Wachstube«, unterbrach der Mann sie. »Und jetzt komm.«

Obwohl der Drang, davonzulaufen und sich wie ein Kind zu verstecken, beinahe überwältigend war, riss Anna sich zusammen und straffte die Schultern. Gewiss wollte der Hauptmann sie nur befragen. In Lazarus' Gegenwart konnte ihr nichts zustoßen. Jedenfalls hoffte sie das.

Zu ihrer Erleichterung fassten die Stadtsoldaten sie nicht beim Arm, sondern nahmen sie lediglich in die Mitte. Dennoch hatte Anna das Gefühl, die Blicke des Gesindes im Rücken zu spüren, als sie zum Tor des Spitals gingen. Auch der Weg durch die Stadt war alles andere als angenehm, da die Ulmer die kleine Gruppe, neugierig tuschelnd, mit den Blicken verfolgten.

»Sie ist eine Begine«, hörte Anna eine vornehm gekleidete Frau sagen.

»Vermutlich hat man sie wegen Ketzerei verhaftet«, schnaubte ein Mann, der an seinem Habit als Mitglied des Predigerordens zu erkennen war.

»Ich verstehe nicht, warum der Rat dem Treiben dieser Weiber nicht längst ein Ende gemacht hat«, schimpfte ein anderer. »Neuerdings spielen sie sich als Grundherrinnen auf!«

»Redet nicht so!«, tadelte eine Frau mit einem gewaltigen Kopfputz. »Wenn die Beginen nicht wären, wer würde sich dann um die Bedürftigen kümmern?«

»Diejenigen, deren Aufgabe es ist«, schoss der Bruder des Predigerklosters zurück.

»Ihr etwa?«

»Zweifelst du an der Barmherzigkeit der Kirche, Weib?«

Die Frau verstummte.

Anna war froh, als endlich die Wachstube beim Rathaus in Sicht kam. Auch wenn sie sich davor fürchtete, was sie hinter der Tür erwartete, war es gewiss nicht schlimmer als die Gehässigkeit derjenigen, die sie mit einer Mischung aus Verachtung und Genugtuung beobachteten. Sie hatten die Wachstube fast erreicht, als sie ihren Bruder aus dem Rathaus kommen sah. Sein Blick fiel auf die Wächter, dann auf Anna. Kaum hatte er sie erkannt, runzelte er die Stirn und kam auf sie zu.

»Was soll das?«, forderte er von den Soldaten zu wissen. »Warum führt ihr meine Schwester ab? Wisst ihr nicht, dass sie eine Ehinger ist!«

Der größere der Männer zuckte die Achseln. »Wir haben unsere Befehle«, gab er unbeeindruckt zurück.

Annas Bruder verschränkte die Arme vor der Brust. Er war eines ihrer ältesten Geschwister, längst verheiratet und Vater von zwei Söhnen. »Ich bin Jakob Ehinger, Ratsherr und Pfleger des Spitals«, versetzte er hochmütig. »Sagt mir augenblicklich, was meiner Schwester vorgeworfen wird!«

»Der Hauptmann möchte sie befragen«, gab der Soldat etwas unsicher zurück.

»Weshalb? Was könnte eine Begine wissen, das den Hauptmann der Stadtwache interessiert?«

»Da müsst Ihr den Hauptmann fragen.«

»Dann komme ich mit!« Jakob Ehinger setzte eine entschlossene Miene auf.

»Aber …«

»Kein Aber! Ihr solltet nicht vergessen, wen ihr vor euch habt!«

Annas Furcht ließ ein wenig nach. Auch wenn Jakob ihr oft kühl und von oben herab begegnete, hatte er sie immer vor den Anfeindungen anderer beschützt.

»Meinetwegen«, brummte der Wachmann. Er gab seinem Begleiter zu verstehen, die Tür der Stube zu öffnen.

Als sie die Schwelle übertrat, fing Annas Herz an, wild zu klopfen. In dem kleinen Raum drängten sich ein halbes Dutzend Männer, darunter Lazarus und ein Soldat mit einem glänzenden Brustpanzer, der einen Helm unter dem Arm hatte.

»Herr.« Der Wächter, der die Tür geöffnet hatte, nickte dem mit dem Brustpanzer respektvoll zu. »Die Begine.«

»Was wollt Ihr von meiner Schwester?«, polterte Jakob Ehinger, der dicht hinter Anna den Raum betrat.

»Der Herr Pfleger«, begrüßte ihn der Hauptmann. Um seinen Mund spielte ein belustigtes Lächeln.

Lazarus schien durch Jakobs Anwesenheit erleichtert zu sein.

»Warum habt Ihr sie herbringen lassen?«, fragte Jakob etwas ruhiger.

»Sie ist eine wichtige Zeugin«, sagte der Hauptmann. »Wir haben einige Fragen an sie.«

Kapitel 10

Ulm, April 1412

Gallus wusste nicht, wie lange er in der Nische zwischen dem Stein- und dem Holzlager gekauert hatte, doch allmählich wurden ihm die Beine taub. Wenn er sich nicht bald bewegte, würde er umfallen wie ein Sack Korn. Vorsichtig, um nicht die Aufmerksamkeit der Handwerker auf sich zu ziehen, richtete er sich auf und bewegte die steifen Beine. Seine Füße kribbelten, als ob er sie in einen Ameisenhaufen gesteckt hätte. Inzwischen hatten sich die Wolken zu bedrohlichen Bergen aufgetürmt. Der kühle Nordwind pfiff ihm um die Ohren, als er den Kopf aus der Nische streckte, um sich umzusehen. Zu seiner Linken arbeitete eine Gruppe von Steinmetzen am Maßwerk für eines der gewaltigen Kirchenfenster, rechts von ihm wurden Ziegel gebrannt. Im Getümmel der Handwerker war es unmöglich zu erkennen, ob sich die beiden Männer, vor denen er geflohen war, in der Nähe befanden.

Gallus holte einige Male tief Luft, ehe er die Nische verließ. Er konnte sich nicht ewig dort verstecken. Die beiden Kerle würden es nicht wagen, ihn hier, inmitten von Zeugen, erneut anzugreifen, redete er sich ein. Dennoch beschlich ihn ein ungutes Gefühl, als er sich auf den Weg zum Rand des Münsterplatzes machte, wo ein halbes Dutzend Karren mit Steinen darauf wartete, entladen zu werden. Die Erinnerung daran, was er in dem Fass in der Gräth gefunden hatte, ließ ihn schaudern. Wer zu so etwas fähig war, würde nicht zögern, ihn auszuweiden wie ein Stück Schlachtvieh. Wie hatte er nur so töricht sein können zu denken, dass er Geld mit seinem Wissen erpressen konnte?

»Gier vernebelt das Gehirn«, murmelte er und nagte auf seiner Unterlippe herum. Was sollte er jetzt tun? Ohne seine Sackpfeife war er nichts weiter als ein Bettler. Sollte die Stadtwache ihn beim unerlaubten Betteln erwischen, würde man ihn der Stadt verweisen. Auch wenn ihm die Furcht immer noch im Nacken saß, musste er versuchen, sein Instrument zurückzuholen. Wenn die Männer es nicht mitgenommen hatten, lag es vermutlich immer noch dort, wo er es hingeschleudert hatte. Obwohl ihm alles andere als wohl war bei dem Entschluss, machte er sich auf den Weg nach Süden und erreichte wenig später den Holzmarkt.

Als er beim Rathaus vorbeikam, sah er eine Gruppe von Wachmännern, die eine junge Frau in ihrer Mitte hatten. Ein vornehm gekleideter Patrizier schien sich mit ihnen zu streiten. Da Gallus die Aufmerksamkeit der Stadtsoldaten auf keinen Fall auf sich ziehen wollte, senkte er hastig den Kopf und eilte den Hang hinab auf den Teil von Ulm zu, in dem die Fischer und Gerber lebten. Es dauerte eine Weile, bis er die Gasse entdeckte, in der er seine Sackpfeife verloren hatte. Doch schließlich wurde er fündig. Sein Instrument lag zwischen einer Wand und einer Regentonne. Nachdem er sich versichert hatte, dass ihm niemand in den Schatten auflauerte, bückte er sich und hob die Sackpfeife auf. Sie war zwar etwas schmutzig, aber intakt. Mit einem erleichterten Aufatmen hängte er sie sich um und machte, dass er fortkam. Als er wieder bei der Münsterbaustelle anlangte, begann es, leicht zu regnen. Da er ohnehin nicht wagte, die Aufmerksamkeit durch sein Spiel auf sich zu ziehen, beschloss er, etwas von dem Geld, das er verdient hatte, für ein warmes Mahl zu opfern.

Er suchte sich ein billiges Gasthaus, bestellte Hammeleintopf mit Brot und löffelte das Essen hungrig in sich hinein. Mit dem satten Gefühl in seinem Magen kehrte sein Mut zurück und er beschloss, sich nicht von seiner Feigheit ins Bockshorn jagen zu lassen. Sei kein Hasenfuß, sagte er sich. Wenngleich die Männer versucht hatten, ihn umzubringen, konnte er vielleicht immer noch Profit aus seinem Wissen schlagen. Gewiss wollten sie nicht, dass andere fanden, was Gallus gesehen hatte. Sollte es ihm gelingen, die Kerle davon zu überzeugen, dass er schweigen würde … Er bestellte sich eine zweite Schale und brütete einen Plan aus.

Kapitel 11

Ulm, April 1412

ANNA WUSSTE NICHT, was sie mit ihren Händen anfangen sollte. Aufgeregt verschränkte sie die Finger ineinander, um sich davon abzuhalten, den Stoff ihres Obergewandes zu kneten. Obwohl der Hauptmann ihr ein Lächeln schenkte, fühlte sie sich wie eine Gefangene vor dem Scharfrichter.

»Wiederhole noch einmal, was der Verletzte gesagt hat«, forderte der Hauptmann sie auf.

»Worum geht es hier?«, mischte Annas Bruder Jakob sich ein. »Werft Ihr meiner Schwester etwas vor? Braucht sie einen Fürsprecher?«

Der Hauptmann schüttelte den Kopf. »Seid unbesorgt. Sie ist nur eine Zeugin.« An Anna gewandt, sagte er: »Also? Was hat der Mann gesagt?«

Anna suchte Lazarus' Blick.

Der Mönch nickte ihr ermunternd zu.

»Er hat etwas von Mördern, dem Leibhaftigen«, Anna bekreuzigte sich, »und Dieben geredet.«

»War das alles?«

Sie überlegte. »Und er hat von einer Frau gesprochen.«

»Einer Frau?« Der Hauptmann runzelte die Stirn. »Hat er ihren Namen genannt?«

»Grete«, erwiderte Anna. »Mehr habe ich nicht gehört.« Sie zuckte entschuldigend die Achseln.

»Vielleicht ist diese Grete sein Weib, das ihm den Schädel einschlagen wollte, weil er es mit einer anderen …«, hob einer der Wachsoldaten an.

Der Hauptmann schnitt ihm mit einer Geste das Wort ab. »Etwas anderes hast du nicht gehört?«

Anna verneinte.

»Dann bestätigt das Eure Aussage«, wandte sich der Hauptmann an Lazarus. »Nicht dass ich an Euren Worten gezweifelt hätte«, beeilte er sich hinzuzusetzen.

»Seid Ihr fertig mit dem Verhör?«, fragte Jakob.

Der Hauptmann wiegte den Kopf hin und her. Schließlich sagte er: »Ich denke schon.« An seine Leute gewandt, befahl er: »Seht, ob ihr etwas über eine Frau namens Grete herausfinden könnt. Wenn wir wissen, wer sie ist, kann sie uns vielleicht verraten, wer etwas gegen den Mann hatte.«

»Also geht Ihr nicht mehr davon aus, dass es ein Unfall war?«, fragte Lazarus.

»Nicht nach dem, was Ihr ausgesagt habt«, war die Antwort.

»Fein.« Lazarus setzte eine gewichtige Miene auf. »Dann werden wir jetzt zurück ins Spital gehen.«

Der Hauptmann bedeutete einem der Soldaten, ihnen die Tür der Wachstube zu öffnen. »Falls er noch mal spricht, schickt auf der Stelle nach mir«, forderte er.

»Gewiss.« Lazarus drängte sich an zwei weiteren Wächtern vorbei und wenig später standen er, Anna und ihr Bruder wieder im Freien.

»Was um alles in der Welt sollte das?«, brauste Jakob auf. »Weshalb hast du etwas mit solchem Gesindel zu tun?« Er zog Anna von dem Wachhäuschen fort, damit die Soldaten nicht hören konnten, was er sagte.

»Was für Gesindel?«, fragte Anna verdutzt.

»Jemand, dem andere nach dem Leben trachten, ist ganz bestimmt kein Heiliger«, zischte Jakob.

»Woher wollt Ihr das wissen?«, sprang Lazarus Anna bei. »Er ist ein Geschöpf Gottes und nur Er darf über ihn richten!«

»Jaja«, brummte Jakob. Er packte Anna bei den Schultern. »Sieh dich vor!«, warnte er sie. »Dass du in diese vermaledeite Sammlung eingetreten bist, ist ohnehin schon …« Er blies die Wangen auf.

»Was?«, fragte Anna.

»Ein Hindernis für mein Fortkommen im Rat«, presste Jakob zwischen den Zähnen hervor. »Wenn du austreten und einen jungen Mann aus gutem Haus zum Ehemann nehmen würdest …«

Anna machte sich von ihm los. »Ich denke nicht daran!«

»Was ist daran so verkehrt? Weshalb willst du unbedingt eine Braut Jesu sein?« Er verzog das Gesicht bei dem Ausdruck.

»An Eurer Stelle würde ich den Namen unseres Herrn nicht so verunglimpfen«, warnte Lazarus.

»Ach!« Jakob machte eine wegwerfende Geste. »Kümmert Ihr Euch um die Kranken«, schoss er zurück. »Und vergesst nicht, wen Ihr vor Euch habt.«

Lazarus schüttelte den Kopf. »Wir müssen zurück ins Spital«, sagte er mühsam beherrscht. Er warf Anna einen auffordernden Blick zu.

»Ich komme.« Sie kehrte ihrem Bruder den Rücken.

»Der älteste Sohn des Bürgermeisters sucht eine Frau«, schickte Jakob ihr hinterher.

»Er ist bestimmt ein einfältiger Geck«, murmelte Anna. Laut sagte sie: »Ich bin eine Begine. Damit wirst du dich abfinden müssen.« Mit diesen Worten machte sie sich auf den Weg zurück in Richtung Osten. Es dauerte nicht lange, bis sie und Lazarus den Spitalhof wieder betraten.

»Was sollen wir jetzt tun?«, fragte Anna.

Lazarus zuckte die Achseln. »Unseren Dienst an den Bedürftigen versehen, wie Gott es uns befiehlt«, gab er scheinbar ungerührt zurück.

Anna verstand nicht, wie er nach all der Aufregung so ruhig bleiben konnte. Der Besuch in der Wachstube und der Streit mit ihrem Bruder hatten sie aufgewühlt. Sie fühlte sich, als ob ein Schwarm Bienen in ihrem Bauch summte. Vielleicht war es auch Lazarus' Nähe, die Nachdrücklichkeit, mit der er für sie eingetreten war. Jedenfalls herrschte in ihrem Inneren ein gewaltiger Aufruhr. Wenn Jakob nur nicht so selbstgefällig wäre! Sie sah zu Lazarus auf. »Es tut mir leid«, sagte sie.

»Was?« Er hob die Brauen.

»Dass mein Bruder …« Sie biss sich auf die Lippe.

»Dass dein Bruder der Spitalpfleger ist?«, fragte Lazarus.

Sie nickte. »Ich habe gesehen, wie er sich mit dem Magister Hospitalis gestritten hat.«

Lazarus lächelte dünn. »Vermutlich hat er ihm gesagt, dass der Rat ihm das Geld für fette Kapaune streicht.«

»Hat er das?«, fragte Anna erstaunt.

Lazarus schüttelte den Kopf. »Ich weiß es nicht. Aber wenn es darum geht, unnötige Ausgaben zu vermeiden, wäre es sicher ein guter Einfall.«

Anna vermeinte, Bitterkeit in seiner Stimme zu hören. Fand er den Spitalmeister genauso hochfahrend wie sie? Sie wagte nicht, ihn danach zu fragen. »Lazarus?«

»Ja?«

»Danke.« Zu ihrem Verdruss spürte sie, wie sie errötete.

»Du brauchst mir nicht zu danken. Ich habe nur meine Pflicht getan.« Die Worte waren distanziert, sein Blick hingegen war es nicht.

Annas Puls machte einen Satz. Empfand er das Gleiche für sie wie sie für ihn? Sie wagte nicht, ihm in die Augen zu sehen, aus Angst, das darin zu lesen, wonach sie sich so sehr sehnte. Sie war eine Begine, er ein Bruder des Heilig-Geist-Ordens. Selbst wenn er ihre Liebe erwiderte, gab es keine Möglichkeit für sie … Sie brach den Gedanken ab, als sich eine Gruppe Knechte näherte.

»Gott sei mit dir«, sagte Lazarus und eilte in Richtung Dürftigenstube davon, als müsse er vor ihr fliehen.

Annas Herz klopfte so heftig, dass sie es in ihrer Kehle spürte. Mit einem Lächeln presste sie die Hand auf die Brust, ehe sie Lazarus folgte. Die nächsten Stunden verbrachte sie mit dem Dienst an den Kranken und Sterbenden. Doch ganz gleich, wie sehr sie sich bemühte, ihre

Gedanken kehrten immer wieder zu Lazarus zurück. Vorher hatte er sie nie so angesehen. Wieso jetzt? Hatte das Gespräch mit ihrem Bruder etwas damit zu tun? Hatte er sie vorher nicht als Frau gesehen? Obwohl die Arbeit hart war und der Schreck über die Vorladung vor den Hauptmann immer noch tief saß, ging Anna die Arbeit bis zum Abend leichter von der Hand als sonst.

Kapitel 12

Ulm, April 1412

Die junge Badersmagd Englin war erschöpft. Der Tag im Spital war hart gewesen, voller Mühe und Entbehrungen, da sie außer dem Getreidemus am Morgen nichts mehr gegessen hatte. Anders als die Insassen des Spitals würde sie an diesem Abend keine Suppe mit einem Stück Fleisch, Kraut und Rüben erhalten, da ihr Tag noch lange nicht beendet war. Nach ihrem Dienst im Spital erwartete ihr Vater, dass sie ihm in seinem Badehaus am anderen Ende der Stadt zur Hand ging. So wie jeden Tag würde Englin bis spät in die Nacht reichen Bürgern die Rücken waschen, sie mit kaltem oder warmem Wasser übergießen und andere Dienste leisten, für die sie sich schämte. Obwohl sie ihren Vater angefleht hatte, ihr diese Demütigung zu ersparen, hatte er ihr mit deutlichen Worten klargemacht, was für Folgen eine Weigerung haben würde.

»Ich kann es mir nicht leisten, hungrige Mäuler zu stopfen, die nichts zu ihrem Lebensunterhalt beitragen«, hatte er gesagt. »Stell dich nicht so an! Schließlich sind meine Gäste wohlhabend, kein Abschaum aus der Gosse.«

Englin verzog das Gesicht. Ob ihr Vater eine Ahnung hatte, wie widerwärtig manch einer seiner hochwohlgeborenen Badegäste war? Ob er sich auch nur im Ansatz vorstellen konnte, was sie von ihr verlangten? Sie schlüpfte in ihre fadenscheinige Glocke, einen einfach geschnittenen Mantel mit einer Kapuze, und verließ die Badestube der Pfründner. Schon oft hatte sie sich gefragt, warum sie nicht einfach davonlief. Allerdings fürchtete sie, dadurch vom Regen in die Traufe zu kommen. Unter dem Dach ihres Vaters war sie wenigstens ein bisschen geschützt. Allein, unter freiem Himmel, würde sie vermutlich keine Woche überleben. Dazu war sie nicht stark genug.

Mit gesenktem Kopf überquerte sie den Spitalhof, in dem die Knechte bereits Laternen entzündet hatten. Zwar war die Sonne noch nicht ganz am Horizont versunken, doch es würde nicht mehr lange dauern, bis sich die Dunkelheit über die Stadt senkte. Mit ihr würden diejenigen, die das Tageslicht scheuten, aus ihren Verstecken kommen und die Straßen trotz der Nachtwache unsicher machen. Da es angefangen hatte zu regnen, zog Englin sich die Kapuze über den Kopf und eilte am Predigerkloster vorbei nach Norden. Um schneller ins Trockene zu gelangen, nahm sie eine Abkürzung durch ein paar verwinkelte Gassen, die sie gut kannte. Da der Regen inzwischen stärker geworden war, begegnete sie kaum einer Menschenseele. Als sie am Gremlinger, einem Wachturm mit grünem Dach, vorbeikam, sah sie sich furchtsam um. Niemand wollte im Dunkeln in der Nähe dieses Turmes sein. Angeblich rührten die Geräusche, die Englin schon öfter vernommen hatte, von bösen Geistern her, die dort ihr Unwesen trieben. Der Turm war mit Erkern und einer Vormauer befestigt, von Westen her floss die Blau herbei. Neben dem Turm bei der Mauer stand ein kleines, niedriges Haus, in dem durch die Bewegungen eines Rades das Wasser der Blau in Kanälen über die Stadt verteilt wurde. Das Rauschen des Wassers beruhigte Englin ein wenig, dennoch beeilte sie sich, den Turm hinter sich zu lassen. Es dauerte nicht lange, bis sie den kleinen Platz erreichte, an dessen Ende sich das Badehaus ihres Vaters befand. Sie wollte gerade auf das Gebäude zusteuern, als sie unvermittelt Schritte hinter sich hörte. Ehe sie sich umdrehen konnte, um zu sehen, wer ihr folgte, traf sie ein Schlag am Kopf. Mit einem erstickten Laut brach sie in die Knie und verlor das Bewusstsein.

Als sie wieder aufwachte, fasste sie sich mit einem Stöhnen an die Schläfen. Jemand schien mit einem Vorschlaghammer von innen gegen ihre Schädeldecke zu hämmern. Ihr Mund war trocken, das Schlucken fiel ihr schwer. Obwohl ihr jede Bewegung wehtat, öffnete sie die Augen und sah – nichts. Pechschwarze Finsternis hüllte sie ein. Mit einem erschrockenen Keuchen wollte sie die Hände heben, um sich die Augen zu reiben, doch ihre Handgelenke waren gefesselt und an etwas festgebunden. Auch ihre Füße schienen mit Stricken zusammengeschnürt zu sein. Die Angst traf sie wie ein Messerstich ins Herz. Wo war sie? Was war geschehen? Warum war sie gefesselt? Trotz der Übelkeit erregenden Schmerzen versuchte sie, sich zu erinnern, was vorgefallen war. Das Erste, das ihr in den Sinn kam, war der Gremlinger, der Turm, in dem die Geister ihr Unwesen trieben. Mit einem Wimmern presste sie die Augenlider aufeinander und sandte ein Schutzgebet zum Himmel. »Herr, strafe mich nicht in Deinem Zorn und züchtige mich nicht in Deinem Grimm!«, murmelte sie. »Herr, sei mir gnädig, denn ich bin schwach. Wende dich, Herr, und errette meine Seele, hilf mir um Deiner Güte willen!« Ein Geräusch in der Dunkelheit ließ sie verstummen. Als dem Geräusch ein leises Quieken folgte, atmete sie erleichtert auf. Es waren nur Ratten. »Weichet von mir, alle Übeltäter«, fuhr sie fort zu beten, »denn der Herr hört mein Weinen. Es müssen alle meine Feinde zuschanden werden und sehr erschrecken. Sie müssen weichen …« Ein Schluchzen stieg in ihr auf. Warum machte sie sich etwas vor? Bisher waren ihre Gebete stets auf taube Ohren gestoßen. Warum sollte Gott sie jetzt erhören?

Kapitel 13

Ulm, April 1412

Als Anna an diesem Abend ins Bett ging, fiel es ihr schwer, Schlaf zu finden. Die Ereignisse des Tages ließen ihr keine Ruhe, spukten durch ihren Kopf und ließen sie nicht los. Nicht nur die Vernehmung in der Wachstube und die anschließende Konfrontation mit ihrem Bruder vertrieben die Müdigkeit. Auch der Blick, mit dem Lazarus sie nach ihrer Rückkehr ins Spital bedacht hatte, sorgte dafür, dass ihre Körpersäfte ins Ungleichgewicht gerieten. Vielleicht sollte sie sich einen Kräutertrank zubereiten, um den Aufruhr zu beruhigen, dachte sie. Aber tief in ihrem Inneren wusste sie, dass es mit einem Kräutertrank nicht getan sein würde. Beim letzten Stundengebet hatte sie leise gefleht, dass Gott ihr die Gefühle für Lazarus vergab. Ganz gleich, wie sehr sie es versuchte, sie konnte nicht gegen sie ankämpfen. Die Worte ihres Bruders fielen ihr wieder ein.

»Wenn du austreten und einen jungen Mann aus gutem Haus zum Ehemann nehmen würdest …«, hatte er gesagt.

Anna seufzte. *Ihr* stand diese Möglichkeit offen. Doch was war mit Lazarus? Konnte er auch aus seinem Orden austreten, ohne sein Gelübde zu brechen? Würde er so etwas überhaupt in Betracht ziehen, nur weil sie ihn anhimmelte? Vielleicht war er nur nett zu ihr, weil er Mitleid mit ihr hatte. Sie drehte sich auf die Seite und starrte in der Dunkelheit die Wand an. Nein, es war kein Mitleid in seinem Blick gewesen. Sie hatte in seinen Augen eindeutig dasselbe Verlangen erkannt, das sie für ihn empfand. Ihre Hand tastete nach dem Rosenkranz auf ihrem Nachttisch. Vielleicht zeigte der Barmherzige ihr den Weg auf, den sie einschlagen sollte. Sie wusste, dass sie nicht ewig an die Sammlung gebunden sein musste. Schon öfter hatte sie darüber nachgedacht, wie es wohl sein würde, eine Familie zu gründen, Kinder zu haben und einem Ehemann zu gehorchen. Doch dann dachte sie an ihre Mutter, die von einem Dutzend Kindern sieben verloren hatte; an die Wöchnerinnen, die Schreie und all die Qualen, die sie bei der Geburt aushalten mussten. War sie stark genug, um dieses Los anzunehmen? Den Preis für die Erbsünde zu bezahlen? Sie wusste es nicht. Ihr Verstand sagte ihr, dass Lazarus niemals mehr sein konnte als ein Bruder im Geiste, doch ihr Herz widersprach so lautstark, dass Anna kaum eine Wahl hatte. Mit einem Seufzen schloss sie die Augen und versuchte, die Gedanken an Lazarus in ein kleines Kämmerchen ihres Verstandes zu verbannen.

Als sie am nächsten Morgen aufwachte, fühlte sie sich, als ob sie kein Auge zugetan hätte. Da sie fürchtete, die anderen Schwestern könnten ihr das sündige Verlangen ansehen, mied sie beim Frühstück ihre Blicke und war froh, als sie sich auf den Weg zum Spital machen konnte. Beim Betreten des Hofes geriet sie jedoch in eine hässliche Auseinandersetzung. Ihr Bruder Jakob und der Spitalmeister standen sich mit hochroten Köpfen in der Nähe des Brunnens gegenüber. Die Kutsche des Magisters Hospitalis war ins Freie gezogen worden, ein Knecht hielt zwei der prächtigen Zugpferde.

»Was erlaubt Ihr Euch?«, keifte der Spitalmeister. »Als erster Prälat der Stadt steht mir das Recht auf diese Kutsche zu!« Aus der Entfernung sah es so aus, als ob er Annas Bruder an die Gurgel gehen wollte.

»Ihr wisst genauso gut wie ich, dass Euer Konvent nicht mehr besteht«, gab Jakob gezwungen ruhig zurück. »Der Rat hat mich beauftragt, die Vermögensverwaltung des Spitals zu überprüfen, und ich habe festgestellt, dass es hier nicht besonders wirtschaftlich zugeht.«

»Soviel ich weiß, steckt der Rat noch in den Verhandlungen mit der Leitung unseres Ordens in Rom«, schoss der Magister Hospitalis zurück.

»Mag sein«, war Jakobs ungerührte Antwort. »Aber das ändert nichts an meiner Aufgabe. Ihr werdet Euch damit abfinden müssen, dass die Finanzen in Zukunft dem Rat unterstehen.« Er gab dem Knecht mit einem Kopfnicken zu verstehen, dass er die Pferde vor die Kutsche spannen sollte.

»Ihr werdet mir nicht diese Kutsche nehmen!«, presste der Spitalmeister wütend hervor.

»Ihr bekommt eine andere«, erwiderte Jakob. »Einen Zweispänner.«

Anna vermeinte sehen zu können, wie dem Magister Hospitalis eine Zornesader auf die Stirn trat.

»Reicht es nicht, dass der Rat bereits unserem Weinkeller eine eigene Verwaltung gegeben hat?«, knurrte der Spitalmeister.

Anna hatte davon gehört und auch, dass die anderen Mönche glaubten, dass es die Autorität der bisherigen Leitung untergrub.

Jakob zuckte die Achseln. »Ich führe nur Anweisungen aus«, gab er zurück. »Wenn Ihr Euch beschweren wollt, müsst Ihr das beim Rat tun.«

»Das werde ich, darauf könnt Ihr Euch verlassen!«

Jakob ließ mit steinerner Miene den Blick schweifen. »Außerdem hat der Rat mich beauftragt, Euch mitzuteilen, dass mehr Platz für reiche Pfründner geschaffen werden muss.«

»Und wie sollen wir das anfangen?«, höhnte der Magister Hospitalis. »Wir haben jetzt schon kaum genug Betten für alle Bedürftigen.«

»Das ist Euer Problem. Legt die armen Pfründner zusammen oder stellt mehr Betten in die Dürftigenstube. Wie Ihr es bewerkstelligt, bleibt Euch überlassen. Aber der Rat verlangt mindestens ein Dutzend weitere Plätze für reiche Pfründner.«

»Ist das Euer letztes Wort?«, knurrte der Spitalmeister.

Jakob nickte.

Ohne einen weiteren Kommentar kehrte der Prälat Annas Bruder den Rücken und stürmte auf eines der Kanzleigebäude zu. Auf dem Weg dorthin kam er an Anna vorbei, die er anfunkelte, als ob er ihr auf der Stelle den Hals umdrehen wollte.

Erschrocken wich sie einen Schritt zurück und atmete auf, als er in dem Gebäude verschwand.

Ihr Bruder ignorierte sie, bedeutete dem Knecht, dass er ihm mit der Kutsche folgen sollte, und rauschte vom Hof.

»Was war das denn?«, hörte sie den Spitalkoch fragen, der mit einem Korb voller schrumpeliger Äpfel aus dem Vorratskeller kam.

»Ärger«, gab einer der Brüder zurück. »Gewaltiger Ärger.«

Da Anna das Gefühl hatte, von allen angestarrt zu werden, floh sie in die Siechenstube, wo der Wundarzt bereits dabei war, einem der Insassen einen Abszess auszubrennen. In der ganzen Stube stank es nach verbranntem Fleisch und das Brüllen des Mannes ging Anna durch Mark und Bein. Mit gesenktem Kopf eilte sie zur Kräuterküche, wo sie die Tür hinter sich schloss und die Hände auf die Ohren presste.

Die Zeit bis zum nächsten Stundengebet brachte sie mit der Zubereitung von Weizenkörnerpackungen für die Gichtleidenden zu. Außerdem bereitete sie für den blessierten Zimmermann einen Trank aus warmem Wein und Hirschzungenfarnpulver zu, der gegen die Schmerzen half. Als sie an sein Lager trat, schien es ihm etwas besser zu gehen als am Vortag. Er schien nicht mehr so sehr zu fiebern, auch seine Lippen hatten etwas Farbe bekommen. Nachdem Anna ihm die Arznei eingeflößt hatte, ging sie von Bett zu Bett, um nach den Bedürftigen zu sehen. Als schließlich die Glocke der Spitalkirche zum Gebet rief, hätte sie sich am liebsten irgendwo verkrochen, um dem Magister Hospitalis nicht über den Weg zu laufen. Zu ihrer Erleichterung konnte sie sich in einer der hintersten Ecken der Kirche neben einer Säule verstecken, so dass sie zum Ende des Gebets als eine der Ersten wieder im Freien war. So schnell sie konnte, machte sie sich auf den Rückweg zur Siechenstube und half den schwächeren Insassen zurück in ihre Betten. Als sie am Lager des Zimmermanns vorbeikam, hielt sie erschrocken inne.

Er lag reglos in den Kissen, die Augen starr auf die Gewölbedecke gerichtet.

»Konrad?«, sprach Anna ihn mit seinem Namen an.

Er zeigte keine Reaktion.

Mit einem Stich der Furcht trat sie an sein Bett und legte die Hand auf seine Stirn. Sie war warm, aber der milchige Film auf seinen Augen ließ keinen Zweifel offen. »Oh mein Gott!«, hauchte sie. Er war tot!

Kapitel 14

Ulm, April 1412

Der Spielmann Gallus sah mit einem mulmigen Gefühl im Bauch zum Horizont. Zwar trübte an diesem Tag kein Wölkchen den blauen Himmel, doch insgeheim fürchtete er, der Herrgott könne einen Blitz auf ihn hinabschleudern für das, was er vorhatte. Einige Zeit lang war er versucht gewesen, die Stadt zu verlassen und weiter flussabwärts sein Glück zu versuchen. Die Donau war lang, an ihrem Ufer lagen zahllose Städte, in denen vielleicht ebenfalls ein Pfeifer gesucht wurde. Doch sein Trotz und die Aussicht auf einen Batzen Geld hatten ihn in Ulm gehalten. Wenn er es richtig anstellte, würde ihn dieses Mal niemand überrumpeln. Einmal war er den Kerlen in die Falle gegangen. Ein zweites Mal würde es ihnen gewiss nicht gelingen, ihn zu überlisten.

Als er nach einem kargen Mahl die Herberge verließ, in die er sich eingemietet hatte, machte er sich auf den Weg zum Holzmarkt. Dort drängten sich bereits Fuhrwerke und Knechte mit Traggestellen. Das Geschrei der Händler war weithin vernehmbar, genau wie das Läuten der Turmglocken. Mit einigen Schwierigkeiten bahnte Gallus sich einen Weg durch die Menge und suchte sich einen Platz am Rand des Marktes. Dort schulterte er seine Sackpfeife und stimmte die Weise an, die er eigens zu diesem Zweck gedichtet hatte.

»Es war ein Mann, der wusst' zu viel,
doch dessen Not war groß.
Für Silber, Gold als Lohn fürs Spiel,
ließ er sich gerne kaufen«,
trällerte er.

Während er sich artig bei den Vorbeigehenden bedankte, die Münzen in seine Kappe warfen, ließ er den Blick schweifen. Es war schwerer als gedacht, sich nicht anmerken zu lassen, dass bitterer Ernst hinter der heiteren Melodie steckte. Wenn sein Plan aufging, brachte er sich damit ganz sicher wieder in Gefahr. Doch inzwischen kannte er seine Feinde.

»Durch eine List, gar wenig klug,
versucht' man, ihn zu knebeln,
doch Gottes Schutz und Löwenmut,
erretten ihm das Leben.

Er denkt sich, flieh und such das Weite,
damit das Fell man dir nicht gerbt,
doch dann erkennt er eine Seite,
die seine Feinde wohl verderbt.«

Derweil die Ulmer an ihm vorbeiströmten, ließ er den Blick über die Handvoll Schaulustiger wandern, die angehalten hatten, um ihm zuzuhören. Keiner von ihnen sah aus wie die Kerle, die versucht hatten, ihn ins Jenseits zu befördern. Obwohl er nicht erwartet hatte, sofort Erfolg mit seinem Plan zu haben, packte er nach einer halben Stunde enttäuscht seine Sachen zusammen. Es gab noch andere Plätze in der Stadt. Und wenn er in jeder Gasse, unter jedem Fenster singen musste, irgendwann würde sein Lied auf die richtigen Ohren treffen.

Als er beim Marktplatz vor dem Rathaus vorbeikam, sah er, wie ein halbes Dutzend Wachen in Richtung Osten stürmten. Ein Mann mit einem glänzenden Harnisch folgte ihnen auf dem Rücken eines Pferdes.

»Was ist denn los?«, hörte er jemanden fragen.

»Ich weiß nicht«, erwiderte ein anderer.

»Es heißt, im Spital sei etwas vorgefallen.«

»Im Spital?«

»Ja. Mehr habe ich nicht gehört.«

Gallus runzelte die Stirn. Wären die Soldaten zur Gräth gerannt, hätte er gewusst, was passiert war. Doch das Spital interessierte ihn nicht. Gleichgültig kehrte er dem Rathaus den Rücken und machte sich auf zum Weinhof, wo er wenig später erneut seine Sackpfeife schulterte.

Kapitel 15

Ulm, April 1412

»Was soll das? Warum hast du die Wache gerufen?«, ereiferte sich der Magister Hospitalis, als die bewaffneten Männer den Spitalhof betraten. Er funkelte Lazarus aufgebracht an.

»Weil mir der plötzliche Tod des Zimmermanns nicht geheuer ist«, gab der junge Mann ruhig zurück.

»Wenn ich richtig informiert bin, hatte er eine schwere Kopfverletzung«, schnaubte der Spitalmeister.

»Allerdings hat er sich auf dem Weg der Besserung befunden«, erwiderte Lazarus.

Anna, die sich hinter einer Gruppe von Mägden versteckt hatte, bewunderte ihn für seine äußere Gelassenheit. In ihr selbst brodelte es wie in einer Flasche mit Seifenlauge, die man zu heftig geschüttelt hatte. Nachdem sie festgestellt hatte, dass der Zimmermann Konrad nicht mehr atmete, hatte sie Lazarus gerufen, um ihre Befürchtung zu bestätigen. Der hatte sich nach einigen Momenten tiefer über den Mann gebeugt, um dessen Mund und Augen zu untersuchen. Danach hatte er beschlossen, einen der Laufburschen zur Wachstube zu schicken.

»Was für ein Aufhebens!«, schimpfte der Magister Hospitalis. »Du hättest mich vorher fragen müssen …«

»Ob er uns von diesem Vorfall in Kenntnis setzen soll?«, unterbrach ihn der Hauptmann der Wache, der in diesem Moment aus dem Sattel seines Pferdes sprang.

Der Magister Hospitalis setzte eine verkniffene Miene auf. »Der Tod eines Insassen geht nur Gott etwas an«, gab er hochmütig zurück.

»Nicht, wenn dieser Insasse einem Gewaltverbrechen zum Opfer gefallen ist«, widersprach der Hauptmann.

»Er ist an seinen Verletzungen gestorben!«

»Um das herauszufinden, sind wir hier«, erwiderte der Hauptmann. Er wandte sich an Lazarus. »*Ihr* habt nach uns schicken lassen?«

Lazarus nickte.

»Handelt es sich um den Zimmermann, wegen dem Ihr auf der Wache wart?«

Lazarus bejahte erneut.

»Zeigt mir den Toten!«

»Das ist doch ...!«, protestierte der Spitalmeister.

Der Hauptmann ignorierte ihn, ging an ihm vorbei und folgte Lazarus zur Siechenstube.

Obwohl Anna sich vor dem Zorn des Magisters Hospitalis fürchtete, gewann ihre Neugier die Oberhand. Sie schlich sich hinter der Gruppe der Schaulustigen vorbei zum Hintereingang des Gebäudes, in dem sich die Siechenstube befand, und schlüpfte durch die Tür. Dann huschte sie einen schmalen Korridor entlang, bis sie die kleinste der drei Hallen erreichte, in denen die Kranken versorgt wurden. Schon von weitem konnte sie die tiefe Stimme des Hauptmanns hören. Sie lugte um eine Säule und sah, wie die Männer sich um das Lager des Toten scharten. Der Wundarzt war auch anwesend.

»Habt Ihr inzwischen mehr über ihn herausgefunden?«, hörte sie Lazarus fragen.

Der Hauptmann zuckte die Achseln. »Die Männer aus seiner Zunft konnten uns nichts zu einer Frau namens

Grete sagen«, entgegnete er. »Er scheint ein ruhiger, aufrechter Zeitgenosse gewesen zu sein, über den sich keiner beschwert hat. Verheiratet war er nicht. Anscheinend war er nicht besonders gesellig.«

»Irgendjemand muss etwas gegen ihn gehabt haben«, sagte Lazarus. Er beugte sich über den Toten und zeigte auf dessen Gesicht. »Wenn ich mich nicht irre, ist er vergiftet worden. Es gibt mehrere Anzeichen dafür.«

Der Hauptmann tat es ihm gleich. Als er sich wieder aufrichtete, warf er dem Wundarzt einen fragenden Blick zu.

»Ich denke auch, dass er nicht an der Kopfverletzung gestorben ist«, sagte dieser nach kurzem Zögern.

»Ihr solltet eine Leichenschau beim Rat beantragen«, forderte Lazarus.

Der Hauptmann verschränkte die Arme vor seinem Brustpanzer. »Euch ist klar, dass man Euch dann vermutlich zur Befragung vorlädt?«

Lazarus nickte.

»Die Begine wird man auch befragen wollen«, setzte der Hauptmann hinzu.

Anna unterdrückte ein Keuchen. Sie sollte vor den Rat treten? Vor all die hohen Herren, zu denen auch ihr Vater und ihr Bruder zählten? Allein die Vorstellung ließ ihr die Knie weich werden.

»Ich bin mir sicher, Schwester Anna wird sich dieser Pflicht nicht entziehen«, sagte Lazarus.

Anna wünschte, sie wäre ebenso zuversichtlich wie er. In diesem Moment wäre sie am liebsten davongelaufen. Was würde die Meisterin dazu sagen, wenn sie von ihrer Reise nach Ersingen zurückkehrte? Ganz gewiss würde sie es nicht gutheißen, dass sich ein Mitglied der Sammlung in derartige Dinge eingemischt hatte. Sie presste die Lippen aufeinander. Andererseits blieb ihr keine andere Wahl, wenn der Rat sie vorlud. Sie faltete ihre zitternden Hände und lauschte weiter.

»Das ist doch alles Unsinn!«, polterte der Spitalmeister, der den Männern in die Stube gefolgt war. »Der Mann sollte so schnell wie möglich beerdigt werden.«

»Ich fürchte, das wird nicht möglich sein«, widersprach ihm der Hauptmann. »Ich habe schon einige Tote gesehen, bei denen eine Leichenschau eine Vergiftung bestätigt hat. Und dieser Mann zeigt in der Tat ähnliche Anzeichen.«

»Seid Ihr ein studierter Arzt?«, fragte der Magister Hospitalis.

»Nein. Aber *ich* werde die Leichenschau auch nicht vornehmen«, gab der Hauptmann zurück. Er gab einem seiner Soldaten ein Zeichen, woraufhin dieser neben dem Lager des Toten Stellung bezog. »Rührt ihn nicht an!«, befahl der Hauptmann. »Sobald der Rat entschieden hat, was zu tun ist, lassen wir es Euch wissen.«

Als er mit seinen Männern die Stube verlassen hatte, schüttelte der Spitalmeister fassungslos den Kopf. »Wie konntest du so etwas nur zulassen, Lazarus?«

Anna sah, dass Lazarus ehrerbietig den Kopf senkte. »Glaube mir, ich hatte keine andere Wahl.«

»Dieser Vorfall ist Wasser auf die Mühlen dieses vermaledeiten Pflegers.« Der Magister Hospitalis bekreuzigte sich und warf einen entschuldigenden Blick auf das Kruzifix über der Kanzel in der Ecke. »Wenn der Mann wirklich unter unserem Dach vergiftet worden ist, wird der Pfleger es zum Anlass nehmen, uns noch mehr in unsere Angelegenheiten hineinzureden.« Selbst aus der Entfernung war sein Zorn deutlich zu erkennen.

Anna wich weiter hinter die Säule zurück, als er Anstalten machte, in ihre Richtung davonzurauschen. Dann schien er es sich jedoch anders zu überlegen, da er Lazarus den Rücken wandte und zum Haupteingang stürmte.

»Das hatte mir gerade noch gefehlt«, brummte Lazarus.

Der Stadtwächter neben dem Lager des Toten musterte ihn mit steinerner Miene. »Wer, denkst du, wird die Leichenschau durchführen?«, fragte Lazarus den Wundarzt, der ebenfalls noch anwesend war.

Der hob die Hände. »Vermutlich der Henker.«

»Ich hoffe, wir haben uns nicht geirrt«, seufzte Lazarus.

»Das denke ich nicht«, war die Antwort des Wundarztes. »Ich übe diesen Beruf schon lange aus und ich würde bei allem, was mir heilig ist, schwören, dass dieser Mann vergiftet worden ist.«

Anna biss sich auf die Lippe und nahm all ihren Mut zusammen. Erst nachdem sie ein kurzes Gebet zum Himmel geschickt hatte, wagte sie sich hinter der Säule hervor.

»Anna!«, rief Lazarus, als er sie bemerkte. »Hast du …?«

»Ich habe alles gehört.« Sie spürte, wie sie errötete. Das Laster der Neugier würde sie vermutlich niemals ablegen.

»Man wird uns vorladen«, sagte Lazarus.

»Ich weiß.« Sie warf einen Blick auf den Leichnam. »Man hat ihm vor seinem Tod nicht die Beichte abgenommen.«

Lazarus schüttelte bedauernd den Kopf. »Wir werden in der nächsten Seelmesse für ihn beten.«

»Das wird ihn nicht vor der ewigen Verdammnis retten«, murmelte Anna.

»Das wird es nicht. Aber vielleicht lindert es seine Qualen im Fegefeuer«, erwiderte Lazarus.

»Was, wenn er zum Wiedergänger wird?«, mischte sich der Wundarzt ein.

»Das ist dummer Aberglaube!«, wies Lazarus ihn zurecht.

Anna schluckte. Sie war sich nicht so sicher wie Lazarus. Schon oft hatte sie von vorzeitig Verstorbenen gehört, die dazu verdammt waren, nach ihrem Tod weiter auf der Erde zu wandeln, bis sie ihre Sünden verbüßt hatten. Hoffentlich behielt Lazarus recht.

Kapitel 16

Ulm, April 1412

Die Vorladung vor den Rat kam schneller, als Anna gedacht hatte. Bereits zwei Stunden, nachdem der Hauptmann und seine Männer das Spital verlassen hatten, tauchten zwei Soldaten mit einem Ratsknecht in der Siechenstube auf.

»Ich soll Euch ins Rathaus bringen«, sagte der Mann.

Annas Puls machte einen Satz. »Jetzt?«, fragte sie schüchtern.

Der Ratsknecht bedachte sie mit einem kühlen Blick. »Die hohen Herren warten in der Ratsstube.«

Anna suchte Lazarus' Blick. Anders als sie schien er nicht im Geringsten aufgeregt zu sein. Mit geübten Bewegungen säuberte er sich die Hände in einer Wasserschale, trocknete sie ab und berührte das Kruzifix an seinem Hals. »Lasst uns gehen«, sagte er.

Auf wackeligen Beinen folgte Anna ihm und den Männern in den Hof hinaus. Dort folgten ihnen die Blicke einiger Brüder und Tagelöhner. Auch der Spitalmeister beobachtete die kleine Gruppe mit grimmiger Miene.

»Was soll ich vor dem Rat sagen?«, flüsterte Anna.

Lazarus tätschelte beruhigend ihren Arm. »Die Wahrheit.«

Die Berührung sandte einen Schauer über Annas Rücken. Ob es an Lazarus' Nähe oder an ihrer Furcht lag, wusste sie nicht. Sie wusste nur, dass seine Anwesenheit sie etwas beruhigte, dass sie sich mit ihm sicherer fühlte als allein.

Der Weg durch die Stadt erschien ihr länger als sonst. Wenngleich die Sonne an diesem Tag aus einem wolkenlosen Himmel schien, wurde ihr mit jedem Schritt kälter. Das Schimpfen der Spatzen auf den Dächern wirkte laut und schrill, als ob sie der kleinen Gruppe übel gesonnen wären. Obwohl Anna zwischen den hochgewachsenen Männern kaum zu sehen war, hatte sie das Gefühl, dass die Ulmer nur sie anstarrten, als sie schließlich den Marktplatz erreichten.

Die Wachsoldaten begleiteten sie bis zum Eingang des Rathauses, wo sie Posten bezogen, während der Ratsknecht, Anna und Lazarus das Gebäude betraten. Durch eine Säulenhalle gelangten sie zu einer Treppe, die in den ersten Stock hinaufführte. Dort steuerte der Ratsknecht auf eine hohe, zweiflügelige Tür zu, die mit Gold und Silber beschlagen war. Nachdem er den schweren Klopfer betätigt hatte, stemmte er einen der Türflügel auf und betrat den Raum dahinter.

Anna und Lazarus folgten ihm.

Die Pracht der Ratsstube raubte Anna den Atem. Sowohl die Decke als auch die Wände waren mit dunklem Holz getäfelt. Über den Bankreihen, die an den Wänden entlang verliefen, hingen die Wappen der Ulmer Patriziergeschlechter. Auch ihr eigenes Familienwappen konnte Anna ausmachen – ein Schild mit zwei roten Gänsen auf goldenem Grund. Die anwesenden Ratsherren waren vornehm, beinahe protzig gekleidet, und durch die bunt verglasten Fenster fiel Sonnenlicht auf den Steinboden. Am Kopfende der Stube thronte ein Mann, der an seiner schweren Kette als Bürgermeister der Stadt zu erkennen war.

»Die Zeugen, hoher Rat«, verkündete der Ratsknecht.

Der Bürgermeister nickte und gab ihm zu verstehen, dass er sich zurückziehen könne. An Anna und Lazarus gewandt, sagte er: »Willkommen.«

Anna rückte näher an Lazarus heran. Obwohl sie wusste, dass ihr Vater und ihr Bruder sich unter den Versammelten befinden mussten, konnte sie sie nicht entdecken. Zu viele Gesichter waren ihnen zugewandt, ihre Aufregung zu groß.

»Bevor wir eine Leichenschau anordnen, wollen wir, dass Ihr hier wiederholt, was Ihr dem Hauptmann gesagt habt«, forderte der Bürgermeister sie auf. Sein Blick wanderte von Lazarus zu Anna und zurück. »Schwört, dass Ihr die Wahrheit sagt.«

Lazarus hob empört die Brauen. »Ich bin ein Bruder des Heilig-Geist-Ordens«, erwiderte er gepresst. »Mein Gelübde …«

»Euer Gelübde zählt hier nicht«, unterbrach ihn der Bürgermeister. »Ich muss Euch gewiss nicht daran erinnern, dass das Spital inzwischen dem Rat unterstellt ist.«

»Soviel ich weiß, ist diese Angelegenheit noch nicht vollständig geklärt«, erwiderte Lazarus. »Aber wir sind nicht hier, um die Belange des Ordens zu diskutieren«, lenkte er ein. Er nahm sein Kruzifix ab und hielt es so, dass die Anwesenden es sehen konnten. »Ich schwöre bei Gott, dem Allmächtigen, dass ich die Wahrheit sprechen werde.«

Der Bürgermeister nickte zufrieden. »Du auch«, wandte er sich an Anna.

Anna räusperte sich. »Ich schwöre ebenfalls, die Wahrheit zu sagen«, murmelte sie.

»Das soll genügen.« Der Bürgermeister erhob sich und kam auf Anna und Lazarus zu. »Jetzt wiederholt bitte, was Ihr über den Verstorbenen wisst.«

Anna und Lazarus berichteten, was der Mann gestammelt hatte.

»Mehr hat er nicht gesagt?«

»Nein. Das war alles«, entgegnete Lazarus.

»Dann dürft Ihr gehen.« Der Bürgermeister klatschte in die Hände, woraufhin der Ratsknecht in die Stube zurückkehrte.

»Was geschieht jetzt?«, wollte Lazarus wissen. »Der Tote muss beerdigt werden.«

»Ihr werdet von der Wache begleitet, die den Leichnam zur Leichenschau bringt«, war die Antwort des Bürgermeisters. »Danach kann er zur letzten Ruhe gebettet werden.«

»Aber …«

»Das ist mein letztes Wort«, schnitt der Bürgermeister Lazarus das Wort ab. Er gab dem Ratsknecht ein Zeichen, und dieser führte Anna und Lazarus zurück nach draußen.

»Wartet hier«, forderte er sie auf, als sie bei der Wachstube ankamen, und verschwand im Inneren des kleinen Hauses.

Wenig später kehrte er mit dem Hauptmann und zwei Männern zurück, die kurz verschwanden, um eine hölzerne Trage zu besorgen. Sobald die Soldaten bereit waren, machte sich die kleine Gruppe auf den Weg zurück zum Spital. Dort angekommen, begaben sich die Wächter in die Siechenstube, um den Toten auf ihre Trage zu hieven.

Anna und Lazarus sahen ihnen aus einiger Entfernung zu.

Als die Männer durch das Tor verschwunden waren, schüttelte Lazarus bedauernd den Kopf. »Die arme Seele.«

Anna sah zu ihm auf. Sie machte sich weniger Sorgen um die Seele des Verstorbenen als um das, was geschehen würde, wenn die Leichenschau eine Vergiftung bestätigte. »Wenn er nicht an seinen Verletzungen gestorben ist«, sagte sie, »wer könnte ihn dann vergiftet haben?«

Lazarus legte die Stirn in Falten. Offenbar gefiel ihm die mögliche Antwort auf Annas Frage nicht.

»Es muss jemand gewesen sein, der Zugang zur Siechenstube hatte«, sprach Anna aus, was an ihr nagte. »Einer von uns.«

Kapitel 17

Ulm, April 1412

Sie waren wie die Wölfe. Obwohl sie nur zu zweit waren, hatte Gallus den Eindruck, dass sie versuchten, ihn zu umzingeln wie ein ganzes Rudel. Es hatte länger gedauert als gedacht, bis sie aufgetaucht waren, doch jetzt beobachteten sie ihn aus der Menge heraus. Beide hatten drohend die Hände an ihre Waffen gelegt, wie um ihn zu warnen, in seinem Lied zu viel zu verraten. Obwohl Gallus eine gewisse Genugtuung empfand, vermischte sich dieses Gefühl mit kalter Angst. Zu seinem Verdruss zitterte seine Stimme, als er die letzte Strophe seines Liedes anstimmte.

Als er geendet hatte, beeilte er sich, die Kappe mit dem Geld aufzuheben, und achtete darauf, dass er von anderen Menschen umgeben war. Sobald die Männer Anstalten machten, auf ihn zuzukommen, eilte er in Richtung Marktplatz davon.

Ein Blick über die Schulter verriet ihm, dass sie ihm folgten.

Er beschleunigte seine Schritte und fragte sich, ob er das Richtige getan hatte. Was, wenn er mit seinem Übermut, mit seiner Gier sein Schicksal besiegelt hatte? Ganz gleich, wie sehr er sich bemühte, es gelang ihm nicht, den Anblick zu vergessen, der sich ihm in der Gräth geboten hatte. Immer wieder sah er den Inhalt des Fasses vor sich. Als er das Rathaus erreicht hatte, atmete er erleichtert auf.

Da ihm kein besserer Platz einfiel, verlangsamte er seine Schritte in der Nähe der Wachstube. Dort stellte er sich mit dem Rücken zur Mauer und blickte den beiden Kerlen mit kampfeslustig vorgerecktem Kinn entgegen. Sie würden es nicht wagen, ihn direkt unter den Augen der Wächter anzugreifen.

Einige Momente lang starrten sie sich wortlos an, ehe sie die Hände von ihren Waffen nahmen und sie unter ihren Kitteln verbargen. Einer von ihnen blickte sich argwöhnisch um, während der andere auf Gallus zutrat.

»Was willst du?«, knurrte er.

»Wenn du noch einen Schritt näher kommst, schreie ich ›Haltet den Dieb!‹«, drohte Gallus.

Der Mann blieb stehen. »Wer bist du?«

Gallus grinste. »Das ist nicht wichtig. Wichtig ist, dass ich gesehen habe, was ihr in der Gräth getrieben habt.«

Die Miene des Mannes verhärtete sich. »Und jetzt willst du für dein Schweigen bezahlt werden«, stellte er fest.

Gallus nickte. »Allerdings ist der Preis für mein Schweigen ein wenig höher als bei unserer letzten Begegnung.« Obwohl ihm das Herz bis zum Hals schlug, empfand er eine gewisse Genugtuung beim Anblick der nur mühsam unterdrückten Wut seines Gegenübers. »Wenn ich aufhören soll, mein Lied zu singen, müsst ihr mich dafür bezahlen.«

Ein Muskel in der Wange des Mannes zuckte. »Wie viel?«, knurrte er.

Gallus hatte Mühe, sich ein triumphierendes Lachen zu verkneifen. Sie hatten angebissen! »Zwanzig Gulden«, verlangte er kaltschnäuzig.

Sein Gegenüber gab einen Laut von sich, der halb Knurren, halb Schnauben war.

Gallus wusste, dass seine Forderung gewaltig war. Ein Gulden entsprach 20 Schilling, ein Schilling 40 Pfennigen, was wiederum 80 Hellern entsprach. Ein Zimmermann verdiente etwa 30 Gulden im Jahr.

»So viel können wir unmöglich aufbringen«, presste der Mann zwischen zusammengebissenen Zähnen hervor.

»Ihr könnt mich auch wöchentlich bezahlen«, gab Gallus aalglatt zurück. »Wie ihr es anstellt, ist mir gleichgültig. Falls nicht …« Sein Blick wanderte zum Eingang der Wachstube.

»Niemand würde dir glauben«, schoss sein Gesprächspartner zurück. »Du bist ein Fahrender, ein Bettler, nichts weiter als ein Taugenichts!«

»Wenn du dieser Meinung bist …« Gallus tippte sich an die Kappe und machte Anstalten, auf die Wachstube zuzusteuern.

»Warte!«, hielt ihn der Mann zurück. Er kramte in seiner Geldkatze herum und zog ein paar Silbermünzen hervor. »Mehr habe ich nicht dabei. Den Rest müssen wir erst beschaffen.«

Gallus streckte ihm die Hand entgegen.

Widerwillig wurden mehrere Schilling hineingelegt.

»Wie lange werdet ihr brauchen, um den Rest zu besorgen?«, wollte er wissen.

Der Mann zuckte die Achseln. »Ein paar Tage. Wo finden wir dich?«

»Hier«, sagte Gallus. »Ich werde weiter meine Weisen vortragen.«

»Ich hoffe, du hast noch andere Stücke, mit denen du den Leuten die Ohren vollplärren kannst«, knurrte der Kerl.

Gallus wollte gerade etwas erwidern, als zwei Wachsoldaten mit einer Trage den Marktplatz überquerten und auf den Diebesturm zusteuerten.

Eine kleine Menschentraube folgte ihnen.

Auf der Trage lag ein Toter, den Gallus selbst aus der Entfernung erkannte. Es war der Mann, vor dem er in der Gräth davongerannt war. Er kniff die Augen zusammen, um besser sehen zu können. »Sieh an«, murmelte er und wandte sich wieder an die beiden Männer. »Ich denke, jetzt ist mein Schweigen doppelt so viel wert.«

Kapitel 18

Ein dunkler Raum, April 1412

INZWISCHEN WAR ENGLIN SICHER, dass die bösen Geister sie in die Tiefen des Gremlinger Turms verschleppt hatten. Sie wusste nicht, wie viele Stunden verstrichen waren, vielleicht waren es auch Tage. Ihre Arme und Beine hatten schon lange aufgehört zu schmerzen und sie hatte kaum mehr Gefühl in ihren Zehen. Ihre Gebete waren, wie befürchtet, auf taube Ohren gestoßen, da kein rettender Engel erschienen war. Sie hatte schon so lange nichts mehr getrunken, dass ihr das Schlucken schwerfiel. Ihr Magen knurrte so laut, dass es unheimlich klang in dem stockfinsteren Gefängnis. Selbst ihre Tränen waren inzwischen versiegt.

Als sich irgendwann Schritte näherten, hob sie entkräftet den Kopf. Ein Riegel klapperte und mit dem Geräusch kehrte die Angst zurück. Unvermittelt kam wieder Leben in Englin. Mit einem Wimmern zerrte sie an den Fesseln, erreichte damit jedoch nur, dass diese tiefer in ihr Fleisch einschnitten.

Die Tür sprang auf und der Schein einer Kerze fiel in den Raum.

Englin blinzelte. Die plötzliche Helligkeit stach wie ein Messer nach ihrem Sehnerv. Nach einigen Sekunden gewöhnten sich ihre Augen an das Licht und sie konnte eine Gestalt ausmachen, die auf sie zukam.

In der Hand des Mannes blitzte eine Klinge auf.

Englin keuchte auf. »Bitte, Barmherziger, verschone mich!«, wisperte sie.

»Wie fromm du bist«, ertönte eine sanfte Stimme. Der Mann stellte die Kerze auf einem umgedrehten Fass ab und entzündete weitere Lichter an der Flamme. Schließlich erfüllte warmer Kerzenschein den Raum.

Englin kauerte sich furchtsam zusammen. Obwohl der Mann wirkte wie ein Gelehrter mit seinem steifen Rock und dem dünnen Haar unter der Samtkappe, setzte Englins Herz vor Angst einige Schläge aus, als er mit dem Messer auf sie zukam.

»Bitte wehre dich nicht«, sagte er leise.

Englin versuchte, von ihm wegzukriechen, doch die Fesseln hielten sie davon ab.

Der Mann hob das Messer.

»Gott im Himmel, erbarme dich!«, schluchzte Englin.

Doch anstatt ihr die Klinge ins Herz zu stoßen, machte sich der Mann damit an den Stricken zu schaffen, mit denen sie gefesselt war. Es dauerte nicht lange, bis er sie durchtrennt hatte.

Englin spürte, wie er ihre Hände in die seinen nahm und damit begann, das Blut zurück in ihre Finger zu streichen. »Wer seid Ihr?«, frage sie angstvoll.

Der Mann schwieg und wandte sich ihren Füßen zu. Dann betrachtete er Englin einige Augenblicke eingehend. Schließlich wandte er sich wortlos von ihr ab und machte Anstalten, den Raum zu verlassen.

»Wartet! Bitte!«, rief Englin ihm hinterher.

Doch die Tür fiel ins Schloss, ohne dass er ihre Bitte erhörte.

Am liebsten hätte Englin die Hände vors Gesicht geschlagen und ihrer Furcht freien Lauf gelassen. Doch sie zwang sich dazu, die Panik niederzuringen und das Beste aus ihrer Lage zu machen. Sie war nicht mehr gefesselt. Das Licht hatte der Mann auch dagelassen. Vielleicht gelang es ihr, einen Fluchtweg zu finden, ehe er zurückkehrte. Obwohl ihre Knie schwach und ihre Beine zittrig waren, zog sie sich an dem Pfosten, an den sie gefesselt gewesen war, in die Höhe. Dann machte sie einige vorsichtige Schritte auf das Fass mit der Kerze zu. Als sie es erreicht hatte, hielt sie sich daran fest, um einen Moment lang zu verschnaufen. Der Raum schien sich um sie zu drehen. Sie griff nach der Kerze, hob sie in die Höhe und sah sich um. Ihr Gefängnis war geräumiger, als sie gedacht hatte. Außer dem Bett, an das der Mann sie gefesselt hatte, befanden sich ein Tisch, zwei Stühle, mehrere leere Regale, das umgedrehte Fass und zwei Truhen in dem hohen Raum. Es schien sich um einen Keller zu handeln, da Englin hoch oben unter der Decke eine winzige Luke entdeckte, durch die vermutlich Holz geschüttet werden konnte.

Sie wollte gerade den Tisch unter die Luke schieben, um zu versuchen, sie zu erreichen, als die Schritte zurückkehrten. Hastig setzte sie sich wieder aufs Bett, faltete die Hände und senkte den Kopf. Ihre Frömmigkeit schien ihm gefallen zu haben. Deshalb begann sie, ein Gebet zu sprechen, sobald er die Tür wieder aufschloss.

Einige Momente schien er auf der Schwelle zu verharren, ehe er den Raum erneut betrat und die Tür hinter sich schloss. »Die Frömmigkeit steht dir gut zu Gesicht«, sagte er.

Seine Stimme jagte Englin einen Schauer über den Rücken. Warum war er so nett zu ihr? Wenn er sie entführt hatte, um sie zu töten, weshalb tat er es dann nicht? Ein Geist war er jedenfalls nicht, dessen war sie sich inzwischen sicher. Aber was wollte er von ihr? Sie hob furchtsam den Blick, als er näher kam.

»Zieh das an!«, befahl er.

Englin unterdrückte ein Keuchen. Über seinem Arm lag ein Gewand von solcher Pracht, wie sie es bisher nur bei den reichen Ulmerinnen gesehen hatte. Selbst im Kerzenschein funkelten die Perlen, mit denen das Kleid bestickt war.

»Ich …«, stammelte sie.

»Ich komme zurück, wenn du bereit bist«, sagte er, legte die Kleider auf dem Bett ab und verschwand wieder aus ihrem Gefängnis.

Englin sprang auf und wollte ihm hinterherlaufen, doch sie war zu schwach. Mit einem Stöhnen klammerte sie sich an dem Bettpfosten fest und wartete, bis sich der Schwindel legte. Offenbar hatte sie keine Wahl. Während die Furcht in ihr Herz zurückkehrte, betastete sie das kostbare Gewand.

Kapitel 19

Ulm, April 1412

Am folgenden Tag war Anna früh auf den Beinen. Im Laufe des Vormittags wurde die Meisterin aus Ersingen zurückerwartet, weshalb die Ehehalten, die Knechte und Mägde der Beginen, besonders emsig bei der Arbeit waren. Als erwarteten sie den Besuch des Kaisers oder des Papstes, fegten sie den Hof, zupften Unkraut und sahen zu, dass keine Gerätschaften herumlagen. Die Aufregung schien sich auf die reisenden Frauen der Herberge zu übertragen, da sich einige von ihnen beeilten, die Sammlung zu verlassen, um ihren Weg fortzusetzen.

Der Wind spielte mit der weißen Blütenpracht der Bäume und ließ die Blütenblätter zu Boden rieseln wie Schnee. Der Duft von frisch geschnittenem Gras und

Kirschbäumen hing in der Luft, vermischte sich mit den Gerüchen aus der Küche, in der Brot gebacken wurde. Kleine Wolken wurden über den Himmel getrieben, so dass Anna in einem Moment in der prallen Sonne stand, im anderen im Schatten fröstelte. Eine Schicht gelber Pollen lag über der kleinen Kutsche im Hof, die seit Tagen nicht bewegt worden war.

Anna unterdrückte ein Gähnen. Sie hatte die halbe Nacht wachgelegen, da ihr der Tod des Zimmermanns Konrad nicht aus dem Kopf ging. Wenn die Leichenschau bestätigte, dass er tatsächlich vergiftet worden war, musste sich jemand in die Siechenstube geschlichen haben. Dass es ein Insasse oder ein Helfer war, konnte Anna sich kaum vorstellen. Andererseits war es so gut wie unmöglich, ungesehen am Torhüter vorbeizukommen. Allerdings war es gewiss machbar, sich auf einem der Fuhrwerke zu verstecken, die tagtäglich ins Spital kamen. Mit einem unbehaglichen Gefühl im Bauch machte sie sich auf den Weg zum Spital.

Sie war noch nicht weit gekommen, als ihr der Magister Hospitalis entgegenkam. Zu ihrer Verwunderung war er allein und zu Fuß unterwegs. Er schien Anna nicht zu bemerken, da er auf der anderen Straßenseite in Richtung Marktplatz eilte. Mit einem Stirnrunzeln sah Anna ihm nach. Wollte er der Leichenschau beiwohnen? Oder suchte er weiteren Streit mit ihrem Bruder, dem Pfleger? Das geht dich nichts an, ermahnte sie sich und setzte ihren Weg fort. Wenig später erreichte sie das Spital. Ein Karren, der Korn zur Spitalmühle in der Nähe des Glöcklertors brachte, hätte sie beinahe überfahren.

»Pass doch auf!«, rief Anna dem Lenker hinterher, doch der schien sie nicht einmal zu hören.

»Die Meisterin braucht deine Hilfe«, begrüßte Lazarus sie, als sie die Dürftigenstube betrat. »Eine der Wöchnerinnen fiebert.«

Anna kämpfte mit ihrer Enttäuschung, weil er kein persönliches Wort für sie hatte. Allerdings schien er mit seinen Gedanken woanders zu sein. Sie vermutete, dass es etwas mit dem Spitalmeister zu tun hatte, wollte ihn jedoch nicht fragen. Er sollte sie nicht für eine neugierige Elster halten.

Nachdem sie die Arzneien, die sie mitgebracht hatte, in der Kräuterküche abgestellt hatte, begab sie sich in den Bereich, in dem sich die Wöchnerinnen befanden. Die meisten der jungen Frauen waren wohlauf und säugten ihre Kinder, einige schienen hingegen zu schwach zu sein.

»Da bist du ja«, begrüßte die Milchmutter sie. Von der Meisterin, die die Oberaufsicht über die Schwestern im Heilig-Geist-Spital führte, war weit und breit nichts zu sehen.

»Lazarus meinte, die Meisterin braucht meine Hilfe«, sagte Anna.

Die Amme nickte. Sie hatte einen winzigen Jungen in den Armen, den sie an ihre Brust hielt. »Seiner Mutter geht es nicht gut.« Sie zeigte auf eine Wöchnerin, die so blass war, dass ihre Haut fast dieselbe Farbe hatte wie die Kissen. »Sie hat starke Blutungen, die nicht aufhören wollen.«

»Habt ihr nach einem Arzt geschickt?«, wollte Anna wissen.

»Gott bewahre!«

Anna seufzte. Natürlich nicht. Alles, was mit Geburt oder Kindbett zu tun hatte, war Frauensache. So war es schon immer, so würde es auch immer bleiben.

»Kannst du ihr einen Trank bereiten?«, fragte die Milchmutter.

Anna nickte. Sie verließ die Stube der Wöchnerinnen, um Betonienwein aus der Kräuterküche zu holen, und packte ein paar Leinenbinden für Wasserwickel ein. Zurück bei der Kranken, tauchte sie die Binden in kaltes Wasser und umwickelte die Oberschenkel der Frau, damit sie innerlich kühler werden konnten. Durch die Frischheit des Wickels und des kalten Wassers wurde der überflüssige Blutfluss zurückgehalten. Sobald sie fertig war, strich sie das Blut der Venen in Herzrichtung aus den Armen und Beinen der Wöchnerin. Dadurch wurden die Adern gezwungen, dem Blut einen rechten Weg freizugeben, hatte sie es von einer älteren Begine gelernt. Im Anschluss an diese Prozedur füllte sie etwas von dem Betonienwein in einen Becher und flößte ihn der Frau ein.

»Sie muss die nächsten Tage unbedingt Bettruhe halten«, sagte sie schließlich.

»Wie lange?«, fragte eine tiefe Frauenstimme.

Anna wandte sich um. Als sie sah, dass die Meisterin die Stube betreten hatte, erhob sie sich und senkte ehrerbietig den Kopf.

»Wir haben nicht genug Betten«, sagte die Meisterin.

»Wenn sie sich überanstrengt, wird das Blut wieder in Schwung gesetzt und ihre Blutungen verstärken sich«, erwiderte Anna. »Sie sollte sich auch vor harten und bitteren Speisen wie Rohkost oder Fleisch hüten.«

Die Meisterin seufzte. »Seit der Pfleger befohlen hat, mehr Platz für reiche Pfründner zu schaffen, wird es immer enger.« Sie schüttelte den Kopf.

Anna fühlte sich plötzlich unbehaglich.

Allerdings schien die Meisterin nicht zu wissen, dass es

sich bei dem unbeliebten Pfleger um Annas Bruder handelte. »Es geht immer nur ums Geld«, seufzte sie. »Selbst in diesem heiligen Orden.«

Da Anna nicht wusste, was sie darauf entgegnen sollte, nestelte sie an den Wickeln der Wöchnerin herum und wartete, bis die Meisterin die Stube wieder verlassen hatte. Dann packte auch sie ihre Sachen zusammen und ging zurück in die Kräuterküche.

Bis zum nächsten Stundengebet war sie damit beschäftigt, Tränke und Arzneien herzustellen. Doch sobald der Kaplan sie entließ, gewann ihre Neugier die Oberhand und sie beschloss, sich bei den Tagelöhnern, Viehmägden und Knechten umzuhören. Anders als sie und Lazarus, befanden sich diese Spitalhelfer fast den ganzen Tag im Freien und wenn jemand etwas gesehen hatte, dann vermutlich sie. Ihr war klar, dass sie damit den Zorn des Spitalmeisters auf sich ziehen würde, wenn er davon erfuhr. Doch die Tatsache, dass der Zimmermann Konrad hier, an diesem geschützten Ort, offenbar vergiftet worden war, ließ ihr keine Ruhe. Einen Augenblick lang erwog sie, Lazarus in ihr Vorhaben einzuweihen, verwarf den Gedanken jedoch. Sie wollte nicht, dass er Schwierigkeiten bekam.

Sie war gerade auf dem Weg zu den Ställen, als eine große Gruppe von Stadtwächtern den Hof betrat. Annas Bruder folgte ihnen mit einer gewichtigen Miene. Beim Anblick der Männer beschlich Anna ein schlimmes Gefühl.

»Ruft alle im Hof zusammen!«, hörte sie den Hauptmann der Wache sagen. »Wir müssen jeden Einzelnen befragen.«

Kapitel 20

Ulm, April 1412

»Anna! Auf ein Wort.« Jakob Ehinger gab seiner Schwester zu verstehen, ihm zu einem der überdachten Säulengänge zu folgen. Dort, im Schatten eines der Kanzleigebäude, fasste er sie hart beim Arm.

»Du tust mir weh«, protestierte Anna und machte sich von ihm los. »Was ist? Hat die Leichenschau bestätigt, dass der Zimmermann vergiftet worden ist?«

Jakob nickte. »Aber das ist nicht der Grund, warum ich dich sprechen will. Ich bin hier, um dich zu warnen.«

Anna riss die Augen auf. »Warnen? Wovor?«

»Vor dem Spitalmeister.«

»Weshalb?«

Jakob verzog das Gesicht. »Meinetwegen«, brummte er.

»Was …?«

»Ich habe vorhin durch einen Zufall mit angehört, wie er sich mit ein paar Ratsmitgliedern unterhalten hat.«

»Aber was hat das mit mir zu tun?« Seine ernste Miene machte Anna Angst.

»Eigentlich gar nichts. Ich fürchte allerdings, dass er dich und die anderen Beginen als Mittel zum Zweck benutzen will, um wieder mehr Macht und Einfluss im Spital zu erhalten.«

»Wie meinst du das?«

»Sein Plan scheint zu sein, Ratsmitglieder für sich zu

gewinnen, denen der Gedanke gefällt, die Beginen zu enteignen. Seit dem Beginenverbot …«

»Aber die Sammlung hat sich doch schon vor langer Zeit dem Franziskanerorden angeschlossen«, gab Anna zurück. »Der Rat hat gelobt, uns zu beschirmen und zu beschützen!«

Jakob seufzte. »Ich weiß. Allerdings scheinen euer Reichtum und der zunehmende Einfluss inzwischen vielen ein Dorn im Auge zu sein.«

Anna begriff. »Liegt es daran, dass die Sammlung die Gerichtsbarkeit über Ersingen hat? Dass die Meisterin dort den Schultes einsetzt?«

»Nicht nur. Es werden auch immer mehr Stimmen aus den Reihen der Franziskanermönche laut, denen eure Selbstbestimmtheit und Freizügigkeit nicht gefällt. Sie würden es begrüßen, wenn ihr euch mehr wie die Klarissen in Söflingen benehmen würdet.«

»Das alles hat aber nichts mit dir zu tun«, stellte Anna fest.

»Nein«, gestand Jakob. »Die Tatsache, dass der Spitalmeister versucht, genug Einfluss zu gewinnen, um einen anderen Pfleger einsetzen zu lassen, hingegen schon. Es scheint, als wolle er zwei Fliegen mit einer Klappe schlagen.«

»Indem er unsere Sammlung bestiehlt?«

»Die Aussicht darauf, eure Besitztümer dem Rat einzuverleiben, scheint vielen zu gefallen«, gab Jakob zurück.

»Das glaube ich«, murmelte Anna. »Und was sollen wir deiner Meinung nach tun?«

»Ich denke, du solltest die Meisterin warnen«, erwiderte Jakob. »Ihr wird gewiss etwas einfallen, wie sie sich gegen Anfeindungen wehren kann.«

»Hast du Angst, dass dein Fortkommen im Rat durch uns gefährdet werden könnte?«, fragte Anna kühl.

Ihr Bruder seufzte. »Das ist etwas anderes. Hier geht es um mehr als um mich. Die jüngeren Familien streben nach mehr Macht. Da du nicht die einzige Begine aus einem alten Patriziergeschlecht bist, wäre es ein probates Mittel für sie, euch und damit die Familien zu verunglimpfen.«

»Ich kann aber hier nicht fort«, wandte Anna ein. »Der Hauptmann hat gesagt, er würde jeden Einzelnen befragen.«

Jakob schüttelte den Kopf. »Du und Lazarus seid bereits vernommen worden. Ich bin sicher, er lässt dich gehen. Ich werde ihn persönlich darum bitten.«

Anna war nicht wohl bei der Sache. Die Anfeindungen durch die Prediger und die anderen Geistlichen in der Stadt hatten in den letzten Monaten zugenommen. Wenn jetzt auch noch der Rat gegen sie war … Sie wagte nicht, sich auszumalen, was passieren konnte, sollte man sie der Ketzerei beschuldigen. Vielleicht reichte der Einfluss ihrer Familie doch nicht aus, um sie zu schützen. Mit einem unguten Gefühl im Bauch folgte sie Jakob zu den Soldaten.

»Schwester Anna muss zurück zur Sammlung«, setzte dieser den Hauptmann in Kenntnis. »Wollt Ihr sie noch mal befragen?«

Der Hauptmann verneinte. »Sie kann gehen.«

»Ich begleite dich«, sagte Jakob.

Anna folgte ihm vom Hof. Ein Teil von ihr war froh, dem Geschehen zu entkommen. Ein anderer Teil ärgerte sich darüber, dass sie nicht mitbekam, was vor sich ging.

»Ich muss noch kurz ins Rathaus«, informierte Jakob sie. »Ein paar Briefe abgeben.« Er ging voran in Richtung Westen, bis sie den Marktplatz erreichten. »Warte hier«, bat er sie, als sie vor dem imposanten Gebäude angekommen waren. »Ich bin gleich wieder da.« Ehe Anna etwas erwidern konnte, verschwand er durch die Pforte.

Da an diesem Tag kein Wochenmarkt stattfand, war der Platz vor dem Rathaus nicht so bevölkert wie sonst. Deshalb schenkte Anna kaum jemand Beachtung. Sie war froh, unbehelligt zu bleiben, und zog sich in eine Nische zurück. Während sie auf ihren Bruder wartete, überschlugen sich die Gedanken in ihrem Kopf. Dass der Spitalmeister sie und die anderen Beginen dazu benutzen wollte, Jakob eins auszuwischen, machte sie wütend. Von den anderen Sammlungsschwestern wusste sie, dass es immer wieder zu Reibereien mit den Franziskanermönchen kam. Diese fühlten sich offenbar hintergangen, weil die Beginen mehrere Verträge mit der Stadt ohne einen Vertreter des Ordens geschlossen hatten.

Sie stieß einen Seufzer aus und fragte sich, ob Jakob recht hatte. Vielleicht sollte sie die Sammlung verlassen und einen jungen Patrizier zum Gemahl nehmen. Dann würden ihr die teils neugierigen, teils misstrauischen Blicke erspart bleiben, mit denen manche Ulmer sie bedachten. Als ein schwer beladenes Fuhrwerk über den Marktplatz polterte, sah sie ihm hinterher. Der Mann auf dem Bock lenkte es nach Westen und steuerte auf das städtische Waag- und Zollhaus, die Gräth, zu. Dort lud er seine Fuhre ab und sprach mit einem der Zöllner.

Anna kniff die Augen zusammen. Der Mann, mit dem sich der Wagenlenker unterhielt, trug eine Handwerkertracht. Ein Gedanke schoss ihr in den Kopf. Warum hatte sie daran nicht früher gedacht? Sie wusste, dass viele

Handwerker sich als Zöllner oder Wächter verdingten. Vielleicht hatte sich auch der Zimmermann Konrad ein Zubrot verdient. Sollte er nicht von einer Frau gesprochen haben? Sie hatte ihn nicht genau verstanden und angenommen, dass Grete ein Name war. Konnte es möglich sein, dass er gar nicht von einer Person geredet hatte, sondern vom Waaghaus?

Sie warf einen Blick zum Rathaus. Da von Jakob weit und breit nichts zu sehen war, nahm sie allen Mut zusammen und trat aus der Nische. Der Weg zur Gräth war kurz, dennoch kam er ihr vor wie eine Meile. Vor dem Waaghaus angekommen, drückte sie sich zwischen Fuhrwerken und Waren hindurch, bis sie einen der Zöllner erreichte.

»Was willst du denn hier?«, fragte er unfreundlich, als er sie sah. »Hast du dich verlaufen?«

Anna schüttelte den Kopf. »Ich habe eine Frage«, sagte sie nach kurzem Zögern. Sie zeigte auf seine Tracht. »Bist du Zimmermann?«

Der Mann runzelte die Stirn. »Weshalb interessiert dich das?«

Anna ließ sich von seinem schroffen Ton nicht einschüchtern. Sie straffte die Schultern. »Kennst du einen Zimmermann namens Konrad, der sich ebenfalls hier in der Gräth verdingt hat?«

Der Mann musterte sie misstrauisch. »Was geht Konrad eine wie dich an?«

»Also kennst du ihn?«

»Kennen ist zu viel gesagt«, brummte der Zöllner. »Aber ich weiß, dass hier einer mit Namen Konrad die Nachtaufsicht führt.«

»Führt? Das heißt, er ist nicht verschwunden?«

»Woher soll ich das wissen? Das geht mich nichts an. Und dich auch nicht.« Er kehrte Anna den Rücken, um einen voll beladenen Wagen in Empfang zu nehmen.

»Anna!«

Sie wirbelte herum und sah Jakob auf sich zueilen. Eine steile Falte zwischen seinen Brauen verriet seinen Unmut. »Was soll das? Was tust du hier?«

»Nichts«, log Anna. »Ich wollte nur …«

Jakob schnitt ihr mit einer Geste das Wort ab. »Komm!«

Kapitel 21

Ulm, April 1412

AUF DEM WEG zum Beginenhof machte Jakob Anna Vorhaltungen, weil sie nicht vor dem Rathaus auf ihn gewartet hatte.

»Hast du Angst, dass mir etwas zustößt?«, fragte sie verwundert. Sie legte den Weg von der Sammlung zum Heilig-Geist-Spital jeden Tag allein zurück und bisher hatte ihr Bruder nicht den Eindruck erweckt, sich um ihre Sicherheit zu sorgen.

»Nein«, brummte er. »Aber was sollen die Leute denken, wenn sie sehen, dass du dich bei dem Gesindel vor der Gräth herumtreibst?«

»Das sind Kaufleute«, protestierte Anna.

»Es sind Fuhrknechte«, berichtigte Jakob sie. »Ganz gewiss nicht der richtige Umgang für eine Begine.«

Anna senkte gescholten den Kopf. Er hatte recht. Wenn die Meisterin davon erfuhr, dass sie ihre Nase in Angelegenheiten steckte, die sie nichts angingen, würde sie ihr gewiss eine Buße auferlegen. »Hast du im Rathaus noch etwas über den Spitalmeister erfahren?«, wechselte sie hastig das Thema.

Jakob schüttelte den Kopf. »Ich kann nicht einfach herumgehen und die anderen Ratsmitglieder ausfragen«, gab er zurück. »So leicht ist es nicht.«

Anna verstand. Durch den Beitritt jüngerer Patrizierfamilien war das Gleichgewicht des Rates gestört worden und es hatten sich Grüppchen gebildet. Etwas Ähnliches war ihr von den Klarissen in Söflingen bekannt, wo sich einige Schwestern immer offener gegen die Äbtissin stellten.

Beim Beginenhof angekommen, fasste Jakob Anna beim Arm und zwang sie, ihn anzusehen. »Sei vorsichtig«, bat er. Als sie nichts erwiderte, stieß er einen Seufzer aus. »Ich wünschte wirklich, du würdest es dir anders überlegen und einen netten Burschen ehelichen.«

Anna presste die Lippen aufeinander.

»Gib meine Warnung an die Meisterin weiter«, sagte Jakob. Er ließ Annas Arm los. Dann machte er kehrt und ging zurück in Richtung Marktplatz.

»Das sah ernst aus«, kommentierte die Torhüterin, als Anna den Hof betrat. »Gibt es Probleme?«

Anna blies die Wangen auf. »Wo ist die Meisterin?«, fragte sie anstelle einer Antwort.

»In der Schreibstube«, erwiderte die Torhüterin. Sie blickte Anna verwundert nach, als diese in Richtung Hauptgebäude lief.

Anna betrat den vierstöckigen Bau durch eines der großen Tore und machte sich auf den Weg ins erste Obergeschoss. Das Treppenhaus lag trotz des Sonnenscheins im Freien im Halbdunkel, so dass man die frommen Sprüche an der Wand kaum lesen konnte. Sobald Anna den Treppenabsatz erreicht hatte, wandte sie sich nach links, um den Korridor entlang zur Schreibstube zu eilen.

»Herein!«, ertönte es aus dem Inneren, nachdem Anna angeklopft hatte.

Beklommen öffnete sie die Tür und trat über die Schwelle in einen großen Raum mit verglasten Fenstern.

Die Meisterin, eine stämmige Frau mit graumeliertem Haar, saß an einem Schreibtisch, auf dem sich Briefe, Bücher und ein paar Holzladen stapelten. Sie schien damit beschäftigt zu sein, ein Schreiben zu versiegeln. Vermutlich gab es nach dem Besuch in Ersingen allerlei Verwaltungsaufgaben zu erfüllen. »Anna«, begrüßte sie die junge Frau. »Was gibt es? Wieso bist du nicht im Spital?«

Anna neigte ehrerbietig den Kopf. »Es ist etwas vorgefallen, vor dem ich dich warnen muss«, sagte sie.

Die Meisterin legte ihr Siegel beiseite. »Bist du in Schwierigkeiten?«, fragte sie und musterte Anna von Kopf bis Fuß.

Anna schüttelte den Kopf. Dann berichtete sie, was im Spital passiert war und was ihr Bruder ihr erzählt hatte.

Die Meisterin unterbrach sie kein einziges Mal. »Das ist nicht gut«, murmelte sie, als Anna geendet hatte.

»Was sollen wir gegen den Magister Hospitalis unternehmen?«, wollte Anna wissen. Sie spürte, dass ihre Wangen vor Aufregung glühten.

»Gar nichts«, war die Antwort, die Anna verwirrt blinzeln ließ.

»Gar nichts?«

Die Meisterin erhob sich und ging zu dem kleinen Altar in der Ecke der Stube. Dort schlug sie ein Kreuz vor der Brust und sank auf die Knie.

Es dauerte einige Augenblicke, ehe sie sich wieder erhob, um ihre Aufmerksamkeit Anna zuzuwenden. »Unsere Aufgabe ist die Versorgung der Kranken und Notleidenden«, sagte sie. »Gott wird seine Hand über uns halten und uns vor allem Übel bewahren.«

Anna glaubte, ihren Ohren nicht zu trauen. »Das heißt, wir warten einfach ab, ohne etwas zu unternehmen?«

Die Meisterin schüttelte den Kopf. »Wir bitten den Barmherzigen um Hilfe.«

»Mehr nicht?« Sobald die Worte ihren Mund verlassen hatten, bereute Anna sie.

Die Meisterin bedachte sie mit einem strengen Blick. »Zweifelst du an der Güte des Allmächtigen?«

»Nein!«, beeilte Anna sich zu sagen. »Aber …«

»Kein Aber, Kind«, unterbrach die Meisterin sie. »Und jetzt geh zurück ins Spital und tu deinen Dienst an den Bedürftigen.« Mit diesen Worten entließ sie die junge Frau.

Zurück auf dem Korridor, biss Anna sich auf die Lippe. Sie konnte einfach nicht glauben, dass die Meisterin nichts unternehmen wollte. Gewiss, Gott würde nicht zulassen, dass die Ulmer sich gegen sie wandten. Etwas anderes zu denken wäre lästerlich. Doch wenn die Meisterin so sicher war, dass ihnen göttlicher Schutz gewährt wurde, warum hatten die Beginen dann überhaupt einen Vertrag mit dem Rat geschlossen? Und was war mit all den anderen Sammlungen und Höfen, die seit dem Beginenverbot aufgelöst worden waren? Mit den Schwestern, die entweder vertrieben oder hingerichtet worden waren? Anna spürte, wie ein Frösteln in ihr aufstieg. Der giftige Blick des Magisters Hospitalis ging ihr nicht aus dem Kopf. Ein unvermittelter Gedanke ließ sie aufkeuchen. Was, wenn man den Schuldigen im Spital nicht fand? Was, wenn der Spitalmeister den Mord an dem Zimmermann zum Anlass nahm, um Anna oder eine der anderen Beginen zu beschuldigen? Der Gedanke erschien im ersten Moment weit hergeholt. Doch der Hass des Magisters Hospitalis schien gewaltig zu sein. Lag es da nicht nahe, dass er sich ein Opfer suchte, dessen Beschuldigung nicht nur den Beginen, sondern auch mehreren Ratsmitgliedern schaden würde?

Anna schlang die Arme um sich. Nach einigen Augenblicken des Grübelns fasste sie einen Entschluss. Auch wenn sie auf Gott vertraute, würde sie nicht einfach abwarten wie ein Lamm auf der Opferbank! Jetzt, wo sie eine Vermutung hatte, wo der Zimmermann Konrad sich aufgehalten haben könnte, durfte sie nicht einfach die Hände in den Schoß legen. Hieß es nicht immer, Gott würde den Tüchtigen helfen? Ihr war klar, dass sie mit ihrem Vorhaben nicht nur den Zorn der Meisterin auf sich ziehen würde. Ihr Bruder, die Stadtwache, der Spitalmeister … Die Liste schien lang zu sein. Einzig bei Lazarus war sie sich sicher, dass er sie verstehen würde. Während ihre Furcht ein wenig abebbte, beschloss sie, ihre Nachforschungen im Spital zu beginnen. Wenn sie herausfand, ob es möglich war, sich am Torhüter vorbei in den Hof zu schleichen, konnte sie beweisen, dass ein Fremder als Täter infrage kam.

Kapitel 22

Ein Gefängnis, April 1412

Mit einem Schluchzen brach Englin in die Knie und sackte in sich zusammen wie ein Häufchen Elend. Seit Stunden versuchte sie, einen Ausweg aus ihrem Gefängnis zu finden, doch die winzige Luke war nicht zu erreichen. Auch die Tür bot keine Fluchtmöglichkeit, da sie von außen verriegelt zu sein schien. Ihre Finger bluteten, da sie sich beim Versuch, die Tür zu öffnen, die Nägel abgebrochen hatte. Die Kerze auf dem umgedrehten Fass war inzwischen fast vollkommen herabgebrannt, und es mussten Stunden vergangen sein, seit der Mann ihre Fesseln durchschnitten hatte. Anders als behauptet, war er nicht zurückgekommen, obwohl Englin das prachtvolle Kleid angezogen hatte. Es roch nach Lavendel, der gegen Mottenbefall half, nach Staub und etwas anderem, das

Englin nicht bestimmen konnte. Der Stoff wirkte an manchen Stellen brüchig, als ob das Gewand schon sehr alt sei.

Vor Hunger und Durst war sie inzwischen so geschwächt, dass sie nicht einmal mehr die Kraft fand, sich aufzurappeln. Obwohl der Boden schmutzig war, rollte sie sich zusammen wie ein Kind und weinte in den Stoff des fremden Gewandes. Warum tat man ihr das nur an? Strafte Gott sie für das, was sie im Badehaus ihres Vaters tun musste? Wusste Er nicht, dass sie dazu gezwungen wurde?

Sie weinte so lange, bis ihre Tränen versiegten und sie sich so leer fühlte, dass es beinahe tröstlich war. Die Verzweiflung wich der Entkräftung, und als sich endlich Schritte näherten, empfand sie nicht einmal mehr Furcht. Sie würde sich in ihr Schicksal ergeben, ganz gleich, welche Bürde der Allmächtige ihr auferlegt hatte. Wenn sie ihr Los willig ertrug, würde ihr vielleicht Gnade zuteilwerden. Sie hörte das Klirren der Schlüssel und das Geräusch eines Riegels, der aus der Halterung gehoben wurde. Dann öffnete sich die Tür.

Einen Augenblick lang stand ihr Kerkermeister wortlos auf der Schwelle. Dann betrat er den Raum, stellte eine Schale und einen Krug auf dem Tisch ab und kam auf Englin zu. Behutsam fasste er sie unter den Achseln und half ihr auf die Beine. Seine Augen weiteten sich, als er ihre Erscheinung von Kopf bis Fuß musterte. »Du bist wunderschön«, hauchte er.

Englins Knie gaben nach und sie wäre erneut in sich zusammengesunken, hätte er sie nicht gestützt. Auch wenn er bemerken musste, dass sie den Tisch verschoben hatte, um die Luke zu erreichen, verlor er kein Wort darüber. Mit einer galanten Geste lud er sie ein, sich zu setzen, und nahm gegenüber Platz.

Obwohl Englins Furcht bei dem unheimlichen Glanz in seinen Augen zurückkehrte, griff sie nach dem Krug und trank den mit Wasser verdünnten Wein darin mit gierigen Schlucken. Nachdem sie sich den Mund abgewischt hatte, hob sie die Schale vom Tisch. Der dicke Eintopf darin schien das Beste zu sein, was sie jemals gegessen hatte.

»Bald bist du wieder bei Kräften, Liebste«, sagte der Mann.

Englin erstarrte mitten in der Bewegung. *Liebste*? Sie wagte nicht, den Blick zu heben, um ihn anzusehen.

»Möchtest du dich noch ein wenig ausruhen?«, fragte er.

Englin spürte, wie sich ihr Herzschlag beschleunigte, als ihr ein Einfall in den Kopf schoss. Ihr Entführer war nicht besonders stämmig. Sie überwand ihre Furcht und sah ihn an. Wie bei seinem ersten Besuch in ihrem Gefängnis kam er ihr vor wie ein Gelehrter. Wenn sie wieder bei Kräften war, konnte sie ihn vielleicht überwältigen und fliehen. »Ich bin so entsetzlich hungrig«, erwiderte sie, in der Hoffnung, dass er ihr noch etwas zu essen bringen würde. Je stärker sie war, desto eher bestand die Möglichkeit, dass ihr Plan Erfolg hatte.

»Ich bringe dir noch etwas Brot und Käse«, sagte er. »Bitte entschuldige, dass ich nicht vorher zu dir gekommen bin. Es gab …« Er brach den Satz ab. Dann zog er etwas aus der Tasche und legte es auf den Tisch. Es war ein silbernes Kreuz an einer langen Kette.

Englin starrte es verwundert an. Wollte er, dass sie es sich um den Hals legte? Die Oberfläche des Metalls schien frisch poliert worden zu sein, da es im Kerzenschein glänzte und funkelte. Ehe sie etwas sagen konnte, erhob er sich und verließ das Gefängnis.

Englin griff nach dem Kruzifix. Es war groß und schwer, vielleicht konnte es ihr als Waffe dienen. Sie wog es nachdenklich in der Hand. Das Mahl hatte ihre Erschöpfung vertrieben und die Aussicht auf eine Fluchtmöglichkeit brachte ihren Mut zurück. Was auch immer der Mann von ihr wollte, offenbar hatte er nicht vor, ihr Gewalt anzutun. Noch nicht. Denn eines hatte Englin in ihrem Leben bereits gelernt: Man durfte sich niemals vom ersten Eindruck täuschen lassen.

Kapitel 23

Ulm, April 1412

DER SPIELMANN GALLUS trat gelangweilt von einem Fuß auf den anderen. Eigentlich verspürte er nicht die geringste Lust, sich an diesem traumhaften Tag die Füße in den Bauch zu stehen und in seine Sackpfeife zu blasen. Die Schillinge, die er den beiden Kerlen abgeluchst hatte, lagen schwer in seiner Tasche und in Gedanken war er bereits dabei, die vierzig Gulden auszugeben. Was er mit so viel Geld nicht alles würde anfangen können! Vielleicht mietete er sich ein kleines Haus am Rand der Stadt und suchte sich eine einfältige reiche Witwe, der er das Herz stehlen konnte. Wenn er erst in anständigen Kleidern steckte ... Welches Weibsbild würde da widerstehen können? Er hatte von anderen gehört, denen es gelungen war, sich mit ihren Liebeskünsten in einem wahrhaft fürstlichen Nest einzunisten.

Ein Lächeln huschte über sein Gesicht. Es war ihm durchaus nicht verborgen geblieben, wie die älteren Ulmerinnen ihn beäugten. In seinen engen Hosen und der bunten Schecke wirkte er vermutlich männlicher auf sie als ihre langweiligen, verstaubten Gemahle, die nicht wussten, wie man eine Dame zum Frohlocken brachte.

Anders als Gallus.

Er blinzelte einer hübschen Magd zu, die bis an den Haaransatz errötete. Dann nahm er seine Kappe ab, schulterte die Sackpfeife und fing an, eine heitere Melodie zu spielen. Während Pfennig um Pfennig in seiner Kappe landete, fragte er sich, ob ihn die Kerle beobachteten. Immer wieder sah er sich auf dem Marktplatz um, doch von den beiden war weit und breit nichts zu sehen. Ein paar Tage würden sie brauchen, um den Rest des Geldes aufzutreiben, hatten sie gesagt. Da ihnen klar sein musste, wie viel auf dem Spiel stand, würden sie nicht versuchen, ihn zu betrügen. Jedenfalls war er bemüht, sich das einzureden.

Was, wenn sie ihre Sachen gepackt und die Stadt verlassen haben, meldete sich eine kleine Stimme zu Wort. Würden sie wirklich das Risiko eingehen, einen Mitwisser am Leben zu lassen und für sein Schweigen zu bezahlen? Er an ihrer Stelle hätte den nächstbesten Mörder gedungen, damit dieser dem Erpresser die Kehle durchschnitt und ihn in den Fluss warf. Unbehagen stieg in ihm auf. Während er eine neue Melodie trällerte, musterte er die

Menge unauffällig. Allerdings fiel ihm niemand auf, der sich verdächtig verhielt.

»Wir zogen durch weite Lande,
von Dorf zu Dorf, von Stadt zu Stadt,
es war eine gar lustige Bande,
die ihre helle Freude hat«, spielte er auf.

Er wollte gerade die zweite Strophe des Liedes anstimmen, als zwei Soldaten aus der Wachstube auf ihn zugestürmt kamen. Ihnen folgte ein junger Bursche, der an seiner Tracht als Maurer zu erkennen war.

»Das ist er!« Er zeigte mit dem Finger auf Gallus.

Gallus ließ die Sackpfeife sinken.

»Er hat mich bestohlen!«

Die Wächter traten auf ihn zu und senkten die Spieße.

»Was soll das?«, fragte Gallus. Er hob hastig seine Kappe auf und steckte die Münzen in die Tasche. »Wer bist du? Ich kenne dich nicht!«

»Du lügst!« Der junge Mann spuckte auf den Boden. »Dieb!«

»Er beschuldigt dich, ihm ein kostbares Werkzeug gestohlen zu haben«, erklärte einer der Stadtsoldaten.

Gallus schnaubte. »Was für ein Unsinn! Er verwechselt mich mit jemandem. Was sollte ich mit einem Werkzeug anfangen?«

»Es verkaufen.«

»Öffne dein Bündel!«, befahl der ältere der beiden Wächter.

Gallus schluckte die blumigen Ausdrücke, die ihm auf der Zunge lagen, herunter und hob sein Bündel auf. Wenn er tat, was sie wollten, würden sie ihren Fehler einsehen.

Er zog an der Schnur und zog den Stoff auseinander, so dass man den Inhalt sehen konnte.

»Hah! Da! Ich hatte recht!«, rief der Jüngling aus.

Gallus runzelte die Stirn. »Was redest du?«

Einer der Wächter riss ihm das Bündel aus der Hand, kramte darin herum und zog eine schwere Kelle daraus hervor.

»Was soll das?« Gallus betrachtete das Werkzeug wie eine giftige Schlange. »Wie kommt das in mein Bündel?«

»Das würden wir auch gerne wissen«, knurrte der Soldat. Er gab seinem Begleiter ein Zeichen, woraufhin dieser Gallus hart am Arm packte. »Du bist verhaftet.«

»Nein!«, protestierte Gallus. »Das ist ein Irrtum!«

Der Griff um seinen Arm verstärkte sich. »Wenn du dich wehrst, tust du dir nur selbst weh«, warnte ihn der Wachmann.

»Bring ihn in den Diebesturm«, befahl der Ältere. »Ich setze den Hauptmann in Kenntnis.«

Bevor Gallus begriff, was geschah, wurde er grob über den Marktplatz gezerrt, auf einen hohen Turm mit buntem Schindeldach zu, in dem sich offensichtlich ein Gefängnis befand. Wenig später stieß der Stadtwächter ihn in eine enge Zelle, in der er nicht einmal aufrecht stehen konnte. Sein Bündel und seine Sackpfeife landeten neben ihm auf dem Boden.

»Heh!«, rief Gallus, als die Tür ins Schloss fiel. »Heh!«

Doch die Schritte der Stadtwache entfernten sich unaufhaltsam.

»Verdammt!«, fluchte Gallus. Obwohl durch eine vergitterte Luke etwas Licht in die Zelle fiel, konnte er kaum die Hand vor Augen sehen. Wütend trat er gegen sein Bündel. Man hatte ihn reingelegt!

Kapitel 24

Ulm, April 1412

Als Anna ins Spital zurückkehrte, herrschte dort immer noch ein gewaltiges Durcheinander. Inzwischen waren mehr Stadtwächter eingetroffen und auf den ersten Blick wirkte der Hof beinahe belagert. Überall glänzten Harnische in der Sonne, die sich auch in den bedrohlichen Spießen der Männer fing. Mit einem Gefühl der Beklemmung sah Anna sich um. Einige bange Augenblicke lang befürchtete sie, dass die Soldaten sich auf sie stürzen und sie verhaften könnten, doch die Männer würdigten sie kaum eines Blickes. Mit gesenktem Kopf huschte sie die Mauer entlang in den Innenhof, wo sie Lazarus erblickte.

Er stand mit dem Rücken zu ihr beim Brunnen und redete gestenreich auf einen kleinen Mönch mit rotem Gesicht ein. Während Anna noch unschlüssig überlegte, wo sie anfangen sollte mit ihren Nachforschungen, löste Lazarus sich von dem untersetzten Bruder und drehte sich zu ihr um. Kaum wurde er ihrer gewahr, hellte sich seine Miene auf. Er kam auf sie zu.

»Anna«, begrüßte er sie. »Wo warst du?« In seiner Stimme schwang Sorge mit.

»Mein Bruder war hier«, erwiderte Anna.

Lazarus rieb sich das Kinn. »Was wollte er von dir?«

Anna biss sich auf die Lippe. So sehr sie sich danach sehnte, sich ihm anzuvertrauen, wusste sie nicht, ob dies der richtige Zeitpunkt dafür war. »Eine Familienangelegenheit«, log sie, da in diesem Moment eine Gruppe Insassen an ihnen vorbeiging.

»Oh.« Lazarus bedachte sie mit einem mitleidigen Blick. »Ein Todesfall?«

Das Mitgefühl in seiner Stimme sorgte dafür, dass Anna sich für ihre Lüge schämte. Sie beeilte sich, den Kopf zu schütteln. »Nein, nein«, wiegelte sie ab. »Nichts Derartiges.«

Einen Moment lang herrschte Schweigen, dann fragte Anna: »Haben die Wachen schon etwas herausgefunden?«

Lazarus zuckte die Achseln. »Ich weiß es nicht. Der Hauptmann verhört jeden Einzelnen in der Schreibstube. Da bisher noch niemand abgeführt worden ist, nehme ich an, dass er bisher keinen Erfolg hatte.«

Anna hob den Blick zu den Fenstern der Schreibstube. Das Sonnenlicht ließ die bunt verglasten Scheiben glühen. »Was denkst du?«, fragte sie schließlich.

»Wenn der Zimmermann wirklich vergiftet worden ist, muss es jemandem gelungen sein, sich während des Stundengebetes in die Siechenstube zu schleichen«, erwiderte er. »Viele waren in der Kirche, aber ich kann mich nicht an alle Gesichter erinnern.«

»Vielleicht hat es jemand geschafft, den Torhüter zu überlisten«, sagte Anna.

»Während des Stundengebetes wird das Tor geschlossen«, gab Lazarus zurück.

»Und wenn sich vorher jemand ins Spital geschlichen hat? Es kommen täglich zahllose Fuhrwerke. Gewiss wäre es möglich, sich auf einem von ihnen zu verstecken.«

Lazarus legte den Kopf zur Seite. »Das wäre in der Tat eine Möglichkeit«, gab er zu.

Da sie inzwischen wieder allein auf dem Hof waren, beschloss Anna, Lazarus doch in das einzuweihen, was

Jakob ihr anvertraut hatte. Aus Angst davor, es sich im letzten Moment doch noch einmal anders zu überlegen, griff sie nach seinem Ärmel und zog ihn auf das zur Zeit verwaiste Narrenhäuslein im Schatten der Stadtummauerung zu. »Ich muss dir etwas sagen«, wisperte sie, als er sie fragend ansah. »Aber nicht hier mitten im Hof.«

Lazarus blinzelte verwundert.

Anna zog ihn weiter, bis sie einen kleinen Zwischenraum zwischen dem Narrenhäuslein und dem angrenzenden Wirtschaftsgebäude erreicht hatten. Dort waren sie vor allen neugierigen Blicken verborgen.

»Was soll das?« Lazarus' Wangen röteten sich.

Anna sah zu ihm auf.

In seinem Blick lag etwas, was ihr Herz schneller schlagen ließ. Mit großer Mühe unterdrückte sie das Gefühl, das in ihr aufsteigen wollte, und holte tief Atem. Dann berichtete sie Lazarus, was Jakob ihr erzählt hatte.

Seine Augen weiteten sich ungläubig. »Er denkt, dass unser Magister Hospitalis Ränke gegen eure Sammlung schmiedet?«

Anna nickte. »Ich muss herausfinden, wer den Zimmermann vergiftet hat. Wenn Jakob recht hat, muss ich fürchten, dass man versuchen wird, mich für seinen Tod verantwortlich zu machen.«

Lazarus verzog ungläubig den Mund. »Warum sollte man *dich* …?« Er brach den Satz ab, als er verstand, worauf Anna hinauswollte. »Das wäre von unglaublicher Boshaftigkeit. Ich kann mir nicht vorstellen, dass unser Spitalmeister sich auf so etwas einlassen würde. Eine Unschuldige einer Tat zu bezichtigen, die sie nicht begangen hat!«

Anna trat einen Schritt von ihm zurück. Ihr Herz fühlte

sich plötzlich kalt an. Hatte sie sich in Lazarus geirrt? War es ein Fehler gewesen, sich ihm anzuvertrauen?

Lazarus schien ihren Sinneswandel zu bemerken. »Es tut mir leid«, sagte er. »Ich zweifle nicht an deinen Worten oder den Worten des Pflegers. Aber die Anschuldigung ist gewaltig.«

»Es ist nur eine Vermutung«, gab Anna zurück. »Dass der Meister im Rat Unterstützung sucht, um uns enteignen zu lassen, ist allerdings eine Tatsache. Mein Bruder hat jedes Wort mit angehört.«

Lazarus blies die Wangen auf. »Sein Zorn auf den Pfleger ist groß«, murmelte er. »Aber er ist ein Mann Gottes.«

»Vielleicht gehört er zu denjenigen, die uns als ›Bräute des Teufels‹ beschimpfen«, entgegnete Anna. »Die Prediger sind sich nicht zu schade, solche Worte in den Mund zu nehmen.«

Lazarus legte die Stirn in Falten. »Ihr habt euch doch schon vor langem den Barfüßern angeschlossen.«

»Die scheinen Teil des Problems zu sein«, seufzte Anna. Sie schlang die Arme um sich. »Ich werde der Sache jedenfalls auf den Grund gehen, wenn die Wächter niemanden verhaften. Hilfst du mir?«

Einen Augenblick schien Lazarus mit sich zu ringen. Dann murmelte er: »Herr, vergib mir meine Torheit«, und nickte.

Der Rest des Tages verging voller Anspannung. Als bis zum Abend immer noch niemand verhaftet worden war und die Wachen aus dem Spital abzogen, wusste Anna nicht, ob sie erleichtert oder enttäuscht sein sollte. Einerseits war sie froh, dass niemand gekommen war, um *sie* zu beschuldigen. Andererseits hätte ein geständiger Täter dem Magister Hospitalis und den aufstrebenden Ratsfamilien den Wind aus den Segeln genommen. So blieb die Angst, dass man den Mord ihr anlasten würde. Als endlich Ruhe eingekehrt war, machte sie sich auf den Weg zum Beginenhof, wo sie der Andacht beiwohnte und ein einfaches Mahl aß. Danach legte sie sich schlafen, doch wie in der Nacht zuvor fand sie kaum Ruhe.

Kapitel 25

Ein Gefängnis, April 1412

Englin hatte jegliches Zeitgefühl verloren. Sie wusste nicht, ob sie Stunden, Tage oder bereits Wochen in ihrem Gefängnis ausharrte. Eines jedoch war ihr klar: Aus eigener Kraft würde sie nicht entkommen können. Nachdem ihr Entführer den Raum verlassen hatte, hatte sie erneut versucht, die winzige Luke unter der Decke zu erreichen. Doch ihre Fingerspitzen reichten nicht einmal in die Nähe des Fensters. Die Tür war nach wie vor verriegelt, weshalb sie schließlich aufgegeben hatte. Jetzt saß sie auf dem harten Bett, das Kruzifix fest umklammert, und harrte der Dinge, die kommen würden. Das schwere Silberkreuz fühlte sich gut an, schien ihr Kraft zu geben. Zur Not konnte sie es vielleicht tatsächlich als Waffe benutzen, um den Mann zu verletzen.

Der Stoff des Kleides, das sie anhatte, raschelte bei jeder Bewegung. Es war ihr etwas zu groß. Offenbar war die Frau, die es vorher getragen hatte, voller in der Brust gewesen. Sie nestelte nervös an einer der Perlen herum, als sie erneut hörte, wie sich jemand näherte. Augenblicklich beschleunigte sich ihr Herzschlag. Sie umklammerte das Kruzifix fester. Mit angehaltenem Atem wartete sie, bis sich die Tür öffnete und der Mann auf der Schwelle erschien. Er hatte seinen steifen Rock durch eine goldbestickte Schecke getauscht, unter der er ein gefälteltes Hemd trug. Anders als die jungen Burschen, die sich normalerweise so herausputzten, war er jedoch nicht von schlanker Gestalt, sondern rund wie ein Fass. Daher spannte der Stoff so über seinem Bauch, dass es den Eindruck erweckte, es könne jeden Augenblick die Knöpfe absprengen. Die ockerfarbenen Strümpfe wirkten lächerlich an seinen dürren Beinen. Auf dem Kopf trug er dieselbe Samtkappe, das Haar darunter schien er sich jedoch mit einem Lockeneisen gekräuselt zu haben. »Wie fühlst du dich, Liebste?«, fragte er.

Englin unterdrückte ein Schaudern. Warum nannte er sie Liebste? Verwechselte er sie mit jemandem? Kannte sie ihn aus dem Badehaus? Oder litt er unter einem wirren Geist? Ihr Blick zuckte zur Tür. Doch die war bereits wieder ins Schloss gefallen.

»Geht es dir besser?« Der Mann kam auf sie zu und blickte mit einem Ausdruck auf sie hinab, der Sorge glich.

Englin schluckte ihre Furcht. Solange er mit ihr sprach, tat er ihr nichts an. Sie nickte. »Kann ich noch etwas zu essen haben?«, fragte sie.

Er lächelte. »Gewiss. Deshalb bin ich hier. Wir werden ein Festmahl zusammen einnehmen.«

Englin glaubte, ihren Ohren nicht zu trauen. Ein Festmahl?

»Komm.« Er streckte die Hand aus, um ihr aufzuhelfen. Dann führte er sie zum Tisch.

Es dauerte nicht lange, bis die Tür aufging und eine Frau mittleren Alters den Raum betrat. Sie trug die Tracht einer Köchin und hatte ein großes Tablett in den Händen. Dieses stellte sie auf dem umgedrehten Fass ab und begann, den Tisch mit Zinngeschirr zu decken. Dann trug sie ein Mahl aus frisch gebackenem Brot, Eiersuppe, Fisch und Fleisch auf, dessen Duft Englin das Wasser im Munde zusammenlaufen ließ. Zwei identische Becher füllte sie mit Wein. Im Anschluss daran verschwand sie aus dem Keller und ließ Englin mit dem Mann allein.

»Wer seid Ihr?«, fragte sie, verwundert über die unerwartete Behandlung. War sie vielleicht doch in die Gewalt eines Geistes geraten? Eines guten Geistes?

Ihr Gegenüber schüttelte den Kopf. »Was für eine törichte Frage«, schalt er. »Erkennst du deinen Gemahl nicht mehr?«

Englins Herz setzte einen Schlag aus.

»Meinen Gemahl?«, stammelte sie.

Er bedachte sie mit einem mitleidigen Lächeln. »Du warst krank«, sagte er. »Du wirst dich bald wieder erinnern.« Mit diesen Worten schnitt er eine Scheibe Fleisch ab, legte sie auf Englins Teller und hob den Becher. »Auf dein Wohl, Liebste.«

Englins Hand zitterte so sehr, dass sie einen Teil des Weins verschüttete. Wo war sie nur hineingeraten? Was für ein teuflisches Spiel trieb der Alte mit ihr?

»Trink«, forderte er sie auf.

Da Englin keine andere Wahl hatte, tat sie, was er von ihr verlangte. Vielleicht war der Wein vergiftet, doch das war ihr im Moment gleichgültig. Sie setzte den Kelch an die Lippen und nahm einen tiefen Schluck. Der Wein war schwer, köstlich und stieg ihr augenblicklich zu Kopf.

Ihr Gegenüber zerteilte den Fisch, legte ein Stück davon auf Englins Teller und schob ihn ihr zu. Er selbst brach etwas von dem Brot ab und begann zu essen.

Das Mahl verlief schweigend. Immer wieder hob der Alte den Blick, um Englin bewundernd anzulächeln, dann aß er weiter. Sobald der letzte Bissen verzehrt war, wischte er sich den Mund ab, erhob sich und streckte Englin die Hand entgegen. »Und nun lass uns zu Bett gehen.«

Englin glaubte, ihren Ohren nicht zu trauen. Sie starrte ihn fassungslos an.

»Komm, Liebste. Es ist Zeit, zu Bett zu gehen«, forderte er sie auf. Sein Ton war etwas schärfer. »Du wirst doch wohl deinem Gemahl nicht die eheliche Pflicht verweigern?«

Englin schüttelte den Kopf. »Ihr seid nicht mein Gemahl!«, stieß sie hervor.

Seine Miene verdunkelte sich. »Was redest du da?« Er packte Englin beim Arm und zog sie zu sich.

Ohne nachzudenken, trat sie ihm gegen das Schienbein und entwand sich seinem Griff. Dann raffte sie ihre Röcke und rannte zur Tür, die von der Köchin nicht verschlossen worden war. Hinter sich hörte sie einen Wutschrei. Mit hämmerndem Herzen fasste sie nach dem Knauf, drückte die Tür auf und stolperte in den engen Korridor hinaus. Links von ihr führte eine Treppe tiefer in den Keller hinab, rechts von ihr ging es nach oben.

Obwohl sie nicht wusste, was sie dort erwartete, rannte Englin die Treppen hinauf.

Hinter ihr polterte etwas.

Sie hatte den Absatz fast erreicht, als eine Hand nach ihrem Knöchel griff. Mit einem spitzen Schrei verlor sie den Halt und schlug mit dem Kinn auf einer der Stufen auf.

»Das hättest du nicht tun sollen.« Das Gesicht des Alten tauchte über ihr auf. Von der Freundlichkeit war nichts mehr zu sehen, vielmehr glich sein Ausdruck einer teuflischen Fratze.

Kapitel 26

Ulm, eine Zelle im Diebesturm, April 1412

Allmählich verwandelte Gallus' Wut sich in Furcht. Seit fast einem Tag saß er jetzt schon in diesem verdammten Turm fest, in dem es nach verfaultem Stroh, Exkrementen und Schweiß stank. Die Schreie derjenigen, die offenbar der peinlichen Befragung unterzogen wurden, halfen nicht dabei, sein Gemüt zu beruhigen. Inzwischen war er sicher, dass die beiden Kerle, die er erpresst hatte, ihm diese Falle gestellt hatten, um ihn loszuwerden. Wenn man ihn des Diebstahls beschuldigte, würde niemand glauben, was er über die Nacht in der Gräth zu berichten hatte. Vermutlich nutzten sie die Zeit, um das fortzuschaffen, was sich in dem Fass befunden hatte, und beseitigten somit sämtliche Spuren.

Er stocherte mit der Schuhspitze im Stroh herum, da er ein Mäusenest darin vermutete. Das Einzige, was hastig davonhuschte, war jedoch ein hässlicher Käfer, der sich in einer Mauernische verkroch. Gallus schlang die Arme um sich. Es war kalt in dem Loch und er wünschte, der Hüter hätte wenigstens etwas glühende Kohle in das verbeulte Becken neben der Tür gefüllt. Doch das kostete offensichtlich ein paar Pfennige Bestechungsgeld, genau wie eine warme Decke. Gallus setzte sich auf die harte Pritsche und stützte das Kinn in die Hände. Die Anschuldigung, wegen der man ihn eingesperrt hatte, war nicht auf die leichte Schulter zu nehmen. Für Diebstahl waren unterschiedliche Strafen vorgesehen. Entweder prügelte man ihn aus der Stadt – die gnädigste Möglichkeit – oder man hackte ihm einen Finger, wenn nicht gar die ganze Hand ab. Bei der Vorstellung, vor dem Scharfrichter zu knien, kroch ihm ein Schauer über den Rücken. Was sollte er mit nur einer Hand anfangen? Als Pfeifer brauchte er all seine Finger. Er biss die Zähne aufeinander, als diese anfangen wollten zu klappern. Es ist die Kälte, redete er sich ein.

Eine lange Zeit saß er einfach nur da und grübelte über sein Schicksal nach, bis sich Stimmen seinem Gefängnis näherten. Was gesprochen wurde, konnte er durch das dicke Holz der Tür nicht verstehen.

Ein Schlüssel wurde ins Schloss gesteckt.

Augenblicklich raste Gallus' Puls davon. Er sprang auf und starrte mit plötzlicher Übelkeit auf die Tür, in der einer der Lochknechte auftauchte.

Er sah sich misstrauisch um, ehe er die Zelle betrat und die Tür hinter sich schloss.

Gallus wich vor ihm zurück, als er auf ihn zukam.

»Keine Sorge, ich bin nicht gekommen, um dich zum Henker zu bringen«, sagte der Mann belustigt. »Aber ich soll dir etwas ausrichten.«

Gallus schluckte mühsam. »Du sollst mir etwas ausrichten?«, fragte er heiser.

»In der Tat.«

Gallus fuhr mit der Zungenspitze über seine trockenen Lippen.

»Ich soll dir ausrichten, dass du freikommst, wenn du schwörst, aus der Stadt zu verschwinden«, sagte der Knecht.

Gallus begriff. Auf diese Art und Weise wollten die Kerle sichergehen, dass er nichts verriet – auch wenn sie seine Glaubwürdigkeit durch die Anschuldigung untergraben hatten.

»Und wenn nicht?«, fragte er mit einem unvermittelten Anflug von Trotz.

»Dann wird es bei der Beschuldigung bleiben«, war die Antwort.

Gallus' Wut kehrte zurück. Wie hatte er nur so töricht sein können anzunehmen, dass die beiden Kerle seine Forderungen erfüllen würden? Hochmut, meldete sich die kleine Stimme in seinem Kopf zu Wort. Du bist ein hochmütiger Narr!

»Ich habe nicht viel Zeit«, drängte ihn der Lochknecht. »Entscheide dich!«

Gallus brauchte nicht lange zu überlegen. »Ich schwöre«, knurrte er.

»Gut.« Der Knecht machte ein zufriedenes Gesicht. Dann wandte er sich von Gallus ab und ging zurück zur Tür.

»Wie lange …?«, schickte Gallus ihm hinterher, doch der Mann verschwand ohne ein weiteres Wort aus seiner Zelle.

»Wunderbar!«, schimpfte der Zurückgebliebene. Da ging er hin, sein Traum von Reichtum und Müßiggang, von einfältigen Witwen und gutem Essen. Er stieß einen gotteslästerlichen Fluch aus und trat gegen das leere Kohlebecken, das scheppernd zu Boden krachte. »Scheiße! Scheiße! Scheiße!«

Kapitel 27

Ulm, April 1412

DER MORGEN IM SPITAL verlief für Anna arbeitsreich und anstrengend. Insassen mussten gebadet, Ausschläge und Ekzeme behandelt werden. Auch nach der Wöchnerin sah Anna noch einmal, um dafür zu sorgen, dass sie genug Betonienwein trank. Außerdem stellte sie etwas Habermus her, einen Brei aus Dinkelgrütze, Wasser, Honig, Galgant, Mandeln und Flohsamen, um diesen zusammen mit Süßholz, dem Mehl von Edelkastanien und Engelsüßpulver an diejenigen Insassen zu verteilen, die unter Bauchschmerzen, Gallen- oder Lebererkrankungen litten. Als sie kurz nach dem Stundengebet der Sext ein wenig Ruhe fand, beschloss sie, endlich ihr Vorhaben in die Tat umzusetzen und die Angestellten des Spitals zu befragen.

Im Hof tummelten sich Knechte, Viehmägde und Tagelöhner, vom Spitalmeister hingegen war weit und breit nichts zu sehen. Da Lazarus damit beschäftigt war, einem Sterbenden die Sakramente zu spenden, machte Anna sich allein auf den Weg zum Brunnen. Dort sah sie sich verstohlen um und entschied sich für eine Magd, die Wasser in einen Eimer schöpfte. Doch weder sie noch die anderen Helfer, die sie befragte, konnten ihr etwas sagen, was ihr weiterhalf. Sie war kurz davor aufzugeben, als ihr Blick auf ein Mädchen fiel, das in einem der kleinen Gärten neben dem Friedhof eine Gänseschar beaufsichtigte. Einen letzten Versuch war es wert.

»Bist du jeden Tag hier draußen?«, fragte sie, als sie den Garten erreichte.

Das Mädchen, ein etwa achtjähriges Kind mit strähnigem Haar und einem fadenscheinigen Hemdkleid, sah sie schüchtern an.

»Ich bin Schwester Anna. Du brauchst keine Angst vor mir zu haben«, beruhigte Anna das Mädchen.

Die Kleine nickte. »Ich kümmere mich um die Gänse«, sagte sie.

»Gehst du immer zum Stundengebet?«

Das Mädchen bekam rote Ohren. »Ja«, murmelte es.

Anna wusste, dass es log. »Warst du an dem Tag beim Gebet, als die Wachen den Toten abgeholt haben?«, wollte sie wissen.

Die Kleine nickte eifrig. »Immer«, behauptete sie.

Anna fasste sie an ihrem dünnen Arm und ging in die Hocke, um auf Augenhöhe mit dem Kind zu sein. »Es ist nicht schlimm, wenn man sich ab und zu vor dem Gebet drückt.«

Die Gänsemagd senkte den Blick und bearbeitete die Unterlippe mit den Zähnen.

»Ich verrate es niemandem, wenn du mir die Wahrheit sagst.« Anna kramte in ihrer Tasche herum, aber leider hatte sie nichts dabei, was sie dem Mädchen geben konnte, um ihr die Angst zu nehmen. »Ich gehe auch nicht immer in die Kirche«, flunkerte sie.

Die Kleine hob den Blick. »Ehrlich?«

Anna nickte.

»Aber du bist eine Schwester!«

»Gott hört unsere Gebete auch, wenn wir sie für uns alleine sprechen«, entgegnete Anna. »Falls du an dem Tag die Kirchenglocken nicht gehört hast …«, hob sie an.

Das Gesicht der Kleinen verdunkelte sich plötzlich. Hastig griff sie nach dem Stock, mit dem sie die Gänse im Zaum hielt, und machte sich von Anna los. »Ich weiß nichts«, murmelte sie.

Anna runzelte die Stirn.

»Mach, dass du die Gänse auf die Weide treibst, du faules Ding!«, ertönte eine Stimme hinter ihr.

Anna kam auf die Beine und drehte sich um.

Der Schweinemeister, der auch für die Viehmägde

zuständig war, kam auf sie zu. Sein Gesicht glich einer Gewitterwolke.

Das Mädchen zog furchtsam den Kopf ein und fing an, die Gänse auf ein kleines Gatter zuzutreiben, das auf den Hof führte.

»Wenn ich dich noch mal beim Faulenzen erwische, setzt es eine Tracht Prügel«, grollte der Mann. Sein Blick blieb kurz an Anna haften, dann wandte er sich ab, einige unschöne Ausdrücke vor sich hin murmelnd, und ging zurück in den Stall.

Als Anna sich wieder zu dem Gärtchen umdrehte, war die Kleine mit ihren Gänsen bereits durch das Gatter verschwunden. Wenn sie ihr sofort folgte, brachte sie sie vermutlich in Schwierigkeiten. Deshalb wartete sie, bis der Schweinemeister außer Sicht war, ehe sie das Gartentor öffnete und über das trockene Gras zum anderen Ende ging, wo ein kleiner, mit einer starken Tür gesicherter Durchgang auf eine Weide hinter dem Spital führte. Nach einem letzten Blick über die Schulter öffnete Anna die Tür und schlüpfte ins Freie. Die Kleine war noch keinen Steinwurf entfernt im Schatten einer mächtigen Weide.

»Warte!«, rief Anna.

Das Mädchen wirbelte herum. Einen Augenblick lang wirkte es, als wolle es seinen Stock wegwerfen und fortlaufen. Doch dann ließ es die Schultern hängen und blieb stehen.

»Du brauchst keine Angst zu haben«, versicherte Anna der Magd erneut, als sie sie erreicht hatte. »Der Schweinemeister hat nicht gesehen, dass ich dir gefolgt bin.«

Erleichterung trat in den Blick des Mädchens.

»Er ist ein strenger Mann«, stellte Anna fest.

Die Kleine nickte.

»Du hast jemanden gesehen, nicht wahr?«, fragte Anna.

Eine der Gänse gab einen durchdringenden Laut von sich, der die anderen dazu brachte, aufgeregt zu schnattern.

Das Mädchen steckte die Finger in den Mund und stieß einen gellenden Pfiff aus, woraufhin sich das Getöse ein wenig legte. »Muss ich dann zur Wache?«, fragte es ängstlich.

Anna schüttelte den Kopf. Offenbar hatte die Kleine entsetzliche Angst davor, für etwas bestraft zu werden, was sie nicht getan hatte. »Es reicht, wenn du es mir sagst.«

»Verrätst du es dem Schweinemeister?«

»Nein, das verspreche ich dir.«

Das Mädchen trat von einem Fuß auf den anderen. Schließlich sah es mit einer Mischung aus Trotz und Furcht zu Anna auf. »Ich war im Stall und …«

»… hast die Kirchenglocke nicht gehört?«, ergänzte Anna den Satz.

Die Gänsemagd nickte.

»Und dann?«

»Dann bin ich rausgegangen.«

Anna ahnte, was die Kleine vorgehabt hatte. Vermutlich hatte sie gedacht, sie könne ein wenig Essen aus der Küche stehlen, ohne dass sie jemand dabei erwischte. Anna wusste, dass die Waisenkinder im Spital kein einfaches Leben hatten. Sie ging erneut in die Knie, um dem Mädchen in die Augen zu sehen. »Wenn du mir die Wahrheit sagst, bringe ich dir morgen einen Laib Brot mit«, versprach sie.

»Einen ganzen Laib?«

»Nur für dich.«

»Oh!«

»Was hast du gesehen?«, drängte Anna. Sie konnte nicht ewig hier draußen bleiben. Früher oder später würde man sie in der Siechenstube vermissen.

»Einen bösen Mann«, war die Antwort.

Kapitel 28

Ulm, April 1412

»Einen bösen Mann?« Lazarus schüttelte ungläubig den Kopf.

Nachdem Anna in den Hof zurückgekehrt war, hatte sie ungeduldig gewartet, bis er sich vom Lager eines Todkranken erhoben hatte, um ihn in eine der kleinen Kammern zu ziehen, in denen die Wäsche des Spitals aufbewahrt wurde.

»So hat die Gänsemagd ihn genannt«, bestätigte Anna.

»Woher weiß sie, dass der Mann böse war?« Lazarus verschränkte die Arme vor der Brust. »Bist du sicher, dass die Kleine dir keinen Bären aufgebunden hat, um sich eine Belohnung zu erschleichen?«

Anna nickte. »Sie hat gesagt, der Mann sei mit einem

Holzkarren durchs Tor gekommen, den er im Hof abgestellt hat. Er muss sich bis zum Läuten der Glocke irgendwo versteckt und abgewartet haben, bis alle beim Stundengebet waren.«

»Ein Plan, der eine beträchtliche Gefahr für ihn geborgen hat«, kommentierte Lazarus. »Der Torhüter oder einer der Knechte hätte ihn jederzeit entdecken können.«

»Dann hätte er gewiss irgendeine Lüge erdacht«, erwiderte Anna.

»Hm«, brummte Lazarus. Er schien nicht überzeugt von der Geschichte.

»Die Kleine hat ihn beschrieben«, sagte Anna. »Sie hat gesehen, wie er in die Dürftigenstube gegangen ist.«

Lazarus hob die Brauen.

»Offenbar war er groß und kräftig, einfach gekleidet, aber nicht wie ein Bauer.«

Lazarus verzog das Gesicht. »Das trifft auf die halbe Stadt zu.«

»Aber nicht die Tatsache, dass an seiner rechten Hand ein Finger gefehlt hat.«

»*Das* hat das Mädchen aus der Ferne gesehen?«

Anna nickte. »Und dass er einen feinen Dolch im Gürtel stecken hatte.«

Lazarus lehnte sich mit dem Rücken an die Wand und betrachtete Anna skeptisch. »Glaubst du ihr?«

»Ich denke schon.« Sie versuchte, die Tatsache zu ignorieren, dass Lazarus und sie allein in einem kleinen Raum waren. Seine Nähe hätte sie unter normalen Umständen unsicher gemacht, doch die momentane Lage ließ keinen Platz für ihre Gefühle. Sie mussten den Schuldigen finden! »Haben die Wachen in der Zwischenzeit einen Verdächtigen gefasst?«, fragte sie.

Lazarus verneinte.

»Denkst du, wir sollten mit dieser neuen Erkenntnis zum Hauptmann gehen?«

»Ich bin mir immer noch nicht darüber im Klaren, wie zuverlässig das Mädchen ist. Wenn sie dir eine Lüge aufgetischt hat und der Schuldige am Ende ein anderer ist …«

Anna verstand. Sollten sie die Wache unabsichtlich auf eine falsche Fährte schicken, wäre das Wasser auf die Mühlen ihrer Feinde im Rat. »Was schlägst du vor?«, fragte sie.

Lazarus seufzte. »Am besten wäre es, auf Gottes Weisheit zu vertrauen.«

»Ich fürchte, das wird in diesem Fall nicht genügen«, widersprach Anna.

Lazarus bedachte sie mit einem strengen Blick, den er jedoch nicht lange beibehalten konnte.

»Du hast gesagt, du hilfst mir«, drängte Anna. »Jetzt, wo wir eine Beschreibung haben, muss ich zur Gräth.«

»Was willst du in der Gräth?«, frage Lazarus verdutzt.

»Nachforschungen anstellen.« Anna berichtete ihm, was sie bei ihrem kurzen Abstecher herausgefunden hatte.

»Ein Zimmermann namens Konrad hat sich dort als Zöllner verdingt?«, fragte Lazarus.

»Er arbeitet nachts.«

»Aber wenn er dort noch arbeitet, kann es sich nicht um unser Opfer handeln«, wandte Lazarus ein.

»Der Mann, mit dem ich gesprochen habe, wusste nicht, ob er noch dort ist«, erwiderte Anna. »Deshalb muss ich unbedingt heute Abend zur Gräth.« Sie holte tief Atem. »Begleitest du mich?« Alleine im Dunkeln durch die Stadt zu streifen, war nichts, was sie auch nur annähernd in Betracht ziehen sollte.

»Das kannst du unmöglich ernst meinen!«

»Mir war noch nie in meinem Leben etwas so ernst«, gab Anna zurück. Wenn er sich weigerte, würde sie sich etwas anderes einfallen lassen müssen.

»Das ist Wahnsinn!« Lazarus schüttelte den Kopf. »Was versprichst du dir davon?«

»Klarheit darüber, ob der Mann, der unter diesem Dach gestorben ist, in der Gräth als Zöllner tätig war«, gab Anna zurück. »Ich denke, er hat nicht von einer Frau gesprochen, sondern wollte uns mitteilen, dass man ihn in der Gräth angegriffen hat.«

Lazarus wirkte nicht überzeugt. »Ich kann das Spital nach dem Schließen des Tores nicht mehr verlassen«, gab er zu bedenken. »Aber es gibt gewiss andere Möglichkeiten, herauszufinden, ob ein Mann namens Konrad Nachtwächter im Waaghaus war.«

»Welche?«

»Ich werde dem Hauptmann sagen, was du über den Toten in Erfahrung gebracht hast. Er wird sich um alles Weitere kümmern.«

Diese Lösung befriedigte Anna in keinster Weise. Wenn sie wirklich sichergehen wollte, dass man sie nicht fälschlicherweise eines Verbrechens beschuldigte, musste sie selbst tätig werden. Nach allem, was Jakob ihr erzählt hatte, war ihr Vertrauen in die Stadtwache, die dem Rat unterstand, nicht mehr allzu groß. Allerdings schien es für Lazarus nicht infrage zu kommen, gegen die Regeln des Ordens zu verstoßen.

»Wir sollten zurück an die Arbeit gehen«, sagte Lazarus nach einigen Momenten des Schweigens. Plötzlich schien es ihm unangenehm zu sein, sich mit Anna allein in der kleinen Kammer aufzuhalten.

Anna schlug den Blick nieder. Sie war enttäuscht, wollte sich jedoch nichts anmerken lassen. Sie hatte mehr von Lazarus erwartet als fromme Sprüche und das Versprechen, die Wache zu informieren. Wenn Jakobs Feinde im Rat bereits so viel Einfluss hatten, wie ihr Bruder befürchtete, brachte er sie damit vielleicht erst recht in Gefahr. »Geh nicht zum Hauptmann«, bat sie.

Lazarus, der bereits die Hand auf dem Türknauf hatte, sah sie fragend an.

»Falls die Information nicht korrekt ist …«

Ein Lächeln huschte über Lazarus' Gesicht. »Siehst du? Genau das ist meine Befürchtung. Lass uns auf Gott vertrauen und hoffen, dass die Soldaten ihre Arbeit tun. Ich bin sicher, der Schuldige wird bald gefasst werden.«

Anna hoffte, dass er recht behielt. Denn wenn nicht, war nicht nur ihre Zukunft, sondern vielleicht auch ihr Leben in Gefahr.

Kapitel 29

Ulm, April 1412

OBWOHL GALLUS GETAN HATTE, was von ihm verlangt worden war, fuhr er erschrocken zusammen, als sich erneut die Tür seines Gefängnisses öffnete. Derselbe Lochknecht, der ihn zu dem Schwur, die Stadt zu verlassen, gezwungen hatte, tauchte auf der Schwelle auf. Hinter ihm erschien der Hüter.

Zwei Stadtsoldaten flankierten die beiden Männer.

»Heute scheint dein Glückstag zu sein«, brummte der Hüter und gab Gallus mit einem Wink zu verstehen, sich von der Pritsche zu erheben. »Keine Angst, du wirst nicht zum Pranger gebracht.« Er zeigte seine schwarzen Zähne. »Du kannst gehen.«

Gallus kam so schnell auf die Beine, dass er sich beinahe den Kopf an der niedrigen Decke gestoßen hätte. Er warf den Wachen einen unsicheren Blick zu.

»Sie werden dich vor die Stadttore begleiten«, erklärte der Hüter, der seinem Blick folgte. »Anscheinend bist du zwar zu Unrecht des Diebstahls bezichtigt worden, aber da du ein Fahrender bist, hat der Rat jederzeit das Recht, dich der Stadt zu verweisen.«

»Aber …«, hob Gallus an.

»Die Regeln gelten für alles unehrliche Volk«, unterbrach ihn der Mann barsch. »Vor Ablauf von dreißig Tagen ist es dir untersagt, Ulm erneut zu betreten. An deiner Stelle würde ich weiterziehen nach Augsburg.«

Gallus schulterte die Sackpfeife und unterdrückte die Wut, die in ihm aufstieg. *So* hatte er sich die Sache wahrlich nicht vorgestellt! Er warf dem Lochknecht einen fragenden Blick zu, doch der musterte ihn lediglich mit steinerner Miene. »Bekomme ich keine Entschädigung, weil man mich fälschlicherweise eingesperrt hat?«, fragte Gallus. Frechheit siegt, hatte sein Großvater immer gesagt.

Der Hüter lachte schnaubend. »Sei froh, dass du mit heiler Haut davonkommst«, brummte er. »Und jetzt verschwinde.« Er gab den beiden Wachsoldaten ein Zeichen, woraufhin einer von ihnen vortrat und Gallus hart beim Arm packte.

»Ist ja gut, ich komme«, protestierte der.

Der Wachmann zog ihn auf den schmalen Gang hinaus und stieß ihn vor sich her auf eine Stiege zu, die nach oben führte. Irgendwo in den Tiefen des Gefängnisses hämmerte jemand mit den Fäusten gegen eine Tür.

Metall klirrte, als der Lochhüter die mehrfach verschlossene Pforte des Diebesturms öffnete. Nachdem die Wache Gallus auf die Straße bugsiert hatte, knallte er die Tür wieder zu und verschwand in den Tiefen des Turms.

Nach der Dunkelheit in seinem Gefängnis blendete die Sonne Gallus so sehr, dass er einige Augenblicke lang kaum etwas erkennen konnte. Als er erneut am Arm gepackt wurde, schrak er zusammen.

»Schlag keine Wurzeln«, knurrte ein Mann. Nach einigem Blinzeln sah Gallus, dass die beiden Wachsoldaten ihn flankierten.

»Ich …«, hob er an, aber der Mann schnitt ihm das Wort ab.

»Du verlässt die Stadt. Jetzt«, sagte er barsch. Dann zerrte er Gallus den kleinen Anstieg zum Marktplatz hinauf und schleifte ihn nach Osten in Richtung Herdbruckertor. Dort angekommen, beförderten die Männer ihn über die Brücke auf eine kleine Insel, auf der sich ein Wachhaus befand. »Er darf erst in dreißig Tagen wieder in die Stadt«, informierten sie die Soldaten, die dort den Strom der Reisenden überwachten. Dann machten sie auf dem Absatz kehrt und begaben sich auf den Weg zurück zum Tor.

Gallus kam sich vor wie ein Narr. Unschlüssig sah er sich um, während voll beladene Fuhrwerke an ihm vorbeipolterten und auf die Brücke zusteuerten.

Auf dem Fluss zogen Flöße und kleine Schiffe gen Norden, zu seiner Linken stapelten sich zahllose Holzstämme. Mehrere Gebäude waren auf der kleinen Insel erbaut worden, eines davon schien ein Leprosenhaus zu sein. Eine von Bäumen gesäumte Straße führte am Fluss entlang ins Hinterland.

Gallus stieß einen gotteslästerlichen Fluch aus. Anstatt sich ein weiches Nest im Haus einer reichen Witwe zu ergaunern, würde er in den nächsten Nächten entweder unter freiem Himmel oder auf Strohlagern schlafen, so wie er es gewöhnt war. Die Wut darüber, dass man ihn so einfach übertölpelt hatte, nagte an ihm. Warum hatte er nicht damit gerechnet? Wie hatte er nur so einfältig sein können anzunehmen, dass sich die Kerle um die fürstliche Summe von 40 Gulden erleichtern ließen? Da ihn die Soldaten in dem Wachhaus mit grimmigen Mienen beobachteten, kehrte er der Stadt den Rücken und ging die Straße entlang zum Flussufer. Anders als die meisten anderen Reisenden wandte er sich nach Westen, wo in einiger Entfernung eine weitere Brücke über die Donau führte.

Er hatte nicht vor, seinen Schwur einzuhalten.

Sobald sich eine Möglichkeit bot, würde er sich auf eines der Fuhrwerke schwingen, sich zwischen der Ladung verstecken und sich zurück in die Stadt fahren lassen. Wenn die Kerle dachten, sie hätten ihn mit ihrem Hinterhalt ausgeschaltet, hatten sie sich geirrt. Jetzt würde Gallus alles daransetzen, herauszufinden, wer sie waren, um dann das Doppelte, nein, das Dreifache der Summe zu verlangen, um die sie ihn betrügen wollten!

Kapitel 30

Ulm, April 1412

Anna konnte es kaum erwarten, zum Beginenhof zurückzukehren. Den ganzen Tag über hatte sie darüber nachgedacht, was sie tun sollte, um nicht zum Opfer der Machtkämpfe im Rat zu werden. Und wenngleich sie von Lazarus enttäuscht war, konnte sie ihm nicht wirklich einen Vorwurf machen. Er war ein Mönch, ein Mann Gottes, kein mutiger Recke, wie sie ihn aus den Erzählungen ihrer Kindheit kannte. Sie war erleichtert, dass er zugestimmt hatte, den Hauptmann nicht von dem in Kenntnis zu setzen, was die Kleine behauptet hatte. Denn je mehr Zeit verstrich, desto mehr zweifelte auch Anna an den Worten des Mädchens. Ein Mann mit nur vier Fingern klang ebenfalls wie aus einem Märchen.

Als endlich die Zeit gekommen war, ihre Sachen zu packen und zurück zur Sammlung zu gehen, war sie erleichtert, das Spital zu verlassen. Den ganzen Tag über hatte sie befürchtet, die Soldaten könnten in den Hof stürmen und sie festnehmen, auch wenn Lazarus versucht hatte, ihr die Angst zu nehmen.

»Niemand wird es wagen, so weit zu gehen«, hatte er gesagt. »Eure Sammlung steht unter dem Schutz der mächtigsten Männer dieser Stadt.«

»Bis jetzt«, hatte Anna erwidert. Und trotz aller Befürchtungen hoffte sie, dass der Name ihres Vorfahren Lutz Krafft und der ihrer eigenen Familie noch genug Gewicht besaß.

Dennoch gingen ihr die Worte ihres Bruders nicht aus dem Kopf, weshalb sie beschlossen hatte, ihren waghalsigen Plan noch in dieser Nacht in die Tat umzusetzen. Allein bei dem Gedanken, ohne Schutz durch die dunklen Gassen zu streifen, wurde ihr beinahe übel. Doch sie hatte keine Wahl. Wenn sie nicht herausfand, ob die Gänsemagd die Wahrheit gesagt hatte, würde die Angst zu einem ständigen Begleiter werden.

Beim Betreten des Gebäudekomplexes der Sammlung mied sie den Blick der Torhüterin. Auch das Tor des Beginenhofes würde über Nacht geschlossen werden, doch es war ein Leichtes, über ein Fenster eines der Wirtschaftsgebäude ins Freie zu gelangen. Von außen waren diese Fenster mit Läden verschlossen, von innen ließen sie sich jedoch ganz einfach öffnen. Während der

Andacht und des gemeinsamen Abendmahls hielt Anna den Kopf gesenkt und stocherte in ihrem Hühnereintopf. Die Meisterin wirkte heiter und unbesorgt, als ob die Warnung von Annas Bruder sie nie erreicht hätte. Anna verstand nicht, wie sie so ruhig bleiben konnte. Vertraute sie wirklich so sehr darauf, dass Gott sie schützen würde? Was war mit all den anderen Beginen, die verfolgt und für ihren Glauben hingerichtet worden waren? Hatte der Allmächtige sie nicht in der Stunde der Not verlassen? Sie schlug ein Kreuz vor der Brust und bat um Vergebung für ihre Zweifel. Dann aß sie schweigend weiter und machte sich im Anschluss an das Mahl auf den Weg zu ihrer Kammer.

Drei Stunden wartete sie nach dem Zubettgehen, bevor sie sich anzog, auf den Gang hinaustrat und zu dem Wirtschaftsgebäude schlich. Dort fand sie zu ihrer Erleichterung die Tür unverschlossen und die Räume verwaist vor. Nirgendwo brannte mehr Licht, da die Nächte mit zunehmender Tagesdauer immer kürzer wurden.

Damit man sie nicht sofort als Begine erkannte, hatte Anna weder ihre Haube noch ihr Gebende angelegt. Ihr Haar hatte sie zu einem dicken Zopf geflochten, den sie unter einem Kapuzenmantel verbarg. Wenn die Meisterin sie ertappte, würde sie ihr vermutlich tagelang Vorträge über Keuschheit, Anstand und Gottgefälligkeit halten. Doch daran wollte Anna im Moment nicht denken. Auch nicht daran, was ihr Bruder und ihre Familie von ihr halten würden, wenn sie von diesem nächtlichen Ausflug erfuhren. So leise wie möglich schloss sie die Tür hinter sich, ging zu einem der Fenster und entriegelte den Laden. Dann holte sie tief Luft und stieß den Laden auf. Ein vorsichtiger Blick nach draußen verriet ihr, dass die Menschen in ihren Häusern waren, wo sie zu dieser Stunde sein sollten. Von einem Nachtwächter war keine Spur zu entdecken. Geschickt raffte sie ihre Röcke, kletterte über den Sims und sprang auf der anderen Seite zu Boden. Im Anschluss daran schloss sie den Laden so gut wie möglich, damit niemand anders in das Gebäude einsteigen konnte.

Sie hatte keine Ahnung, wie sie in Erfahrung bringen sollte, ob ein Mann namens Konrad Dienst als Bewacher und Zöllner im Waaghaus tat. Wenn möglich, würde sie das Gebäude aus der Entfernung beobachten und aus den Gesprächen der Männer schließen, ob einer von ihnen Konrad hieß. Falls sie nicht nahe genug an die Gräth herankam, ohne entdeckt zu werden, würde sie sich eine Geschichte einfallen lassen, warum sie sich um diese Zeit beim Rathaus herumtrieb. Im schlimmsten Fall würden die Männer die Wache rufen, doch daran wollte Anna nicht denken, da sie sonst sofort der Mut verlassen hätte. Es wird funktionieren, redete sie sich ein.

Die Kapuze tief in die Stirn gezogen, überquerte sie die Straße und huschte im Schatten der Häuser in Richtung Marktplatz. Es war nicht weit, nur ein paar Hundert Schritte, dennoch kam es ihr vor wie eine Meile. Beim Rathaus verbarg sie sich in einem Arkadengang, ehe sie es wagte, sich der Gräth zu nähern. Sie wollte gerade ein abgestelltes Fuhrwerk umrunden, als jemand direkt vor ihr auftauchte.

Vor Schreck entfuhr Anna ein spitzer Schrei.

Der Mann drehte sich um und machte einen Schritt auf sie zu. Im Licht der Laterne, die an der Fassade des Gebäudes angebracht war, erkannte Anna Lazarus.

»Was tust *du* denn hier?«, fragte sie atemlos.

Lazarus kniff die Augen zusammen. »Bist du das, Anna?«

Anna nickte. Nachdem sie sich kurz umgesehen hatte, zog sie die Kapuze vom Kopf.

Lazarus' Augen weiteten sich. Er starrte sie an, als ob ihm ein Geist erschienen wäre.

Erst nach einigen Momenten des peinlichen Schweigens begriff Anna. Er hatte sie noch nie ohne ihre keusche Tracht gesehen. Hitze stieg ihr in die Wangen und sie beeilte sich, die Kapuze wieder aufzusetzen.

»Was tust *du* hier?«, fragte Lazarus, als er die Sprache wiedergefunden hatte. »Bist du vollkommen von Sinnen?« Sein Ton war scharf.

Anna spürte, wie sich Trotz in ihr regte. Hätte Lazarus sie mit seinen Worten nicht so enttäuscht, wäre sie nicht gezwungen gewesen, der Sache allein auf den Grund zu gehen. »Ich bin hier, um etwas über Konrad herauszufinden«, erwiderte sie kühl.

Lazarus schüttelte den Kopf. »Überlass das mir«, sagte er nach kurzem Zögern. »Geh zurück zur Sammlung.«

»Das werde ich nicht tun!« Anna war selbst erstaunt über die Schroffheit in ihrer Stimme.

»Die Sturheit ist eine Sünde«, brummte Lazarus.

»Gott wird mir vergeben«, hielt Anna dagegen. »Wollen wir uns streiten oder tun, weshalb wir hier sind?«

Lazarus bedachte sie mit einem Blick, der sie unter anderen Umständen eingeschüchtert hätte. Doch allein die Tatsache, dass auch er sich heimlich aus dem Spital geschlichen hatte, sagte ihr, dass seine Strenge nur aufgesetzt war. »Vergib mir meine Torheit, Herr«, murmelte Lazarus. Dann bedeutete er Anna zu bleiben, wo sie war, und machte sich auf den Weg zum Eingang der Gräth.

Anna lugte neugierig hinter dem Fuhrwerk hervor.

Sobald Lazarus das große Tor erreicht hatte, vertraten zwei Männer ihm den Weg. Es folgte ein gestenreicher Wortwechsel, der damit endete, dass Lazarus den Wächtern zunickte und zu Anna zurückkehrte.

»Und?«, empfing sie ihn. »Hatte ich recht?«

Lazarus nickte. »Der Tote war tatsächlich Nachtwächter in der Gräth«, erwiderte er nachdenklich. »Einen großen, kräftigen Mann mit nur vier Fingern an der rechten Hand hingegen kennt keiner der beiden.«

Anna biss sich auf die Lippe. Das war nicht gut. Sie hatte gehofft, den Namen des Mannes herauszufinden, um ihn dann ihrem Bruder Jakob mitzuteilen. Dann hätte er alles Weitere in die Gänge leiten können und die Gefahr für die Beginen wäre abgewendet gewesen. »Was sollen wir jetzt anfangen?«, fragte sie.

»Morgen gehe ich zur Wache und teile dem Hauptmann mit, was wir erfahren haben.«

Anna hatte gemischte Gefühle bei dem Gedanken an dieses Vorhaben. Solange sie den Mann, der sich ins Spital geschlichen hatte, nicht kannten, war es immer noch möglich, dass jemand absichtlich die falschen Schlüsse zog. »Sollten wir nicht versuchen …?«

»Nein«, fiel Lazarus ihr ins Wort. »Wir haben genug getan. Alles Weitere ist Aufgabe der Stadtwache.« Er fasste Anna beim Arm. »Ich begleite dich zurück zur Sammlung.«

Seine Berührung sandte Anna einen Schauer über den Rücken. Sie war nicht zärtlich, nicht einmal sanft. Dennoch schien sich die Wärme seiner Hand, die sie durch den Stoff spüren konnte, in ihre Haut zu brennen. Widerstandslos ließ sie sich von ihm über den Holzmarkt zurück nach Norden führen und bedauerte, dass der Weg nicht länger war. Viel zu schnell langten sie vor dem Beginenhof an.

»Wie gelangst du zurück ins Gebäude?«, wollte Lazarus wissen.

Anna zeigte ihm den angelehnten Fensterladen. »Wie kommst *du* wieder ins Spital?«

Lazarus verzog das Gesicht. »Durch die kleine Pforte, die auch die Gänsemagd benutzt«, erwiderte er. »Ich habe mir den Schlüssel dafür besorgt.«

Obwohl Anna wusste, dass die Gefahr, auf der Straße entdeckt zu werden, groß war, hätte sie am liebsten noch länger mit Lazarus vor dem Gebäude gestanden. Es war eine überwältigende Erfahrung, allein mit ihm im Dunkeln durch die Gassen zu streifen. Die ganze Angelegenheit hatte etwas Geheimes, Verschwörerisches, das nur sie teilten. Trotz aller Unschicklichkeit, oder vielleicht genau deswegen, war es beinahe berauschend für Anna.

»Es wäre besser, kein Wort darüber zu verlieren«, ermahnte Lazarus sie. Er ließ ihren Arm los, den er die ganze Zeit über gehalten hatte. »Wir sehen uns morgen.« Ohne auf Annas Antwort zu warten, machte er kehrt und verschwand in der Dunkelheit.

Anna stieß einen enttäuschten Seufzer aus. Dann zog sie den Fensterladen auf und kletterte zurück ins Gebäude.

Kapitel 31

Ulm, April 1412

»ALLMÄCHTIGER HERR IM HIMMEL, gnädiger Vater, erlöse mich von den Qualen.« Englin kauerte zitternd in einer Ecke ihres Gefängnisses und wiegte sich hin und her wie ein Kind. Ihr ganzer Körper schmerzte, war von Striemen und blauen Flecken überzogen. Nachdem der Alte ihre Flucht verhindert hatte, hatte er sie bei den Haaren gepackt und zurück in ihre Zelle geschleift. Dort hatte er sie aufs Bett geschleudert, ihre Röcke nach oben geschoben und den Gürtel gelöst, um wie ein Wahnsinniger auf sie einzuprügeln. Als sie wimmernd und blutend um Gnade gefleht hatte, war er aus dem Raum gestürmt, nur um kurz darauf mit einer Peitsche zurückzukehren.

»Zieh dich aus!«, hatte er geknurrt.

»Bitte, vergebt mir«, hatte Englin gefleht und sich vor ihm auf die Knie geworfen.

Doch ihr Weinen hatte sein Herz nicht erweichen können. Als sie keine Anstalten machte, die Schnürung ihres Kleides zu öffnen, hatte er kurzerhand sein Messer gezückt und es ihr vom Leib geschnitten. Dann war die Peitsche auf sie niedergesaust, immer und immer wieder.

Doch das war nicht das Schlimmste. Was danach geschehen war, ließ Englin vor Scham weiter in die Ecke kriechen und die Hände vors Gesicht schlagen.

»Du bist meine Gemahlin und wirst mir gehorchen!«, hatte ihr Peiniger gezischt, nachdem er endlich von ihr abgelassen hatte. »Wenn du dich weiterhin gebärdest wie ein störrischer Esel, werde ich andere Saiten aufziehen.« Von der Güte in seinem Gesicht war nichts mehr zu erkennen gewesen. Der Mann, der sich drohend über Englin aufbaute, war ein anderer als der, der sie sanft darum gebeten hatte, das Gewand anzuziehen, das jetzt in Fetzen von ihrem Körper hing.

Er war besessen, von einem Dämon befallen, anders konnte Englin sich den Wandel in seinem Wesen nicht erklären. Er schien sie wirklich für seine Gemahlin zu halten, auch wenn Englin nicht verstand, wie das möglich war. Das Kleid, das er ihr vom Leib geschnitten hatte, musste ihr gehört haben. Genau wie der Tand, den sie in einem kleinen, verstaubten Kästchen unter dem Bett entdeckt hatte. Darin befand sich auch eine Münze mit dem Bild des Heiligen Christophorus, die sie mit ihrer Hand umklammerte. Das schwere Kruzifix, das der Alte ihr gegeben hatte, lag auf dem Tisch. Als Waffe würde es nicht taugen, dazu war der Mann viel zu stark. Vermutlich würde er es ihr ohne Mühe entwenden und sie dann so lange prügeln, bis sie starb.

Ein furchtbarer Verdacht keimte in Englin auf. Was, wenn er seine Gemahlin auch zu Tode gequält hatte? War sie ungehorsam gewesen und er hatte sie grausam bestraft? Oder war sie im Kindbett gestorben und der Verlust hatte seinen Geist vernebelt? Was auch immer mit ihr geschehen war, es konnte nichts Gutes sein. Ihre Furcht verstärkte sich. Was würde geschehen, wenn er sie das nächste Mal aufsuchte? Allein der Gedanke an ihn, an die widerlichen Berührungen und … Englin schauderte. Sie musste einen weiteren Versuch unternehmen, aus dem Keller zu fliehen. Wenn sie sich in ihr

Schicksal ergab wie ein Opferlamm, würde er sie vermutlich so lange missbrauchen, bis sie ein Kind von ihm empfing. Die Vorstellung war so entsetzlich, dass sie sich zwang aufzustehen. Obwohl sie immer noch am ganzen Körper zitterte, gab die Münze mit dem Heiligen ihr ein wenig Kraft. Mit schmerzenden Gliedern begann sie, ein schweres Regal von der Wand wegzuziehen, in der Hoffnung, dahinter könne sich eine Tür oder eine Luke verbergen.

Kapitel 32

Ulm, April 1412

Am nächsten Morgen fiel es Lazarus schwer, Anna in die Augen zu blicken. Die Ereignisse der vergangenen Nacht hatten ihm offenbar klargemacht, dass sie weit entfernt war von dem Bild der tugendhaften Begine, das er sich gemacht hatte. Jedenfalls nahm Anna das an. Deshalb wich er ihr vermutlich immer wieder aus, bis sie ihn schließlich in der Kräuterküche antraf. Ohne auf seinen stummen Protest zu achten, schloss sie die Tür.

»Wann gehst du zur Wache?«, fragte sie. Ihre Furcht, dass die Stadtsoldaten ihr die Schuld zuschieben könnten, war noch lange nicht verflogen. Schließlich war von dem Mann, den die Gänsemagd gesehen haben wollte, immer noch keine Spur zu entdecken. Vielleicht existierte er überhaupt nicht.

»Später«, gab Lazarus schroff zurück.

Anna sah ihn mit gerunzelter Stirn an. »Bist du böse auf mich?«, fragte sie.

Lazarus holte tief Atem. »Nein.« Es klang nicht überzeugend.

»Ich musste herausfinden, ob …«

»Das ist es nicht«, unterbrach Lazarus sie.

»Was ist es dann?«

»Das … Es …«, stammelte er. Zu Annas Erstaunen schoss ihm das Blut in die Wangen.

Sie machte einen Schritt auf ihn zu, so dass sie dicht vor ihm stand. »Was ist es?«

Lazarus wich vor ihr zurück, als ob sie ihn mit einer Waffe bedroht hätte. Sein Blick wirkte wie der einer Maus in der Falle.

»Lazarus, du machst mir Angst!«

Er schloss einen Moment lang die Augen, dann murmelte er: »*Du* bist es.«

Anna glaubte, nicht richtig gehört zu haben. »Ich bin *was*?«

Lazarus öffnete die Augen wieder. Als er Anna anblickte, sah sie Verlangen darin. »Ich habe Gefühle für dich, die ich nicht haben darf«, presste er mühsam hervor.

Annas Herz machte einen Sprung.

Einige Atemzüge lang sahen sie sich wortlos an, ehe

Lazarus auf sie zutrat und sie bei den Armen fasste. »Du bist so wunderschön«, hauchte er.

Seine Berührung machte Anna schwindelig. Ohne daran zu denken, was für Folgen ihr Tun haben könnte, reckte sie sich auf die Zehenspitzen und küsste ihn auf den Mund. Es war ein flüchtiger Kuss, nur die leiseste Berührung der Lippen. Dennoch war die Wirkung gewaltig.

Lazarus zuckte zurück, als ob er sich an ihr verbrannt hätte. Sein Atem kam flach und keuchend. Plötzlich wirkten seine Augen wie die eines Fiebernden. »Ich kann nicht«, stöhnte er. »Gütiger Jesus, gib mir Kraft!« Mit diesen Worten wirbelte er herum, stolperte zur Tür und floh aus der Kräuterküche.

Anna sah ihm verdutzt nach. Hatte sie einen Fehler gemacht? Warum lief er davon? Der Aufruhr in ihrem Inneren war beinahe unerträglich. Allerdings wurde das Hochgefühl, das sie bei seinem Geständnis empfunden hatte, schnell von Enttäuschung verdrängt. Wenn er wirklich etwas für sie empfand, wäre er nicht einfach aus dem Raum gestürmt. Sie legte einen Finger auf ihre Lippen, die immer noch zu kribbeln schienen von dem Kuss. Sie hatte noch niemals zuvor einen Mann geküsst. Musste es sich so anfühlen? War es normal, dass in ihrem Bauch Schmetterlinge tanzten? Warum war er nicht geblieben und hatte den Kuss erwidert?

Weil er ein Mann Gottes ist, beantwortete sie sich die Frage selbst. Anders als sie hatte Lazarus nicht die Möglichkeit, einfach aus dem Orden auszutreten. Er hatte ein Gelübde abgelegt, das er nicht brechen durfte. Wenn er sich mit ihr einließ, bestand die Gefahr, dass man ihn ausschloss. Sie stieß einen tiefen Seufzer aus. Auch für sie würde es das Ende ihrer Mitgliedschaft bei den Beginen bedeuten. Doch anders als die jungen Gecken, die in kunterbunter Tracht durch die Stadt stolzierten, erschien Lazarus ihr das Opfer wert. Mit ihm konnte sie sich vorstellen … Sie brach den Gedanken ab. Sei keine Gans, schalt sie sich. Sie hätte niemals der Begierde nachgeben und ihn küssen dürfen! Jetzt würde er ihr vermutlich für immer ausweichen, damit sie ihn nicht in Versuchung führen konnte.

Während die unterschiedlichsten Gefühle in ihr Widerstreit hielten, zwang sie sich zur Ruhe. Sie würde einfach zu Lazarus gehen und sich für ihr Handeln entschuldigen. Es würde nie wieder vorkommen, belog sie sich selbst. Sie war eine Braut Christi, hatte sich dem Dienst am Herrn verschrieben. Ganz gleich, was sie empfand, sie hatte nicht das Recht, Lazarus zur Sünde zu verführen. Obwohl sich bei dem Gedanken, ihn aufzugeben, ein Stachel in ihr Herz bohrte, nahm sie all ihren Mut zusammen und verließ die Kräuterküche.

»Wo ist Lazarus?«, fragte sie eine der Siechenmägde.

Das Mädchen sah sich suchend um. »Ich habe ihn gerade noch gesehen.«

Allerdings schien er die Stube inzwischen verlassen zu haben. Vermutlich, um nicht in ihrer Nähe zu sein, dachte Anna. Im Nachhinein hätte sie sich am liebsten geohrfeigt für das, was in der Kräuterküche vorgefallen war. Wie hatte sie nur so töricht sein können? Wie ein loses Weib hatte sie sich Lazarus an den Hals geworfen. Wofür musste er sie jetzt nur halten? Für eine Hure, flüsterte ihr Verstand ihr ein. Ihr Herz hingegen sagte etwas anderes.

Sie unterdrückte die wieder in ihr aufsteigenden Gefühle und machte sich auf den Weg zum Ausgang. Im Hof war von Lazarus jedoch auch nichts zu entdecken. Statt seiner erblickte sie ihren Bruder Jakob, der schon wieder mit dem Magister Hospitalis zu streiten schien. Anna verkniff sich ein Stöhnen. Warum musste alles zusammenkommen? Wollte Gott ihre Standhaftigkeit und ihr Vertrauen prüfen? Denn allmählich hatte sie den Eindruck, Seinen Zorn auf sich gezogen zu haben.

»Wenn Ihr glaubt, damit Erfolg zu haben, werdet Ihr Euch noch wundern!«, hörte sie ihren Bruder toben. Er war hochrot im Gesicht und hatte die Hände zu Fäusten geballt.

»Ich weiß nicht, warum Ihr mir derartige Dinge unterstellt …«, hob der Spitalmeister an.

»Weil ich gehört habe, wie Ihr Euch Verbündete gesucht habt«, unterbrach Jakob ihn rüde. »Ihr werdet bald sehen, dass Ihr Euch mit den Falschen anlegt!« Als sein Blick auf Anna fiel, ließ er den Magister Hospitalis stehen und kam auf sie zugestürmt. »Komm mit!«, befahl er.

Anna blinzelte überrascht. »Was …?«

»Das erkläre ich dir auf dem Weg.« Jakob gab ihr mit einem Kopfnicken zu verstehen, ihm zu folgen.

»Ich kann nicht einfach hier fort«, protestierte Anna. »Ich muss mich um die Kranken kümmern.«

»Du musst gar nichts! Du kommst mit mir nach Hause!«

»Nach Hause?« Anna verstand die Welt nicht mehr. »Was soll ich zu Hause? Mein Heim ist die Sammlung.«

»Jetzt nicht mehr«, knurrte Jakob. »Der Rat hat die Beginen unter Hausarrest gestellt.«

Anna keuchte ungläubig auf. »Das … Das kann er doch nicht tun!«

»Da irrst du dich.«

Kapitel 33

Ulm, April 1412

Einen Augenblick stand Anna wie vom Donner gerührt da. Dann schüttelte sie den Kopf. »Das glaube ich nicht«, keuchte sie.

»Willst du behaupten, dass ich lüge?«, brauste Jakob auf. In seinem Zorn machte er Anna Angst. Sein sonst blasses Gesicht hatte die Farbe reifer Kirschen. Auf seiner Stirn pulsierte eine Ader. Die Augen, die ebenso blau waren wie Annas, blitzten gefährlich.

»Natürlich nicht«, beeilte sich Anna zu sagen. »Aber so schnell …«

»Der Spitalmeister hat ganze Arbeit geleistet«, grollte Jakob. »Einige der Ratsmitglieder konnten es kaum erwarten, endlich gegen euch vorzugehen.«

Furcht stieg in Anna auf. »Was wird uns vorgeworfen?«

»Was schon? Das Übliche.«

»Ketzerei?«, hauchte Anna.

»So weit ist noch niemand gegangen, aber es wird gewiss nicht lange dauern, bis auch diese Anklage auf die Tagesordnung kommt.« Jakob nahm die Kappe ab und fuhr sich mit den Fingern durchs Haar. »Man wird zunächst versuchen, euch zur Annahme der Ordensregeln und Klausurbestimmungen der Barfüßer zu bewegen«, sagte er. »Ich vermute allerdings, dass der zweite Schritt bald folgen wird. Den Magister Hospitalis soll der Blitz treffen!«

»Du meinst, dass man unser Leben bedroht?«, fragte Anna.

Jakob nickte. »Die hinterhältigen Mistkerle, die mit dem Spitalmeister gemeinsame Sache machen, haben bereits einen Ersatz für mich im Auge.«

Anna wusste nicht, was sie erwidern sollte. Ganz offensichtlich gab Jakob ihr die Mitschuld an dem Zank mit dem Magister Hospitalis. Wäre er durch sie nicht erpressbar, hätte ihn das Ganze vermutlich nicht besonders aufgeregt. So hingegen stand nicht nur ihr Leben auf dem Spiel, sondern auch sein Fortkommen im Rat. Sie spürte Bitterkeit in sich aufsteigen. Auch wenn sie fürchtete, ihrem Bruder Unrecht zu tun, vermutete sie, dass Letzteres den Ausschlag für seinen Unmut gab.

»Komm!« Jakob fasste sie am Arm und zog sie auf das Spitaltor zu.

»Was ist mit der Meisterin und den anderen Schwestern?«

»Die sind auf sich gestellt. Du kommst mit zu mir und Ella«, erwiderte Jakob.

Da er mit großen Schritten auf das Tor zueilte, fiel Anna fast über ihre eigenen Füße. »Lass mich los!«, forderte sie.

Jakob lockerte den Griff. »Nimm das Gebende ab und leg dir das über die Schultern«, sagte er, sobald sie das Spital verlassen hatten. Er reichte ihr seinen Umhang. »Ich will nicht, dass man dich als Begine erkennt.«

Obwohl sich alles in ihr dagegen sträubte, befolgte Anna seine Anweisungen. Gott würde Verständnis für ihre Notlage haben.

»Die Haube auch«, befahl Jakob.

»Aber dann wird jeder denken, ich sei ein loses Weib!«

»Lieber ein loses Weib als eine Gefangene«, war die wenig mitfühlende Antwort.

Mit zitternden Fingern löste Anna ihre Haube, so dass die Sonne direkt auf ihr geflochtenes Haar fiel.

»Du kannst die Kapuze aufsetzen«, riet Jakob. Dann ging er mit forschem Schritt voran in Richtung Stadtmitte, wo sich das Haus befand, das er mit seiner Gemahlin Ella bewohnte.

»Der Magister Hospitalis hat uns zusammen gesehen«, wandte Anna ein. »Wird er nicht die Stadtwache benachrichtigen?«

»Das mag sein«, gab Jakob zurück. »Aber sobald du unter meinem Dach bist, bist du Teil meiner Familie.«

»Aber ich gehöre immer noch zur Sammlung.«

»Das würde ich an deiner Stelle nicht so laut in die Welt hinausschreien.«

Anna folgte ihm mit gemischten Gefühlen. Bei jedem Soldaten, der ihnen begegnete, zog sie den Kopf ein und betete, dass man sie nicht erkannte. Was würde geschehen, wenn sie entdeckt wurde? Würde man sie mit den anderen Schwestern im Beginenhof einsperren? Oder würde sie direkt ins Loch geschickt werden, weil man ihr den Tod des Zimmermanns Konrad anlastete? Die Vorstellung, plötzlich als eine gebrandmarkte Verbrecherin zu gelten, ließ ihr Herz beben.

Der Weg zu Jakobs Haus kam ihr unendlich lang vor. Als sie an der Baustelle der Frauenkirche vorbeikamen, zog sie die Kapuze noch tiefer ins Gesicht, da das Barfüßerkloster nicht weit entfernt war. Mit gesenktem Kopf folgte sie ihrem Bruder in den Mailand, wie die Straße genannt wurde, in der ihre Familie ansässig war. Der Anblick ihres Elternhauses brachte Erinnerungen an ihre Kindheit zurück. Im Gegensatz zu den Armen und Bedürftigen, um die sie sich als Begine kümmerte, war Anna in Überfluss und Sorglosigkeit aufgewachsen. Bis zu ihrem siebten Lebensjahr hatte sie nichts gekannt als das Spiel, erst dann hatte ihre Mutter ihr Aufgaben im Haushalt übertragen. Ihr Bruder Jakob wohnte im angrenzenden Gebäude, einem Fachwerkhaus mit mehreren Giebeln. Ein großes Doppeltor führte in eine Halle, in der sich Waren aus aller Herren Länder stapelten. Jakob war wie ihr Vater ein einflussreicher Kaufmann, der Gewürze, kostbare Stoffe und allerlei andere Dinge aus dem Morgenland einführte. Die reichen Ulmer standen meist Schlange, um ausgefallene Federn für einen Kopfputz, Edelsteine oder bunt gefärbte Seide zu erstehen.

Anna hatte sich nie besonders für diese Art Tand begeistern können, im Gegensatz zu ihrer Schwägerin Ella, die ihnen entgegenkam, als sie das Haus betraten. Sie schien schon wieder schwanger zu sein, da eine Hand auf ihrem runden Bauch ruhte. »Du bist früh zurück«, begrüßte sie Jakob. Ihr Blick fiel fragend auf Anna, die immer noch die Kapuze trug.

»Ella«, begrüßte Anna die andere Frau.

Deren gezupfte Brauen schoben sich unter der hohen Haube zusammen. Es war nicht zu übersehen, dass sie nicht besonders begeistert war. »Anna.« Sie setzte ein falsches Lächeln auf. »Wie schön, dich zu sehen!«

Anna hatte Mühe, sich nicht anmerken zu lassen, dass sie die Falschheit durchschaute. Vermutlich fürchtete Ella, dass Annas Anwesenheit unter ihrem Dach ein schlechtes Licht auf sie werfen könnte.

»Sie bleibt erst einmal bei uns«, setzte Jakob seine Gemahlin in Kenntnis. »Gib ihr eine Kammer.« An Anna gewandt, sagte er: »Du kannst dich im Haushalt nützlich machen, solange du hier bist.« Mit diesen Worten ließ er die beiden Frauen stehen und verschwand aus der Halle.

Einen Augenblick lang herrschte Schweigen, dann stieß Ella einen Seufzer aus. »Oben bei den Kindern ist noch Platz«, sagte sie. »Die Kammer ist nicht groß, aber mehr habe ich nicht so auf die Schnelle.«

»Ich wollte euch gewiss keine Umstände machen«, entschuldigte sich Anna. »Es war Jakobs Einfall.«

»Er kann sehr überzeugend sein.«

Anna schnitt eine Grimasse. Das konnte ja heiter werden. Anscheinend hing der Haussegen in der Familie ihres Bruders ein wenig schief. Ihre Anwesenheit würde vermutlich nicht dazu beitragen, dass sich Ellas Stimmung aufhellte.

Ihre Schwägerin musterte sie von Kopf bis Fuß. »Du kannst ein paar alte Kleider von mir haben.«

Anna wollte protestieren, doch ihr war klar, dass sie ihre Tracht vorerst ablegen musste. Die Furcht kehrte zurück. Die Lage, in der sie sich befand, war gefährlich, das war ihr klar. Wenn sie verhindern wollte, dass sie Schande über ihre Familie brachte, musste sie ihren ursprünglichen Plan wieder aufgreifen. Während sie Ella die Stiege hinauf ins Obergeschoss folgte, fasste sie einen Entschluss. Sie würde noch einmal zur Gräth gehen, um herauszufinden, was dort vorgefallen war. Wenn sie Ellas Kleider trug, würde niemand es wagen, sie aufzuhalten. Denn für ihre Bescheidenheit war ihre Schwägerin nicht bekannt.

Kapitel 34

Vor den Toren von Ulm, April 1412

Gallus sah das Fuhrwerk schon von weitem kommen. Hoch beladen mit Heu für die Tiere der Städter, holperte es die Straße entlang auf die Stelle zu, wo er sich im Graben versteckt hatte. Im Schatten der Pappeln fröstelte er im kühlen Wind, der in den letzten Stunden merklich aufgefrischt hatte. Im Vergleich zu den vergangenen Tagen schien der Frühling sich eine Pause zu gönnen, obwohl die Vögel in den Wipfeln um die Wette zwitscherten. Die letzte Nacht hatte Gallus im Schutz eines Ufergestrüpps verbracht, doch noch eine Nacht wollte er nicht unter freiem Himmel schlafen. Da es unmöglich war, auf eines der Flöße zu gelangen, blieb ihm keine andere Wahl. Als der Karren auf gleicher Höhe war, kletterte er aus dem Graben und sprang auf die Pritsche. Dort grub er sich ins Heu ein und hoffte, dass die Soldaten nicht auf den Gedanken kamen, den Haufen mit ihren Spießen zu durchsuchen. Er machte sich so klein wie möglich und versuchte, seinen Rachedurst zu zügeln. Wenn er, blind vor Wut, überhastet vorging, würde er über kurz oder lang wieder im Gefängnis landen. Die beiden Kerle waren nicht zu unterschätzen. Wollte er doch noch bekommen, was ihm zustand, musste er die Sache mit etwas mehr Geschick angehen.

»Halt!«

Der Befehl ließ Gallus zusammenfahren.

Der Lenker des Karrens zügelte seine Zugtiere und brachte das Gefährt zum Stehen. In der breiten Mundart der Landbevölkerung erklärte er dem Torwächter, was er geladen hatte.

Gallus hielt die Luft an, als ihn ein Halm in der Nase kitzelte. Der Drang zu niesen war so gewaltig, dass er fürchtete, ihn nicht lange unterdrücken zu können.

»Du hast doch erst gestern eine Fuhre gebracht«, hörte er einen der Wachmänner sagen.

Die Antwort verstand Gallus nicht. Offenbar schien sie die Soldaten jedoch zu befriedigen, da einer von ihnen mit der Zunge schnalzte, woraufhin sich der Schlagbaum hob.

Als der Wagen sich wieder in Bewegung setzte und Gallus Kopfsteinpflaster unter den Rädern spürte, ließ er die Hand, mit der er sich die Nase zugehalten hatte, sinken und stieß einen herzhaften Nieser aus. Sollte ihn der Wagenlenker gehört haben, würde er kurzerhand vom Karren springen und in der Menge untertauchen. Zu seiner Erleichterung trotteten die Zugtiere ungezügelt weiter, den flachen Abhang zum Marktplatz hinauf. Es dauerte nicht lange, bis der Karren erneut zum Stehen kam, und dieses Mal fackelte Gallus nicht lange. Mit beiden Händen schaufelte er das Heu zur Seite, zupfte sich die Halme aus Kleidern und Haar und sprang leichtfüßig zu Boden. Der Bauer auf dem Bock bemerkte ihn nicht einmal, da er damit beschäftigt war, auf seinen Ochsen einzureden, der offensichtlich beschlossen hatte, keinen Schritt mehr zu tun.

Mit einem Grinsen schulterte Gallus seine Sackpfeife und machte sich auf den Weg in eines der weniger feinen Viertel. Dort gab er ein paar Pfennige für eine winzige Kammer aus und aß eine Schüssel dampfenden Haferbrei.

Während er die klebrige Pampe löffelte, feilte er an seinem Plan. Da die Männer dachten, er hätte die Stadt verlassen, war er im Vorteil. Sie würden sich in Sicherheit wiegen und nicht damit rechnen, dass er so kühn war, den Stadtwachen ein Schnippchen zu schlagen. Daher konnte er sich auf die Lauer legen und warten, bis ihm die Kerle über den Weg liefen, um dann herauszufinden, wer sie waren. Allerdings würde er auf der Hut sein müssen. Wenn die Wache ihn erwischte, würde er mit Sicherheit wieder im Diebesturm landen. Und ein zweites Mal würde er gewiss nicht so glimpflich davonkommen. Die Vorstellung, was ihn erwarten könnte, verdarb ihm beinahe den Appetit.

Er legte den Löffel beiseite und starrte eine Weile Löcher in die Luft.

»Stimmt etwas nicht?«, fragte ihn die Wirtin, eine magere Frau mit dünnem Haar, das unter ihrer Haube hervorlugte. »Passt dir mein Brei nicht?«

Gallus schüttelte den Kopf. »Bring mir noch eine Schale«, sagte er. Auch wenn ihm die Sorge auf den Magen schlug, musste er sich stärken.

»Suchst du Arbeit in der Stadt?«, fragte die naseweise Wirtin, als sie eine zweite Schale Brei vor ihn stellte.

»Das geht dich nichts an«, brummte Gallus.

»Man wird doch wohl noch fragen dürfen«, empörte sich die Frau.

»Steck deine Nase in anderer Leute Angelegenheiten«, war Gallus' patzige Antwort.

Mit einer Reihe unschöner Ausdrücke rauschte die Wirtin ab und ließ ihn allein mit seinen Gedanken.

Er sah an sich hinab. Wenn er keine Aufmerksamkeit auf sich ziehen wollte, benötigte er andere Kleider. Wie ein Gockel durch die Stadt zu stolzieren, würde ihn nicht ans Ziel bringen. Er brauchte etwas Unauffälliges. Auch wenn ihm der Gedanke daran, noch mehr Geld auszugeben zu müssen, nicht gefiel, gab es keinen anderen Weg. Daher schaufelte er auch die zweite Portion Brei in sich hinein, wischte sich den Mund ab und ging in seine Kammer. Seine Sackpfeife versteckte er unter dem Bett, da er der Wirtin nicht traute. Das Weib war vermutlich nicht nur neugierig, sondern auch diebisch wie eine Elster.

»Gibt es einen Schlüssel für meine Kammer?«, fragte er, als er wieder im Schankraum war.

Die Wirtin sah ihn an, als ob er sie danach gefragt hätte, ob der Leibhaftige bei ihr ein und aus ging. »Wozu? Hast du Angst, dass dir jemand deine Reichtümer stiehlt?« Sie lachte bösartig.

»Gibt es einen oder nicht?«

»Natürlich nicht. Das hier ist nicht die *›Krone‹*.« Sie schüttelte den Kopf und fuhr damit fort, mit einem schmutzigen Tuch das Holzgeschirr auszureiben.

Gallus verkniff sich eine weitere Bemerkung und verließ das Gasthaus. Dann fragte er sich zu einem billigen Schneider durch.

Kapitel 35

Ein Gefängnis, April 1412

Englin versuchte verzweifelt, das Wimmern zu unterdrücken, das in ihr aufstieg. Seit mehreren Stunden kniete sie auf harten Erbsen vor einem Altar, den ihr Peiniger in ihr Gefängnis gebracht hatte. Er hatte sie außerdem dazu gezwungen, ein einfaches schwarzes Kleid anzuziehen, und ihr Haar mit Asche bestreut.

»Tu Buße«, hatte er mit harter Miene gesagt und sich mit einem dicken Knüppel hinter sie gestellt.

Seitdem lag Englin auf den Knien und betete einen Psalm nach dem anderen.

»Herr, wie lange willst Du mein so gar vergessen? Wie lange verbirgst Du Dein Antlitz vor mir? Wie lange soll ich sorgen in meiner Seele und mich ängsten in meinem Herzen täglich? Wie lange soll sich mein Feind über mich erheben?«, murmelte sie.

»Schaue doch und erhöre mich, Herr, mein Gott! Erleuchte meine Augen, dass ich nicht dem Tode entschlafe …« Englins Stimme versagte, als ein Schluchzen ihr die Luft nahm. Vielleicht war der Tod besser als diese Hölle auf Erden, in der sie sich befand.

»Weiter!« Ein Hieb traf sie im Rücken. »Wenn du Buße tust, muss nicht ich den Teufel in dir austreiben.«

Englin erschauerte. Unter Aufbietung all ihrer Willenskraft gelang es ihr, gegen das Schluchzen anzukämpfen und weiterzubeten. Stille Tränen rannen ihre Wangen hinab, während sich die harten Erbsen wie Nägel in ihre Knie bohrten.

Schließlich, es mussten weitere Stunden vergangen sein, sagte der Alte: »Das genügt vorerst. Du kannst aufstehen.«

Englin sackte ermattet in sich zusammen.

»Aufstehen!«, knurrte der Mann und trat auf sie zu.

»Bitte«, flehte Englin und hob abwehrend die Hände, da sie fürchtete, er könne sie wieder prügeln.

Statt des Knüppels auf ihrem Rücken spürte sie jedoch seine Hände unter ihren Achseln, als er ihr behutsam auf die Beine half. Als sie in die Knie sackte, hob er sie auf und trug sie zum Bett.

»Du musst dich ausruhen.« Plötzlich klang seine Stimme so sanft wie die eines besorgten Vaters.

Englin spürte seine Hand auf ihrer Wange. Zitternd schloss sie die Augen und versteifte sich in Erwartung dessen, was er das letzte Mal mit ihr gemacht hatte. Allerdings blieb seine Hand lediglich einige Momente auf ihrer Wange liegen, ehe er sich erhob und schweigend auf sie hinabblickte.

»Ich lasse dir etwas zu essen bringen«, sagte er schließlich. Dann wandte er sich von ihr ab und verließ die Kammer.

Lange Zeit wagte Englin nicht, sich zu rühren. Doch nachdem sie immer wieder den Atem angehalten und in die Stille gelauscht hatte, glaubte sie, dass sie wirklich allein war. Vorsichtig schlug sie die Augen auf und hob den Kopf, um sich umzusehen.

Er war tatsächlich nicht mehr da.

Erleichtert stemmte sie sich auf die Ellenbogen und setzte sich auf. Jede Bewegung schmerzte. Mit einem Stöhnen rieb sie sich das Blut zurück in die Beine, die immer noch kribbelten, als ob sie in einem Ameisenhaufen gestanden hätte. Als sie die Röcke hochschob, sah sie, dass ihre Knie bereits grün und blau waren von der Tortur. Obwohl ihr Vater in ihrer Kindheit nicht mit der Rute gespart hatte, hatte sie noch niemals solche Pein erlitten.

Als sich Schritte näherten und ein Schlüssel ins Schloss gesteckt wurde, legte sie sich hastig wieder hin und stellte sich schlafend. Mit hämmerndem Herzen hörte sie, wie die Tür aufging, jemand die Zelle betrat und etwas auf dem Tisch abgestellt wurde. Dann verließ der Besucher den Raum wieder und schloss hinter sich ab. Dennoch wartete Englin wieder einige Zeit, bis sie sich erneut aufsetzte. Ihr Blick fiel auf ein Tablett auf dem Tisch, auf dem sich ein Krug, mehrere Schüsseln und Brot befanden. Da sie von dem langen Beten völlig entkräftet war, stolperte sie auf unsicheren Beinen zum Tisch und brach ein Stück Brot ab. Dieses tauchte sie in eine Schale mit Fleisch und Soße und griff nach einem der Hühnerbeine. Während Fett und Soße an ihren Armen entlangliefen, stopfte sie so viel in sich hinein, wie sie konnte, ehe sie die Bissen mit Wein hinabspülte. Das Essen war so köstlich, dass sie sich einen Augenblick erlaubte, Hoffnung zu schöpfen. Vielleicht war ihre Strafe beendet. Wenn sie sich von jetzt an fromm und gottergeben zeigte, würde er sie vielleicht aus diesem elendigen Kellerloch entlassen. Inzwischen war sie sicher, dass der Alte an einer Verwirrung des Geistes litt, die ihn böswillig und brutal machte.

Der Blick auf das Tablett und die Schüsseln ließ einen Gedanken in ihr aufkeimen. Wenn der Allmächtige sie nicht ganz verlassen hatte, gelang es ihr vielleicht, die Köchin auf ihre Seite zu ziehen. Gewiss nahm die Frau nicht ebenfalls an, dass es sich bei Englin um die Gemahlin des Mannes handelte. Sollte es ihr gelingen, an das Mitleid der Köchin zu appellieren, war es möglich, dass diese sie freiließ. Da sie inzwischen den gesamten Raum erfolglos nach einem Schlupfloch durchsucht hatte, war dies ihre einzige Chance.

Nachdem sie sich gestärkt hatte, ging Englin zurück zum Bett und wartete darauf, dass die Frau zurückkam. Allerdings ließ sich die nächsten Stunden niemand blicken, weder ihr Peiniger noch seine Köchin. Es fiel ihr immer schwerer, gegen die bleierne Müdigkeit anzukämpfen, und irgendwann gab sie dem Drang, sich hinzulegen, nach. Bevor sie einschlief, schickte sie ein verzweifeltes Gebet zum Himmel, dass ihr Martyrium bald beendet sein möge.

Kapitel 36

Ulm, April 1412

Anna starrte mit gemischten Gefühlen auf die Kleider hinab, die vor ihr auf dem Bett lagen. Die Kammer, die Ella ihr zugewiesen hatte, war zwar klein, aber sauber, der Boden frisch gefegt. Außer einem Bettkasten und einer Truhe gab es nur noch ein großes Holzkreuz an der Wand, unter dem ein Strauß Trockenblumen hing. Obwohl Annas Kammer in der Sammlung ebenso schlicht war, wirkte sie freundlicher. Anders als Anna vermutet hatte, waren die Kleider auf dem Bett nicht feiner als ihre Tracht, sondern aus einfacher Wolle gewoben. Die enganliegende Fucke hatte die Farbe von Kastanien, das Untergewand war aus schwarzem Stoff. Anna fühlte sich seltsam, als sie ihr Beginengewand ablegte, um in die fremden Sachen zu schlüpfen. Da Ella wesentlich fülliger war als sie, musste sie das Oberteil fest schnüren. Auch der Gürtel war ihr etwas zu groß, weshalb er weit unten auf ihren Hüften lag. Nachdem sie zu guter Letzt ein Paar bauschige weiße Ärmel an die Fucke angeknüpft hatte, setzte sie die kleine Haube auf, die Ella ebenfalls bereitgelegt hatte. Obwohl diese einen Großteil ihres Haares verbarg, fühlte Anna sich beinahe nackt damit.

»Bist du fertig?«, ertönte Ellas Stimme durch die Tür.

»Ja.«

Die Schwägerin erschien auf der Schwelle. »Dann kannst du mir beim Stoffzuschneiden und Nähen helfen.« Sie führte Anna einen schmalen Korridor entlang in einen Raum, bei dem es sich offensichtlich um die Stube handelte. Der Boden war mit bunten Fliesen gekachelt, in einer Ecke stand ein Ofen. Die Fenster waren verglast und waren geöffnet, um die frische Frühlingsluft hereinzulassen. Mitten im Raum stand ein großer Tisch, an dem die Familie bei Mahlzeiten Platz fand. Im Haus von Jakob Ehinger aßen das Gesinde und die Lehrlinge vermutlich in der Küche, nicht am Tisch ihres Herrn.

Auf dem sauber gefegten Boden stapelten sich mehrere Stoffballen in unterschiedlichen Farben. Der Tisch war bedeckt mit einem feinen, halb zugeschnittenen Gewand aus Ulmer Barchent, einem Mischgewebe aus Leinen und Baumwolle.

»Du kannst die Ärmel nähen.« Ella zeigte auf einen Haufen bereits sauber zurechtgelegter Teile. Sie selbst griff nach einem Maßstab und Kreide und machte sich daran, den Barchent in Stücke aufzuteilen.

Anna nahm sich Nadel und Garn, setzte sich auf einen Hocker und legte den Stoff in ihren Schoß. »Wo sind die Kinder?«, fragte sie.

Ella sah kurz von ihrer Arbeit auf. »In der Schule.«

»Sind sie denn schon alt genug?«

»Heinrich ist acht und Martin neun«, erwiderte ihre Schwägerin. »Er fängt nächstes Jahr eine Lehre bei Jakob an.«

Anna verbarg ihre Überraschung. Sie hatte die beiden Buben viel jünger in Erinnerung gehabt.

»Wann willst du endlich eine Familie gründen?«, fragte Ella.

Anna hätte sich fast in den Finger gestochen. »Ich bin eine Begine.«

»Willst du wirklich bis ans Ende deines Lebens nur auf den Knien liegen und beten?« Ella legte die Kreide beiseite und griff nach einer Schere.

»Wir beten nicht den ganzen Tag«, gab Anna zurück. »Ich helfe im Spital bei der Versorgung der Armen und Kranken.«

»Du bist siebzehn«, stellte Ella fest. »Wenn du nicht bald einen Mann findest, stirbst du als alte Jungfer.«

Anna spürte Ärger in sich aufsteigen. Wollte ihre

Schwägerin nicht begreifen, dass Anna ihr Leben Gott verschrieben hatte? Oder war es ihre Art, Anna zu zeigen, dass ihre Anwesenheit unter ihrem Dach sie störte?

»Ich habe Jakob mit vierzehn geheiratet«, fuhr Ella fort.

»Du warst keine Begine.«

»Willst du denn gar keine Kinder?« Ella sah von ihrer Arbeit auf. Das Unverständnis in ihrem Blick verriet Anna, dass ihre Schwägerin die Fragen nicht böse meinte. Sie konnte sich offenbar nicht vorstellen, dass eine Frau einen anderen Weg wählte als sie.

Anna zuckte die Achseln. Sie hatte das Gefühl, dass es keinen Wert hatte, Ella zu erklären, warum sie ihr Leben im Beginenhof schätzte. Geschätzt hatte, dachte sie. Seit sie Lazarus begegnet war, ertappte sie sich viel zu oft bei Gedanken, die einer frommen Dienerin Gottes fremd sein sollten. Vielleicht war ihr das Gespräch mit Ella deshalb so unangenehm.

Obwohl Ella sich redlich bemühte, erstarb die Unterhaltung nach einiger Zeit und die beiden Frauen arbeiteten still weiter. Als die Glocke der nahe gelegenen Frauenkirche zum Mittag schlug, räumte Ella den Tisch leer und begann damit, Geschirr aus einem Schrank neben dem Ofen zu holen. Dann ließ sie Anna allein in der Stube zurück, um in der Küche Bescheid zu sagen und nach Jakob zu suchen. Wenig später stürmten die beiden Jungen in die Stube, blieben jedoch wie angewurzelt stehen, als sie Anna bemerkten.

»Wer bist du?«, fragte der Jüngere.

»Sei nicht so unhöflich«, schalt eine der Mägde, die mit einem Korb voller Brot den Raum betrat. Sie versetzte ihm einen leichten Klaps auf den Hinterkopf. »Und nimm die Kappe ab!«

Der Knabe schob die Unterlippe vor und tat, wie geheißen. Dann beäugte er Anna neugierig.

Sein Bruder wirkte wesentlich älter, obwohl nur ein Jahr zwischen den beiden lag. Er hatte dieselben durchdringend blauen Augen wie Anna und Jakob und war hochgewachsen für sein Alter. »Das ist Tante Anna«, erklärte er seinem Bruder. »Sie ist eine Nonne.«

Anna lachte. »Eine Begine.«

»Setzt euch«, wurden sie von Jakob unterbrochen, der mit seiner Frau in diesem Moment in die Stube kam. Er warf seinen Söhnen einen strengen Blick zu.

Nachdem er selbst am Kopfende des Tisches Platz genommen hatte, wartete er, bis die Mägde alle Speisen aufgetragen hatten, ehe er ein Tischgebet sprach. Dann verteilte er das einfache Mahl, das aus Käse, Brot und einer dünnen Suppe bestand. »Heute Abend bekommen wir Besuch«, verkündete er und warf Anna einen Seitenblick zu.

»Besuch?« Heinrich, sein jüngerer Sohn, sah mit leuchtenden Augen von seiner Schale auf.

»Schweig bei Tisch!«, herrschte sein Vater ihn an.

Der Knabe biss sich auf die Lippe.

»Johannes, der Sohn des zweiten Bürgermeisters, beehrt uns mit seinem Besuch«, fuhr Jakob fort.

Anna glaubte, ihren Ohren nicht zu trauen. Was hatte ihr Bruder vor? Wollte er sie tatsächlich mit einem jungen Patrizier verkuppeln? Sie schob hastig einen Bissen Brot in den Mund, um sich von einem unbesonnenen Kommentar abzuhalten. Sie musste Jakob dankbar sein, dass er sie aufgenommen hatte. »Warst du beim Rat?«, wechselte sie das Thema.

Jakob schüttelte den Kopf. »Die nächste Sitzung ist morgen.«

»Das heißt, es gibt keine Neuigkeiten?«

Jakob schüttelte den Kopf. »Solange du bei mir bist, wird dir nichts geschehen«, versprach er.

Ellas besorgter Blick verriet, dass sie davon nicht so überzeugt war wie ihr Gemahl.

Kapitel 37

Ulm, April 1412

Den Rest des Tages brachten Anna und Ella weiter mit dem Zuschneiden, Nähen und Besticken von Gewändern zu, so dass Anna am Abend die Fingerkuppen schmerzten. Als es endlich an der Zeit war, sich für das Abendessen frisch zu machen, hielt Ella sie am Ärmel ihrer Fucke zurück.

»Warte. Jakob hat mich gebeten, dir ein anderes Gewand zu geben.«

Anna sah an sich hinab. »Was ist mit diesem?«

»Das ist nicht fein genug.« Ein Lächeln huschte über Ellas Gesicht.

Anna verkniff sich einen Kommentar. Offenbar war ihr

Bruder wild entschlossen, sie feilzubieten wie eine Ware auf dem Markt. Da sie sich kaum weigern konnte, seine Bitte abzuschlagen, würde sie wohl oder übel gute Miene zu bösem Spiel machen müssen. Sie folgte Ella aus der Stube in eine Kammer, in der ihre Schwägerin den Deckel einer Kleidertruhe öffnete. Darin befanden sich Gewänder von solcher Schönheit, dass Anna trotz allem einen bewundernden Laut ausstieß.

»Dieses sollte dir passen.« Ella zog ein kirschrotes Kleid hervor, dessen Brust mit einem silbernen Muster bestickt war. Außerdem glänzten Silberknöpfe an der Vorderseite. Die Ärmel waren zweifarbig, die Seiten mit langen Schlitzen versehen. Nachdem Ella noch ein grünes Untergewand ausgewählt hatte, drückte sie Anna auf einen Schemel und half ihr beim Ankleiden. Im Anschluss daran öffnete und bürstete sie ihr Haar, um es zu flechten und zu Schnecken über ihren Ohren zu wickeln. Eine ebenfalls rote Haube bildete den Abschluss. Ella trat einen Schritt zurück, um ihr Werk zu betrachten. »Wie aus einem Märchen«, sagte sie. Neben Bewunderung schwang auch etwas Neid in ihrer Stimme mit.

Anna betastete vorsichtig ihr Haar. »Willst du dich nicht auch umkleiden?«, fragte sie, als Ella den Deckel der Truhe wieder schloss.

Ihre Schwägerin lachte. »Ich habe bereits einen Gemahl.« Mit diesen Worten schob sie Anna aus der Kammer und machte sich auf den Weg in die Küche, um sicherzugehen, dass alles für das Festmahl vorbereitet war.

Eine halbe Stunde später traf der Sohn des Bürgermeisters ein. Nachdem Jakob mit ihm in seinem Kontor einen Becher Wein getrunken und übers Geschäft geredet hatte, begaben sich die Männer in die Stube, die in vollem Glanz erstrahlte. In der Mitte des Tisches befand sich eine Vase mit frischen Frühlingsblumen, die Ella aus dem Garten hinter dem Haus geholt hatte. Das Tischtuch leuchtete blütenweiß im Schein zweier vielarmiger Leuchter.

Anna fühlte sich beklommen und wusste nicht wohin mit ihren Händen, als die Männer auf sie zukamen.

»Das ist meine Schwester Anna«, stellte Jakob sie vor. »Anna, das ist Johannes, der Sohn des zweiten Bürgermeisters.«

Anna nahm die Hand des hochgewachsenen Mannes entgegen, der mit einem schwer zu deutenden Ausdruck auf sie hinabsah. In Annas Augen wirkte er überheblich und sehr auf sein Äußeres bedacht, da er sein langes, dunkelbraunes Haar in Locken gelegt hatte. Es fiel auf ein goldfarbenes Samtwams mit Stickereien, das ihm bis zur Hüfte reichte. Seine Beine steckten in einer enganliegenden Hose, die für Annas Geschmack zu wenig der Vorstellungskraft überließ. Hastig wandte sie den Blick von der Stelle über dem Latz ab, an der die beiden Beinhälften mit auffallenden Knöpfen miteinander verbunden waren.

»Es ist mir eine Freude, Euch kennenzulernen«, sagte er mit einer artigen kleinen Verbeugung.

»Ihr schmeichelt mir«, gab Anna zurück.

»Keineswegs! Hätte ich gewusst, dass du eine so zauberhafte Schwester hast, wäre ich deiner Einladung früher gefolgt«, sagte er, an Jakob gewandt.

Ihr Bruder lächelte gezwungen. »Wollen wir uns setzen?«

Wie von Anna befürchtet, sorgte er dafür, dass sie neben dem Besucher saß, der sie selbst im Sitzen um fast einen Kopf überragte. Ein seltsamer Geruch ging von ihm aus, der Anna an eine Arznei erinnerte. Vermutlich war er Gewürzhändler.

»Was gibt es Neues aus Venedig?«, fragte Jakob.

»Allerhand.« Die nächsten Minuten redete der Sohn des Bürgermeisters wortreich über sein Kontor in Italien, über den Handel mit dem fernen Orient und die Reisen, die er in der Vergangenheit unternommen hatte.

Als die Köchin den ersten Gang – eine Eiersuppe mit Safran, Honig und Pfefferkörnern – auftrug, richtete Anna ihre Aufmerksamkeit auf ihre Schale und hoffte, dass der Abend bald vorüberging. Sie empfand keinerlei Zuneigung zu ihrem Sitznachbarn und war sich sicher, dass sich dies in absehbarer Zeit auch nicht ändern würde. Einerseits war sie Jakob dankbar dafür, dass er sich um ihre Zukunft sorgte. Andrerseits kam es für sie nicht infrage, einen solchen Aufschneider als Gefährten in Betracht zu ziehen. Verglichen mit Lazarus, erschien er ihr einfach nur dumm und oberflächlich.

Der Suppe folgten ein Lammfleischauflauf mit Zwiebeln, Brathuhn und gesottener Aal mit Pfeffer. Im Anschluss daran kamen eingemachte Kirschen mit Weißbrot auf den Tisch, das mit Muskatblüte, Ingwer und Milch zubereitet worden war. Zu all den Köstlichkeiten floss Wein, der die Männer immer ausgelassener machte.

Es war bereits spät, die dicken Kerzen halb heruntergebrannt, als Jakob sich erhob und sich mit einer kleinen Verbeugung entschuldigte. »Der viele Wein …« Er grinste. Kurz nachdem er die Stube verlassen hatte, kam auch Ella auf die Beine. Mit einem Seufzer legte sie die Hand auf ihren runden Bauch und entschuldigte sich ebenfalls, so dass Anna sich kurz darauf allein mit ihrem Sitznachbarn im Raum befand.

Der fackelte nicht lange und nutzte die Gelegenheit, um ihr ein öliges Lächeln zu schenken und nach dem Weinkrug zu greifen. »Trinkt mit mir«, bat er.

Da es unhöflich gewesen wäre, ihm einen Zutrunk abzuschlagen, hob Anna ihm den Becher entgegen.

»Auf Eure Schönheit.«

Anna spürte, wie sie bis an die Haarspitzen errötete. Der Blick, mit dem er sie bedachte, war ihr gänzlich unangenehm. Plötzlich kam sie sich vor wie eine Fliege im Netz einer Spinne. Sie senkte den Blick, nahm einen Schluck Wein und stellte den Becher zurück auf den Tisch. Zu ihrem Verdruss zitterte ihre Hand ein wenig.

Johannes schien diese Tatsache allerdings falsch zu deuten. Ehe Anna sie wegziehen konnte, griff er nach ihrer Hand und drückte sie an seine Lippen.

Anna sprang von ihrem Stuhl auf. »Was erlaubt Ihr Euch?«, keuchte sie.

Seine Miene verdunkelte sich. Er kam ebenfalls auf die Beine und baute sich vor ihr auf.

Sie wich einen Schritt zurück, da seine Größe ihr Angst machte.

»Was soll das?«, zischte er. »Ich dachte, du bist willig.«

Anna sah ihn verdutzt an. Willig? Dann begriff sie und schüttelte heftig den Kopf. Was hatte Jakob sich nur dabei gedacht?

»Zier dich nicht so!« Der Sohn des Bürgermeisters fasste sie hart am Arm und zog sie näher. Dann beugte er sich zu ihr hinab und drückte ihr einen Kuss auf den Mund. Als er wieder von ihr abließ, machte Anna sich von ihm los, holte aus und versetzte ihm eine Ohrfeige. »Wie könnt Ihr es wagen?«

Er fasste sich an die Wange und holte nun seinerseits aus,

um sie zu schlagen. Wäre sie nicht weiter vor ihm zurückgewichen, hätte sie der Hieb mit voller Wucht getroffen. So streifte er lediglich ihr Kinn, was dennoch genügte, um sie zur Seite taumeln zu lassen.

»Wofür hältst du dich, du dämliche Gans?«, knurrte er. Bevor Anna sich von ihrem Schreck erholen konnte, war er bei ihr und packte sie im Genick. »Ich könnte dir mit einer Hand den Hals brechen«, zischte er ihr ins Ohr. »Eine wie du sollte froh sein, dass sich überhaupt noch ein Mann findet, der bereit ist, sie zum Weib zu nehmen.«

»Zum Weib?«, hauchte Anna.

Seine Augen verengten sich. »Tu doch nicht so, als ob du nicht wüsstest, warum dein Bruder mich eingeladen hat!«

Anna stöhnte. Offenbar war Jakob weiter gegangen, als sie ohnehin schon befürchtet hatte. »Ich bin bereits vergeben«, presste sie hervor.

Er ließ sie los, als habe er sich an ihr verbrannt. »Was?«

Anna nickte. Sie rieb sich den schmerzenden Nacken.

Die Augen ihres Gegenübers blitzten unheilvoll, als er die Fäuste ballte und mit seiner Wut rang. Einige gefährliche Momente lang schien er sich auf Anna stürzen zu wollen, doch dann schüttelte er mit einem Fluch den Kopf und stürmte aus der Stube.

Als er die Tür hinter sich zuknallte, ließ Anna sich zitternd auf einen Stuhl sinken.

Kapitel 38

Ulm, April 1412

»BIST DU VOLLKOMMEN VON SINNEN?«, tobte Jakob, als er wenig später zurück in die Stube kam. Von Ella war weit und breit nichts mehr zu sehen. Vermutlich hatte er sie in ihre Schlafkammer geschickt. Sein Gesicht glich einer Gewitterwolke.

Anna erkannte ihn kaum wieder. Er war hochrot und in seinen Augen glomm ein gefährlicher Zorn. Einen Moment lang sah es aus, als wolle er sich auf Anna stürzen.

»Hast du überhaupt eine Ahnung, wen du gerade beleidigt hast?«

Anna keuchte empört auf. »*Ich* habe niemanden beleidigt«, erwiderte sie hitzig. »Wenn einer die Grenzen des guten Anstands überschritten hat, dann er!«

»Guter Anstand«, schnaubte Jakob. »Du kannst es dir in deiner Lage nicht leisten, dich um Sitte und Anstand zu kümmern. Du scheinst nicht zu begreifen, was für einen Gefallen ich dir damit getan habe.« Er verschränkte die Arme vor der Brust und funkelte Anna wütend an. »Aber du musstest ihn natürlich zurückweisen.«

Anna schüttelte fassungslos den Kopf. »Ich bin immer noch eine Begine!«

»Siehst du, genau das ist das Problem«, knurrte Jakob. »Du solltest schleunigst aufhören, eine zu sein!«

Anna wollte etwas erwidern, aber er schnitt ihr mit einer zornigen Handbewegung das Wort ab. »Ich gehe jetzt zu

Bett. Morgen wird ein arbeitsreicher Tag.« Er kehrte ihr den Rücken und öffnete die Tür.

»Jakob!«, rief sie ihm hinterher.

Doch er hatte anscheinend keine Lust mehr, sich weiter mit ihr abzugeben. Eine Zeit lang saß Anna einfach nur da und starrte auf den Fliesenboden. Dann erhob sie sich, verließ die Stube und ging zu ihrer Kammer. Dort zog sie das prächtige Kleid aus, legte es sorgfältig zusammen und stieg ins Bett. Allerdings tat sie bis spät in die Nacht hinein kein Auge zu. Die Tatsache, dass Jakob sie verschachern wollte wie ein Stück Vieh, machte ihr beinahe mehr Angst als die Ränke des Magisters Hospitalis. Offenbar war ihr Bruder sicher, dass das Ende der Beginensammlung nicht mehr zu verhindern war. Wie sehr sie sich bei der Annahme geirrt hatte, dass er sie aus Nächstenliebe in sein Haus aufgenommen hatte! Sein einziges Ziel schien zu sein, dafür zu sorgen, dass Anna sich von einem Ärgernis in einen Vorteil für ihn verwandelte. Und was wäre für diese Verwandlung geeigneter als eine Ehe mit dem Sohn des Bürgermeisters? Bitterkeit stieg in ihr auf. Ob ihr Vater davon wusste? Vermutlich schon, immerhin saßen er und Jakob zusammen im Rat.

Ärgerlich wischte sie die Tränen fort, die ihr die Wangen hinabrannen, und horchte auf, als gedämpfte Stimmen an ihr Ohr drangen. Scheinbar stritten sich Jakob und Ella. Da Anna nicht verstehen konnte, was die beiden sagten, schwang sie die Beine aus dem Bett, warf sich ein Untergewand über und schlich zur Tür. Zu ihrer Erleichterung schienen die Angeln frisch geölt zu sein. So leise wie möglich zog sie die Tür auf, trat auf den Korridor hinaus und spitzte die Ohren. Allerdings befand sich Jakobs Kammer am Ende des Ganges, weshalb sie nur Bruchstücke verstehen konnte. Mit klopfendem Herzen tastete sie sich in der Dunkelheit an der Wand entlang, bis sie so nah war, dass die Worte deutlich zu hören waren.

»Es ist mir gleich, was für Gründe du hattest«, hörte sie Ella schimpfen. »Es war dumm, sie hier aufzunehmen!«

»Du nennst mich dumm?« Jakobs Stimme klang drohend.

»Sie ist ein Mühlstein an unserem Hals«, keifte Ella weiter. »Sie wird Unglück und Schande über uns bringen. Denk an deine Familie, an das Kind in meinem Leib!«

»Sie ist meine Schwester.«

»Sie ist eine Begine!«

»Nicht mehr lange«, war Jakobs Antwort.

»Was, wenn sie Johannes so verärgert hat, dass er sich auch gegen dich und die anderen Familien stellt?«, fragte Ella. »Gott weiß, wie deine Schwester ihn beleidigt hat!«

Anna biss die Zähne aufeinander, um keinen Laut von sich zu geben.

»Er wird sich wieder beruhigen«, brummte Jakob. »Ich gehe morgen zu ihm, um ihm mitzuteilen, dass es ihr leidtut.«

»Das tut es aber nicht, da bin ich mir sicher!«

Anna hörte Dielen knarren. Offenbar war Jakob aufgestanden. Hastig zog sie sich ein wenig von der Tür zurück.

»Ich werde mich bei ihm entschuldigen«, sagte Jakob. »Damit sollten die Wogen erst einmal geglättet sein. Und dann sehen wir weiter.«

»Auf jeden Fall will ich sie nicht ewig hier im Haus haben.«

Anna hatte genug gehört. Da sie fürchtete, ihr Bruder könnte auf den Gang hinaustreten, huschte sie so schnell wie möglich zurück in ihre Kammer. Dort schloss sie die Tür und lehnte sich mit dem Rücken dagegen. Es wurde höchste Zeit, ihren Plan in die Tat umzusetzen. Wenn sie etwas über den Tod des Zimmermanns Konrad herausfand, würde das ihren Feinden im Rat den Wind aus den Segeln nehmen und sie konnte hoffentlich in die Sammlung zurückkehren. Allerdings musste sie abwarten, bis sich eine geeignete Gelegenheit bot. Denn wenn sie überhastet vorging, gelangte sie vielleicht vom Regen in die Traufe.

Am nächsten Morgen war die Stimmung beim Frühstück bedrückt. Keiner verlor ein unnötiges Wort und der Tag verging schleppend. Auch die Tage darauf waren für Anna voller Anspannung, da sie weder Neuigkeiten aus dem Rat noch aus dem Beginenhof erfuhr. Als Jakob eines Abends strahlend nach Hause kam und ihr eröffnete, dass der Sohn des Bürgermeisters sie zum Essen eingeladen hatte, verschluckte sie sich beinahe an einem Bissen Hühnerfleisch.

»Er hat dir deine Torheit vergeben«, verkündete Jakob. »Es ist mir gelungen, die Wogen zu glätten.«

Anna sah ihn entsetzt an. »Was ist mit den Beginen?«, fragte sie.

Jakobs Strahlen erlosch. »Sie stehen immer noch unter Hausarrest. Der Rat ist sich noch nicht einig, welche Sanktionen gegen sie verhängt werden sollen. Noch haben sie mächtige Fürsprecher.«

»Bist du auch noch einer von ihnen?«, wollte Anna wissen.

Jakob wich ihrem Blick aus.

Anna legte ihren Löffel zur Seite. Der Hunger war ihr vergangen.

»Du wirst aus dieser Sammlung austreten«, sagte Jakob nach kurzem Schweigen. »Und du wirst dem Sohn des Bürgermeisters zu Gefallen sein. Ganz gleich, was er von dir verlangt.«

»Das werde ich nicht!«, empörte sich Anna.

»Ich habe ihm versprochen, dass du dich beim nächsten Zusammentreffen nicht benehmen wirst wie eine Gassengöre«, knurrte Jakob. »Er sucht eine Gemahlin und hat offenbar einen Narren an dir gefressen. Du wirst ihm Honig ums Maul schmieren und ihm das Gefühl geben, dass du dein Herz an ihn verloren hast. Hast du mich verstanden?«

Annas Herz zog sich zusammen. Es schien, als hätte sie keine andere Möglichkeit. Sie nickte.

»Gut«, sagte Jakob zufrieden. »Und jetzt lasst uns das Mahl genießen.«

Kapitel 39

Ulm, April 1412

»Schon so zeitig auf den Beinen?« Die neugierige Wirtin musterte Gallus mit einem Ausdruck in den Augen, der ihn an einen Habicht erinnerte.

»Sieht so aus«, gab er brummig zurück. Er saß an einem Tisch in der kleinen Schankstube und wartete auf sein Frühstück.

»Wie lange willst du noch bleiben?«, erkundigte sie sich, als sie eine Schale Hirsebrei vor ihn auf den Tisch stellte.

»Warum? Brauchst du meine Kammer, um hohe Herrschaften unterzubringen?«

Sie stemmte die Fäuste in die Hüften. »Nein. Aber du hast nur für eine Woche bezahlt. Wenn du länger bleiben willst …« Sie hielt die Hand auf.

Gallus schnaubte. »Gierig wie ein Egel.« Er kramte ein paar Münzen aus der Tasche und warf sie auf den Tisch. »Das sollte reichen.«

Die Wirtin beeilte sich, das Geld aufzulesen. Ihre säuerliche Miene verwandelte sich in ein falsches Lächeln. »Kann ich sonst noch etwas für dich tun?«

»Lass mich einfach in Ruhe.«

Sie machte wortlos kehrt, verschwand in der Küche und kam kurz darauf mit einem Krug Bier zurück, den sie vor Gallus auf den Tisch knallte. Dann trollte sie sich endgültig.

Nachdem Gallus sein Mahl beendet hatte, ging er in

seine Kammer und setzte die altbackene Filzkappe auf, die er beim Schneider erstanden hatte. Seine restliche Kleidung war ähnlich unauffällig, dunkel und von einem Schnitt, wie Gallus ihn nur von Predigern kannte. Auch wenn er sich in den Sachen nicht besonders wohl fühlte, verschwand er damit in der Menge und wurde beinahe unsichtbar. In den vergangenen Tagen hatte er keinen Erfolg gehabt mit seinem Plan, doch irgendwann mussten die Kerle auftauchen. Wenn er nur lange genug auf der Lauer lag, würde er sie früher oder später entdecken. Wie gewöhnlich machte er sich zuerst auf den Weg zum Marktplatz, da er ihnen dort das erste Mal begegnet war. An diesem Tag war Fischmarkt, weshalb sich eine Menschentraube um den Brunnen in der Mitte des Platzes versammelt hatte. Dort schwammen die besten und fettesten Fische der Händler, die sie lauthals feilboten.

Gallus ließ den Brunnen links liegen und sah sich auf dem Platz um. Er suchte sich eine kleine Nische beim Rathaus, setzte eine ernste Miene auf und gab vor, in einem frommen Buch zu lesen, das er sich aus vierter Hand besorgt hatte. Während sich der Platz immer mehr füllte, schielte Gallus über den Rand des Buches und wartete. Die Uhr am Rathaus schlug bereits zum dritten Mal, als er endlich einen der Kerle entdeckte. Er führte ein Pferd von der Herdbrücke zum Markt, überquerte den Platz und verschwand in Richtung Münsterkirche. Gallus klappte sein Buch so schnell zu, dass es ihm beinahe aus der Hand gefallen wäre. Mit plötzlich aufflammendem Jagdfieber eilte er dem Mann hinterher und versuchte, ihn in dem Gewimmel nicht aus den Augen zu verlieren.

Beim Barfüßerkloster wandte er sich nach Westen und trottete eine breite Straße entlang, die von protzigen Patrizierhäusern gesäumt war. In seinem einfachen schwarzen Rock kam Gallus sich vor wie eine Krähe unter Paradiesvögeln, als er dem Mann folgte. Es dauerte nicht lange, bis der Kerl bei einem dreistöckigen Gebäude mit rot gestrichenem Fachwerk ankam. Im Hof des Hauses herrschte reger Betrieb. Fuhrwerke wurden be- und entladen, ein Schmied beschlug einen prächtigen Rappen und Laufburschen flitzten mit Briefen in der Hand durch die Gegend. Offenbar war der Mann, den Gallus verfolgt hatte, hier zu Hause, da er durch das offen stehende Tor in den Hof ging, das Pferd an einen Jungen übergab und im Gebäude verschwand.

Gallus pfiff leise durch die Zähne. Wenn das kein Fang war! Anscheinend gehörte der Bursche zum Haushalt eines reichen Ratsherrn oder Kaufmanns, der gewiss nicht erfahren sollte, was sein Bediensteter nachts in der Gräth getrieben hatte. Er wich einem Fuhrwerk aus, das riesige Fässer anlieferte. Dann zog er sich in den Schatten des gegenüberliegenden Gebäudes zurück und überlegte, wo er sich am besten auf die Lauer legen konnte. Mitten auf der Straße stehenbleiben konnte er nicht. Entweder würden die beiden Kerle ihn irgendwann entdecken oder jemand wurde misstrauisch und rief die Wache. Und eine erneute Begegnung mit den Stadtsoldaten wollte Gallus um jeden Preis verhindern.

Kapitel 40

Ein Gefängnis, April 1412

ENGLIN ZUCKTE ZUSAMMEN, als sie das inzwischen wohlbekannte Geräusch des Schlüssels im Schloss der Tür vernahm. Bisher war es ihr noch nicht gelungen, ihren Plan in die Tat umzusetzen, da die Köchin kein weiteres Mal alleine ihre Zelle betreten hatte. In den letzten Tagen hatte sich ihr Peiniger von seiner sanftesten Seite gezeigt und Englin hoffte, dass seine Stimmung nicht wieder umschlug. Sie gab sich größte Mühe, ihm zu Gefallen zu sein, lächelte und widersprach ihm nicht mehr, wenn er sie für seine Gemahlin hielt. Seit dem letzten Mal hatte er sich nicht mehr an ihr vergangen und Englin hoffte, dass er seine Zurückhaltung beibehalten würde. Vielleicht war die Verwirrung seines Geistes nur vorübergehend und er würde irgendwann erkennen, was für einen furchtbaren Fehler er gemacht hatte.

Als die Tür aufging und er den Raum betrat, wusste Englin auf den ersten Blick, dass ihre Hoffnung vergeblich war. Er steckte wieder in seinem besten Gewand und hatte nicht nur sein Haar gekräuselt, sondern es auch dunkler gefärbt. Über seinem Arm lag ein blütenweißes Gewand.

»Es wird Zeit, dass du dich umziehst, Liebste«, begrüßte er sie.

Englin wagte nicht zu fragen, weshalb. Wortlos nahm sie das Kleid entgegen und begann, die Schnürung des einfachen Gewandes zu lösen, das sie trug.

Dann schlüpfte sie in das andere Kleid und ließ sich von ihm helfen, die Knöpfe auf dem Rücken zu schließen.

»So ist es richtig«, murmelte er bewundernd, als sie fertig war. »Öffne dein Haar.«

Sie tat, wie geheißen.

Er betrachtete sie einige Augenblicke lang wortlos, ehe er sich von ihr abwandte und aus der Zelle verschwand.

Englin wartete bange ab.

Nach einiger Zeit kam er mit einem weißen Schleier und einem Blumenstrauß zurück, den er ihr in die Hand drückte. »Komm«, sagte er schließlich und führte sie zu dem kleinen Altar in der Ecke. »Knie nieder.«

Englin befolgte seinen Befehl.

Er selbst kniete sich neben sie, legte die Handflächen aneinander und schien in ein Gebet zu versinken. Seine Lippen bewegten sich lautlos.

Englin betrachtete ihn verstohlen aus dem Augenwinkel. Ihre Aufmachung war die einer Braut. Sein Verhalten gab ihr immer wieder neue Rätsel auf, doch ganz gleich, wie sehr sie sich bemühte, es gelang ihr einfach nicht, ihn zu verstehen. Er schien in einer anderen Welt zu leben, Dinge zu sehen, die für Englin nicht existierten.

Als er sein Gebet beendet hatte, erhob er sich und bedeutete ihr, es ihm gleichzutun. Sobald sie ihm gegenüberstand, holte er zwei goldene, mit einem blutroten Stein besetzte Ringe hervor und steckte ihr einen davon an die Hand. »Im Namen des Herrn nehme ich dich zu meiner Gemahlin«, sagte er feierlich.

Englin versuchte, sich ihre Verwunderung nicht anmerken zu lassen. Hatte er nicht all die letzten Male behauptet, sie sei bereits seine Gemahlin? Wieso führte er jetzt dieses Narrenstück auf?

Sobald er sich ebenfalls einen Ring angesteckt hatte, nahm er sie bei der Hand und führte sie zum Bett. »Du wirst mir viele gesunde Söhne schenken«, sagte er.

Englin versuchte, sich ihre Abscheu nicht anmerken zu lassen. Wenn sie sich ihm willig hingab, war es nur halb so schlimm. Deshalb ließ sie ihn gewähren, als er die Knöpfe ihres Kleides wieder löste und es sorgfältig auf einen Schemel legte. Dann half er ihr auch aus ihrem Untergewand, so dass sie vollkommen unbekleidet vor ihm stand.

Er ließ den Blick über ihre Blöße gleiten und ein seliges Lächeln trat auf sein Gesicht. »Rein wie eine Kirschblüte«, murmelte er.

Englin schlug den Blick nieder, als auch er begann, sich zu entkleiden. Sie versuchte, nicht an die ungeschickten Finger und den fetten Bauch zu denken, den schlechten Atem und das dünne graue Haar. Stattdessen dachte sie sich an einen fernen Ort, so wie sie es im Badehaus auch immer tat.

»Leg dich hin«, befahl er.

Sie unterdrückte ein Schaudern und tat, was er verlangte. Dann schloss sie die Augen und versteifte sich in der Erwartung seiner Berührung.

Doch die blieb aus.

Als er sich nach einigen Atemzügen immer noch nicht gerührt hatte, wagte Englin es, die Augen zu öffnen.

Er stand mit einem verwirrten Gesichtsausdruck vor dem Bett und starrte auf sie hinab. Seine Männlichkeit hing schlaff zwischen seinen Beinen. Eine tiefe Falte hatte sich in seine Stirn gegraben und die Lippen bewegten sich wieder in stillem Selbstgespräch. Nach einer Weile blinzelte er heftig und wich einen Schritt zurück. »Was soll das?«, keuchte er. »Was tust du hier?«

Englin griff hastig nach der Decke, um ihre Blöße zu bedecken. Ehe sie etwas erwidern konnte, hob er seine Kleider auf, schlüpfte hinein und floh aus dem Raum.

Englin sah ihm halb erleichtert, halb beängstigt hinterher. Der Dämon in ihm schien mehr und mehr seinen Verstand zu rauben.

Kapitel 41

Ulm, April 1412

Je mehr Zeit verstrich, ohne dass Lazarus Anna zu Gesicht bekam, desto unruhiger wurde er. Seit ihrer Begegnung in der Kräuterküche kam sein Geist nicht mehr zur Ruhe, da sein Herz mit aller Macht gegen die Vernunft ankämpfte. Noch immer gab es Momente, in denen er vermeinte, den Kuss auf seinen Lippen spüren zu können. Allerdings war ihm klar, dass seine Vorstellungskraft ihm etwas vorgaukelte. Er wusste nicht, wie viele Stunden er inzwischen damit zugebracht hatte, um Vergebung für sein Verlangen zu flehen, doch Gott schien ihn nicht zu erhören. Er schien nicht imstande zu sein, das Feuer, das in ihm brannte, zu löschen, weshalb er an diesem Morgen beschloss, herauszufinden, wohin Anna verschwunden war.

Einige der Mägde behaupteten, sie sei mit dem Pfleger vom Hof geeilt und seitdem hatte niemand sie mehr im Spital gesehen. Inzwischen wusste die ganze Stadt, dass die Beginen vom Rat unter Hausarrest gestellt worden waren, und Lazarus erinnerte sich an Annas Worte. Scheinbar hatte der Magister Hospitalis tatsächlich etwas mit dem harschen Vorgehen gegen die Schwestern zu tun. Zwar hatte noch niemand Anna des Mordes an dem Zimmermann bezichtigt, aber allmählich glaubte Lazarus, dass Annas Furcht vor solch einer falschen Anklage berechtigt sein könnte. Sein Vorhaben, den Hauptmann zu informieren, hatte er immer wieder hinausgeschoben, aus Angst, Anna damit doch schaden zu können. Er hoffte inständig, dass ihr Bruder sie in Sicherheit gebracht hatte.

Da der Spitalmeister an diesem Morgen außer Haus war, beschloss er, Jakob Ehinger aufzusuchen, um sich nach Annas Verbleib zu erkundigen. Als Bruder des Heilig-Geist-Ordens sollte er über jedweden Verdacht erhaben sein, obgleich er sich in seiner Kutte beinahe wie ein Betrüger fühlte. Er hatte ein Gelübde abgelegt! Allein der Wunsch, Annas Lippen noch einmal auf seinen zu spüren, war eine furchtbare Sünde.

Er unterdrückte das in ihm aufsteigende Schuldgefühl und machte sich auf den Weg zum Spitaltor. Dann begab er sich zum Rathaus und fragte sich zum Haus des Pflegers durch. Als Ordensbruder war es keineswegs ungewöhnlich, dass er den Mann zu sprechen wünschte, der die Oberaufsicht über die Finanzen des Spitals hatte. Sobald Jakob Ehingers Wohnhaus in Sicht kam, verlangsamte

Lazarus seine Schritte. Einen Augenblick lang war er versucht, kehrtzumachen und sein Gewissen bei der Beichte zu erleichtern. Doch ehe ihn der Mut verlassen konnte, trat der Mann, den er suchte, ins Freie und runzelte die Stirn, als er ihn entdeckte.

»Bruder Lazarus«, begrüßte Jakob ihn. »Was tut Ihr denn hier?«

Lazarus rang um die Würde, die von ihm erwartet wurde. »Ich wollte mich nach Eurer Schwester erkundigen«, sagte er. »Im Spital haben alle gehört, was mit den Beginen geschehen ist, und jetzt machen wir uns Sorgen um eine unserer besten Pflegerinnen.« Er hoffte, dass Annas Bruder ihm die Lüge abkaufte.

»Ihr werdet in Zukunft auf sie verzichten müssen«, war die kurz angebundene Antwort. »Anna ist keine Begine mehr.«

Lazarus hob erstaunt die Brauen. »Sie ist aus der Sammlung ausgetreten?«

»Noch nicht, aber bald.«

»Wohnt sie bei Euch?«, wollte Lazarus wissen.

Jakobs Augen verengten sich. »Warum interessiert Ihr Euch dafür, wo meine Schwester wohnt?«

»Weil sie ein guter Christenmensch ist«, erwiderte Lazarus und hoffte, dass Gott ihn nicht augenblicklich mit der Lepra strafen würde.

»Meine Schwester geht Euch nichts mehr an. Richtet das dem Magister Hospitalis aus. Was auch immer er geplant hat, wird keine Früchte tragen.«

»Ich bin nicht im Auftrag des …«, hob Lazarus an.

Doch Jakob schnitt ihm das Wort ab. »Ich habe zu tun. Entschuldigt mich.« Mit diesen Worten ließ er Lazarus stehen und rauschte davon.

Lazarus sah ihm nach. Dann starrte er unschlüssig auf das Haus. Als jemand seinen Namen rief, zuckte er erschrocken zusammen.

»Hier drüben, Lazarus!«

Er wandte sich um und sah eine schlanke junge Frau in einer kastanienfarbenen Fucke auf sich zukommen. Sie trug einen Korb und schien aus einer kleinen Tür in der Ummauerung des Anwesens getreten zu sein. Erst als sie sich ihm näherte, erkannte er Anna.

Augenblicklich begann sein Herz, schneller zu schlagen. In dem enganliegenden Gewand war sie anmutig und zierlich. Auf ihrem Kopf saß eine kleine Haube, das Haar war zu einem dicken Zopf geflochten. Die Sonne spielte auf ihrem Gesicht und sie wirkte frisch und jung.

»Anna«, murmelte er.

»Was tust du hier?«, fragte Anna, als sie ihn erreichte. Ihre blauen Augen musterten ihn forschend.

»Ich …«, hob Lazarus an. Plötzlich fehlten ihm die Worte.

Anna schlug den Blick nieder. »Es tut mir leid, was in der Kräuterküche geschehen ist. Ich hätte dich niemals …« Sie brach den Satz ab.

Lazarus wusste nichts darauf zu erwidern. Ihr Anblick löste einen solchen Sturm der Gefühle in ihm aus, dass er fürchtete, sich hier auf offener Straße zu verraten.

»Bitte vergib mir«, bat Anna, als er schwieg. Dann machte sie Anstalten, zu gehen.

»Ich muss *dich* um Vergebung bitten«, brachte er schließlich hervor. »Ich hätte nicht solche Dinge sagen sollen.«

Annas Miene verdunkelte sich. »Was geschehen ist, lässt sich nicht ändern«, sagte sie. Es klang kühl. »Ich werde vorerst nicht ins Spital zurückkehren.«

»Dein Bruder hat mir gesagt, dass du bei ihm wohnst«, erwiderte Lazarus. »Ich bin froh, dass es dir gutgeht. Ich habe mir Sorgen gemacht.«

Anna hob den Blick. In ihren Augen glänzten Tränen. »Mein Bruder will, dass ich Johannes, den Sohn des Bürgermeisters, zum Mann nehme«, platzte es aus ihr heraus.

»*Was?*« Lazarus schüttelte den Kopf.

»Er will mich zwingen, die Sammlung zu verlassen.«

»Das ist lästerlich!«

»Er will nur das Beste für mich«, sagte Anna leise.

Das Zittern in ihrer Stimme verriet Lazarus, dass sie log. Nur mit Mühe hielt er sich davon ab, ihre Hände in die seinen zu nehmen. »Gibt es etwas, was ich tun kann, um dir zu helfen?«, fragte er.

Sie schüttelte den Kopf.

»Bitte, Anna«, drängte Lazarus. »Was geschehen ist, tut mir leid. Aber nichts von dem, was ich gesagt habe, war eine Lüge.«

Anna hob erneut den Kopf. »Wirklich?«

»Ja.« Am liebsten hätte er sich hier, an Ort und Stelle, zu ihr hinabgebeugt, um es ihr zu beweisen. Doch ein weiterer Kuss, noch dazu in der Öffentlichkeit, war undenkbar.

»Dann …«

Er nickte, bevor sie den Satz beenden konnte. »Aber ich bin ein Mitglied des Ordens«, sagte er. »Daran kann nichts etwas ändern.«

Anna fuhr sich mit einer ärgerlichen Geste über die Augen. »Und ich bin eine Begine«, sagte sie trotzig. »Daran wird ebenfalls niemand etwas ändern.«

Lazarus musterte sie forschend. »Was hast du vor?«

»Nichts.«

»Ich kann dir helfen.«

Sie schien erneut den Kopf schütteln zu wollen, doch dann überlegte sie es sich anders. »Ich werde versuchen, mich heute oder morgen Nacht in die Gräth zu schleichen«, sagte sie. »Um herauszufinden, was dort mit Konrad geschehen ist.«

»Bist du von Sinnen? Er ist ermordet worden!«

Anna presste trotzig die Lippen aufeinander.

»Wie willst du das bewerkstelligen?«, seufzte Lazarus nach einigen Augenblicken des Schweigens.

»Mit deiner Hilfe«, gab Anna zurück. »Wenn du die Wächter ablenkst, kann ich mich hineinschleichen.«

Der Plan gefiel Lazarus ganz und gar nicht. Doch nach dem letzten nächtlichen Ausflug wusste er, dass Anna es sonst ohne ihn versuchen würde. »Ich halte es für keinen guten Einfall …«

»Eine andere Möglichkeit gibt es nicht!«

»… aber ich werde dir helfen«, beendete Lazarus den Satz.

Annas Miene hellte sich auf. »Dann warte heute Abend kurz vor Sonnenuntergang dort auf mich, wo du mich das letzte Mal getroffen hast«, bat sie. »Falls es mir nicht gelingt, das Haus zu verlassen, versuchen wir es morgen noch einmal.«

Lazarus nickte.

»Ich muss jetzt zum Markt«, sagte Anna mit einem Blick zurück zum Haus ihres Bruders. »Sonst fängt das Gesinde an zu tratschen.«

In der Tat hatten sich inzwischen ein paar Mägde beim Hoftor versammelt, um Anna und Lazarus zu beobachten.

Hastig brachte Lazarus einen Schritt Abstand zwischen sich und Anna. »Kann ich es dir nicht doch noch ausreden?«, fragte er.

Anna schüttelte den Kopf. Dann verabschiedete sie sich mit einem Nicken und ging in Richtung Münsterbaustelle davon.

Kapitel 42

Ulm, April 1412

Annas Herz flatterte wie ein Vogel in ihrer Brust. Das Gespräch mit Lazarus hatte sie aufgewühlt und es hatte sie ihre ganze Kraft gekostet, ihre Gefühle im Zaum zu halten. Mit jedem Schritt, den sie sich von ihm entfernte, schien ihre Kehle jedoch enger zu werden, und die Tränen ließen sich kaum mehr unterdrücken. Er empfand das Gleiche für sie wie sie für ihn. Allerdings war die Sicherheit, die sein Geständnis gebracht hatte, keineswegs so tröstlich, wie Anna gehofft hatte. Stattdessen schienen die Steine, die ihnen im Weg lagen, so unüberwindlich zu sein wie ein Gebirge, das bis zum Himmel reichte. Selbst wenn sie aus der Sammlung austrat, konnten sie niemals ihr Glück finden. Denn Lazarus stand dieser Weg nicht frei. Verließ er den Orden, drohten ihm Ächtung und die Exkommunikation durch den Papst. Griff man ihn auf, würde er zurückgebracht und dann erwarteten ihn entweder eine schlimme Züchtigung, Degradierung oder Kerkerhaft. Es gab zahllose Strafen, die Anna sich vermutlich alle nicht vorstellen konnte. Die einzige Möglichkeit für einen Mönch, seine Gemeinschaft zu verlassen, war der Übergang zu einem anderen, meist strengeren Orden.

Während sie gegen die Tränen ankämpfte, bahnte sie sich einen Weg zum Markt, auf dem bereits ein solches Durcheinander von Käufern und Verkäufern herrschte, dass man meinen könnte, es sei Jahrmarkt. Auf dem Platz gegenüber dem Rathaus, wo der Weinmarkt stattfand, drängten sich an die dreihundert Karren und Wagen, beladen mit Wein. Das Geschrei war groß, da meist schon vor der Mittagszeit alles ausverkauft war. Männer mit dicken Geldkatzen erstanden für mehrere Gulden teure Fässer, die sie von ihren Knechten auf die eigenen Fuhrwerke laden ließen. Mehr als einmal musste Anna einem der Laufburschen ausweichen, die sich durch die Menge drängten. Mit einem Gefühl der Beklemmung ließ sie sich vom Strom der Kauflustigen mitreißen und gelangte schließlich zu dem kleinen Holzhäuschen in der Mitte des Platzes, in dem Brot verkauft wurde. Nachdem sie ihren Korb mit Brezeln und Zöpfen gefüllt hatte, ging sie weiter zu einem Käsehändler und einer alten Bäuerin, die geräucherte Fische verkaufte. Froh darüber, alles erstanden zu haben, beeilte sie sich, das Gedränge zu verlassen, und eilte zurück nach Norden.

Als sie an der Wachstube beim Rathaus vorbeikam, zog sie den Kopf ein und hoffte, dass man sie in Ellas Kleidern nicht erkennen würde.

Zurück beim Haus ihres Bruders, lieferte sie die Einkäufe in der Küche ab und machte sich auf den Weg ins Obergeschoss. Auf der Treppe begegnete ihr Jakob.

»Da bist du ja«, begrüßte er sie.

»Ich war auf dem Markt«, erwiderte Anna. »Ella hat mich darum gebeten.«

Jakob winkte ab. Offenbar interessierte ihn nicht, wo sie gewesen war. »Ich habe gute Neuigkeiten«, sagte er und bedeutete Anna, ihm nach oben in sein Kontor zu folgen.

»Hat der Rat den Hausarrest aufgehoben?«, fragte Anna.

Jakob schüttelte den Kopf. »Heute Abend ist es so weit. Eben hat ein Bote die förmliche Einladung überbracht.«

Anna sah ihn entsetzt an. »Der Sohn des Bürgermeisters?«

Jakob nickte. »Denk daran, was du mir versprochen hast.«

»Ich habe nichts ...«

»Du wirst ihm zu Gefallen sein!«, zischte Jakob. Er trat so dicht vor Anna, dass sie sich zurücklehnen musste, um ihm in die Augen zu blicken. »Wenn er dich zur Frau wählt, ist das eine große Ehre.«

Anna hatte das Gefühl, der Boden würde sich unter ihr auftun. Hatte sich denn alles gegen sie verschworen? War ihre Liebe zu Lazarus so sündig, dass der Herr sie mit aller Härte strafen wollte? Du kannst froh sein, dass er dich nicht mit der Pest geißelt, beantwortete sie sich die Frage selbst.

»Hast du mich verstanden?«, knurrte Jakob.

Anna nickte stumm.

»Ella wird dir beim Ankleiden helfen. Wenn du seine Gunst zurückgewinnst, brauchst du dir keine Sorgen mehr um deine Zukunft zu machen.«

Und du nicht um deine, dachte Anna bitter.

»Und jetzt lass mich allein, ich muss Briefe schreiben!«

Mit einem scheußlichen Gefühl im Magen verließ Anna das Kontor und machte sich auf den Weg in die Stube. Dort ging sie Ella erneut beim Nähen und Sticken zur Hand, doch trotz der wenig aufregenden Arbeit verging die Zeit viel zu schnell. Schließlich räumte Ella den Stoff und die Werkzeuge beiseite, erhob sich von ihrem Schemel und sagte: »Es wird Zeit, dich zurechtzumachen.« Ungeduld schwang in ihrer Stimme mit.

Seit Anna den Streit zwischen ihrem Bruder und ihrer Schwägerin mit angehört hatte, fiel es ihr schwer, Ella in die Augen zu sehen. Ihre Worte hatten sie getroffen, auch wenn sie verstehen konnte, dass sie sich um ihre Familie sorgte. Mit wenig Begeisterung folgte sie ihrer Schwägerin zu ihrer Kammer, wo Ella den Deckel einer Truhe öffnete. Zuerst zog sie ein elfenbeinfarbenes Untergewand hervor. Dem folgte eine smaragdgrüne Fucke, deren Brust, Ärmel und Rock mit Perlen bestickt waren. Goldene Knöpfe funkelten im Licht der Sonne, das durch ein kleines Fenster hereinfiel. Der Stoff raschelte leise, als Ella das kostbare Gewand auf dem Bett ablegte.

Obwohl Anna alles getan hätte, um das Essen mit dem Sohn des Bürgermeisters zu vermeiden, raubte die Schönheit des Kleides ihr den Atem. So etwas Kostbares hatte sie noch nie zu Gesicht bekommen außer von weitem, wenn eine der vornehmen Patrizierinnen über den Marktplatz stolzierte. »Bist du sicher, dass ich das tragen soll?«, fragte sie.

Ella richtete sich auf und schenkte ihr ein schmales Lächeln. »Absolut.« Sie öffnete eine weitere Truhe und holte ein Paar rindslederne Schuhe hervor. Den Schuhen folgte eine kleine Haube, die fast so aufwendig bestickt war wie die Fucke. Nachdem Anna die Kleider, die sie trug, abgelegt hatte, half Ella ihr in die Fucke, schnürte ihre Brust und schloss alle Knöpfe. Dann verwandelte sie Annas Haar in ein Kunstwerk, auf dem sie die Haube feststeckte. Schließlich hielt sie ihr einen kleinen polierten Silberspiegel vor.

Anna blieb vor Erstaunen der Mund offen stehen. Die Schönheit, die ihr entgegenblickte, erkannte sie kaum.

»Wenn du heute Abend keinen Eindruck machst, fließt kein Blut in den Adern deines Verehrers«, stellte Ella fest.

Er ist nicht mein Verehrer, wollte Anna widersprechen, schluckte die Worte jedoch im letzten Moment. Ella meinte es gut. Auch wenn sie Anna aus Sorge um ihre Familie aus dem Haus haben wollte, tat sie nichts, was andere nicht auch getan hätten. Sie hätte Jakob auch bitten können, Anna an einen weniger betuchten Patrizier zu vermählen, einen alten Witwer, der kaum mehr Zähne im Mund hatte. Insofern war der Sohn des Bürgermeisters vielleicht nicht das Schlimmste, das einer unverheirateten Frau in Annas Alter passieren konnte. Ja, er war hochfahrend und hatte sie ohne ihr Einverständnis geküsst. Doch offenbar hatte Jakob ihm falsche Versprechungen gemacht. Vielleicht gelang es Anna an diesem Abend, ihm klarzumachen, dass sie eine Braut Christi war; dass sie nicht vorhatte, eine Ehe einzugehen, ganz gleich, was ihr Bruder behauptete. Gewiss würde ihr Verehrer einsehen, dass es lästerlich war, um eine Frau zu buhlen, die sich Jesu versprochen hatte.

»Seid ihr so weit?«, platzte Jakob in ihre Gedanken. Er steckte den Kopf in die Kammer und musterte Anna mit unverhohlener Zufriedenheit. »Ganz wunderbar«, murmelte er.

»Sie ist fertig«, erwiderte Ella.

»Dann komm.« Jakob öffnete die Tür ganz und bedeutete Anna, ihm zu folgen. »Die Kutsche wartet schon.«

»Eine Kutsche?«

Er nickte. »Johannes hat sie geschickt, um dich abzuholen.«

Anna wusste nicht, was sie darauf erwidern sollte. Anscheinend wollte der Sohn des Bürgermeisters Eindruck auf sie machen, ein Zeichen, dass ihm sein Verhalten leidtat. Obwohl ihr die Verabredung zuwider war, fühlte sie sich ein wenig geschmeichelt. Mit gemischten Gefühlen folgte sie Jakob auf die Straße, wo tatsächlich ein Einspänner auf sie wartete.

Kapitel 43

Ulm, April 1412

Gallus zog sich tiefer in die Schatten seines Verstecks zurück, als keine zwanzig Schritte von ihm entfernt eine Kutsche anhielt. Neugierig beobachtete er, wie der Kutscher vom Bock sprang, ein schweres Tor öffnete und den Einspänner in den dahinterliegenden Hof lenkte. Dann half er einer jungen Frau in einem auffälligen Kleid aus der Kutsche und übergab sie in die Obhut eines anderen Bediensteten.

Seitdem Gallus einen der Kerle, die er erpresst hatte, hierher verfolgt hatte, war keiner von beiden wieder aufgetaucht. Beide schienen in dem Haus zu wohnen, das neben dem lag, in dessen Hof die Kutsche gefahren war. Allerdings war er sich nicht ganz sicher, da die Anwesen in dieser Straße so riesig waren, dass es schwer war zu bestimmen, welcher Besitz wo anfing. Allmählich begann er, an seinem Plan zu zweifeln, da die Gefahr, entdeckt zu werden, größer war als die Wahrscheinlichkeit, seinen Rachedurst zu stillen. Dank seiner dunklen und unauffälligen Kleidung fühlte er sich zwar etwas sicherer, dennoch würde er sich bald für die Nacht in seinen Gasthof zurückziehen müssen. Es ärgerte ihn maßlos, dass er einen Tag verschwendet hatte, ohne seinem Ziel näher gekommen zu sein.

Eine weitere halbe Stunde lugte er aus seiner Nische hervor und hoffte auf ein Auftauchen des Mannes, für den die beiden Kerle zweifelsohne arbeiteten. Sie selbst wären niemals in der Lage gewesen, Gallus so viel Geld zu bezahlen, wie er verlangt hatte. Ganz zu schweigen von dem Einfluss, der nötig war, um ihn verhaften zu lassen und dann einen Lochknecht zu bestechen. Sie waren Handlanger, nichts weiter. Deshalb war es umso wichtiger, dass er ausharrte, um endlich den Drahtzieher zu Gesicht zu bekommen.

Da sich nicht viel tat, wanderte sein Blick irgendwann zu dem Gebäude, in dem die Frau in dem prächtigen Gewand verschwunden war. Ob es sich um die Gemahlin des Hausherrn handelte? So prunkvoll, wie sie gekleidet war, musste sie eine Patrizierin sein. Er sah zu einer Reihe von Fenstern, hinter denen Kerzenschein flackerte. Mehrere Umrisse zeichneten sich hinter dem milchigen Glas ab, Genaueres war nicht zu erkennen. Halb gelangweilt, halb ungeduldig, lehnte Gallus sich mit dem Rücken an die Wand und wartete weiter ab.

Anna hatte sich noch nie in ihrem Leben so beklommen gefühlt. Johannes, der Sohn des Bürgermeisters, saß ihr gegenüber an einem langen Tisch und konnte den Blick nicht von ihr wenden. Solange die Bediensteten das Essen auftrugen, schwieg er und Anna wusste nicht, wohin sie sehen sollte. Auch an diesem Tag hatte er sein langes Haar zu Locken gelegt, die sich um seine Ohren kräuselten. Er steckte in einer noch auffälligeren Schecke als bei seinem Besuch bei Jakob und an seinen Fingern glänzten zahlreiche Ringe. Unter seinem stieren Blick fühlte Anna sich wie ein Falter im Netz einer Spinne.

»Wie schön, dass du meine Einladung angenommen hast«, brach Johannes schließlich das Schweigen.

Anna schenkte ihm ein falsches Lächeln. »Es tut mir leid, dass ich …« Sie machte eine entschuldigende Handbewegung.

Johannes schüttelte den Kopf. »Ich habe dir vergeben«, sagte er gönnerhaft.

Ein Stachel richtete sich in Anna auf. Wofür hielt sich dieser eingebildete Geck? *Er* hatte *ihr* vergeben? Sie hatte Mühe, nicht abfällig zu lachen. Stattdessen behielt sie ihr starres Lächeln bei und betete, dass diese Prüfung bald vorüber sein möge.

»Dein Bruder hat mir gesagt, dass du eine Begine warst«, fuhr Johannes fort. »Ich danke dem Herrn, dass du dich entschieden hast, diesen gottlosen Haufen zu verlassen.«

Anna holte tief Luft. Anstatt ihm die heftige Antwort, die ihr auf der Zunge lag, entgegenzuschleudern, besann sie sich eines Besseren und fragte: »Wisst Ihr, was mit den Schwestern geschehen soll?«

Johannes zuckte die Achseln. »Das muss der Rat entscheiden.« Er lächelte ölig. »Allerdings hat meine Stimme ein gewisses Gewicht. Falls du mich bitten wolltest, Gnade walten zu lassen …«

Anna hätte ihm am liebsten ins Gesicht gespuckt. Er war ihr so vollkommen zuwider, dass sie Mühe hatte, nicht aufzuspringen und aus der Stube zu stürmen. Nur unter Aufbietung all ihrer Willenskraft gelang es ihr, sich zusammenzureißen. »Ich wäre Euch für immer verbunden, wenn Ihr etwas für die Schwestern unternehmen könntet«, hörte sie sich selbst sagen.

Das ölige Lächeln verwandelte sich in ein Grinsen. »Das höre ich gern.«

Die Köchin rettete Anna vor einem weiteren Austausch, da sie diesen Augenblick wählte, um die Vorspeise, eine Hühnersuppe mit Kardamom, Zimt, Lorbeer, Muskat und Pfeffer, aufzutragen. Wie vermutet, bestritt Johannes seinen Lebensunterhalt mit dem Handel von teuren Gewürzen, mit denen er offenbar gern bei seinen Gästen protzte.

Die folgenden Gänge waren nicht minder aufwendig, und als endlich der Nachtisch kam, war Anna mehr als satt. Aus Gründen der Höflichkeit kostete sie dennoch von dem Pflaumenmus, das ebenfalls mit Zimt verfeinert war, und wagte nicht, daran zu denken, was nach dem Essen geschehen würde. Die Blicke, mit denen ihr Gegenüber sie während des gesamten Mahls bedachte, sprachen mehr als tausend Worte. Offenbar betrachtete er sie bereits als sein Eigentum, als habe er ein teures Pferd bei ihrem Bruder erstanden. Sie fragte sich, ob die beiden bereits einen Handel geschlossen hatten.

»Ich würde dir gern das Haus zeigen«, sagte er schließlich, erhob sich und kam zu ihr.

Mit einem Gefühl, als ob etwas auf ihrer Brust laste, nahm sie die angebotene Hand entgegen und ließ sich von ihm auf die Beine helfen. Einen Moment lang hielt er sie umklammert und starrte auf sie hinab. Doch dann riss er sich zusammen, gab ihre Hand frei und ging zur Tür.

»Hier entlang«, sagte er. Mit langen Schritten durchmaß er den Gang, bis sie eine Treppe mit einem prachtvoll geschnitzten Geländer erreichten. Sie führte hinab ins Erdgeschoss, in einen Bereich, in dem seine Waren zu lagern schienen. Wenig später befand Anna sich in einer riesigen Halle, in der sich Säcke und Kisten bis fast an die Decke stapelten.

»Mein Gewürzlager«, sagte er stolz. »Es gibt nichts, was ich nicht führe. Hier würde selbst der Kaiser einkaufen.«

Trotz ihrer Abneigung gegen ihn war Anna beeindruckt. Er musste in der Tat ein schwerreicher Mann sein.

»Das alles kann dir gehören«, sagte er und wandte sich unvermittelt zu ihr um. Ehe Anna ausweichen konnte, fasste er sie bei den Armen und zog sie an sich. Seine Lippen pressten sich auf die ihren.

Mit einem Keuchen versuchte sie, sich von ihm loszumachen. Doch sein Griff verstärkte sich. Während seine Zunge in ihrem Mund herumstocherte, rang Anna um Atem. Als er schließlich von ihr abließ, trat sie ihm mit voller Wucht auf den Fuß und wich vor ihm zurück, als er einen Fluch ausstieß.

»Das wirst du mir büßen!«, keuchte er und holte aus.

Anna duckte sich unter dem Hieb hinweg, trat erneut nach ihm und raffte ihre Röcke. Dann rannte sie wie von Furien gehetzt auf das Doppeltor zu, das aus der Halle führte. Obwohl es geschlossen und verriegelt war, schien die etwas kleinere Tür in der rechten Hälfte nur angelehnt zu sein.

»Du vermaledeite Hure!«, brüllte er.

Anna wagte nicht, sich umzudrehen. Stattdessen floh sie, so schnell sie konnte, ins Freie, über den Hof hinaus auf die Straße.

Kapitel 44

Ulm, April 1412

Gallus überlegte nicht lange. Als die junge Frau in dem teuren Kleid auf die Straße stolperte, löste er sich aus den Schatten und nahm die Verfolgung auf. Dem Geschrei im Hof des Hauses nach zu urteilen, war offenbar etwas vorgefallen, was die Gemüter erhitzt hatte. Was das war, konnte Gallus sich denken. Dennoch war er neugierig. Inzwischen wusste er, wo er sie schon einmal gesehen hatte, allerdings fragte er sich, warum sie nicht mehr in der Tracht der Beginen steckte. Und wo waren die beiden Männer, mit denen sie sich vor der Wachstube aufgehalten hatte? Die Neugier war stärker als seine Vernunft, die ihm riet, seinen Beobachtungsposten nicht aufzugeben. Nachdem es den ganzen Tag über ruhig geblieben war, musste sich irgendwann etwas regen. Doch das konnte warten. Vielleicht war es einfacher und ebenso einträglich, wenn er dem Mädchen seine Hilfe anbot, da es offensichtlich aus einer wohlhabenden Familie stammte.

Nachdem er einen letzten Blick die Straße entlang geworfen hatte, eilte er der Fliehenden hinterher. Es dauerte nicht lange, bis er sie eingeholt hatte, doch er hielt einen Steinwurf Abstand. Auf keinen Fall wollte er sie verschrecken.

Als sie beim Münster angekommen war, verharrte sie einen Augenblick, dann überquerte sie den Platz vor der Kirche und eilte in Richtung Rathaus. Dem Nachtwächter, der ihren Weg kreuzte, wich sie geschickt aus. Immer wieder warf sie Blicke über die Schulter zurück, so dass sie Gallus mehr als einmal fast entdeckt hätte. Auch er sah sich in regelmäßigen Abständen um, doch außer ihm war weit und breit kein Verfolger zu sehen.

Nachdem sie den Holzmarkt überquert hatte, verschwand sie unter den Arkaden vor dem Rathaus.

Um nicht entdeckt zu werden, umschlich Gallus das Gebäude, bis er sie zwischen zwei Säulen erspähte. Die goldenen Knöpfe ihres auffälligen Kleides blitzten selbst im Dunkeln auf.

Gallus duckte sich hinter ein abgestelltes Fuhrwerk und lugte neugierig zwischen den Speichen hindurch.

Annas Herz hämmerte so heftig in ihrer Brust, dass es wehtat. Mit einem Keuchen presste sie die Hand auf ihren Busen, um sich ein wenig zu beruhigen, doch die Aufregung legte sich nur allmählich. Da sie fürchtete, ihre Beine könnten ihr den Dienst versagen, ließ sie sich auf einen steinernen Vorsprung sinken und vergrub das Gesicht in den Händen. Was hatte sie getan? Warum hatte sie die widerlichen Annäherungsversuche nicht einfach über sich ergehen lassen? Was, wenn er seine Wut auf sie an ihren Schwestern im Beginenhof ausließ? Ein Wimmern stieg in ihr auf. Wie hatte sie nur so dumm sein können, die Einladung anzunehmen? Als Tränen in ihren Augen aufstiegen, wischte sie sie ärgerlich weg. Es war nicht ihre Schuld! Jakob hatte sie verschachert wie ein Stück Vieh, da er sie aus dem Haus haben wollte. Wenn sie weiter bei ihm wohnte, würde das sein Fortkommen im Rat gefährden. Und was war Annas Leben im Vergleich zu seinem Erfolg?

Nichts, beantwortete sie sich die Frage selbst. Sie war eine Frau, seine jüngere Schwester und damit weniger wert als das schlechteste Pferd in seinem Stall. Als Begine stellte sie für ihn einen Stachel in seiner Seite dar, der entfernt werden musste. Dass Johannes ein Scheusal war, interessierte ihn vermutlich nicht im Geringsten.

Um nicht vom Nachtwächter aufgegriffen zu werden, zog Anna sich zu einer Treppe an der Seite des Rathauses zurück und verbarg sich auf dem obersten Absatz. Dort verharrte sie regungslos, bis sie eine Gestalt ausmachen konnte, die sich von Norden her näherte. Obwohl es dunkel war, erkannte Anna Lazarus im Licht des fast vollen Mondes. Augenblicklich wurde ihr Herz etwas leichter. »Hier oben«, zischte sie.

Lazarus hob den Kopf. Als er sie erblickte, kam er die Treppen hinauf und kauerte sich neben sie. »Es ist bald Wachablösung vor der Gräth«, flüsterte er.

»Dann werde ich versuchen, mich hinter dem Rücken der Wächter hineinzuschleichen«, gab Anna zurück. »Du musst sie ablenken.« Obwohl Lazarus' Nähe sie ein bisschen schwindelig machte, ließ sie sich von ihren Gefühlen nicht ablenken. Sie musste alles andere vergessen, wenn sie Beweise dafür finden wollte, dass der Zimmermann Konrad in der Gräth angegriffen worden war. Zwar war ihr noch nicht klar, wie sie das bewerkstelligen sollte. Aber irgendetwas musste dort vorgefallen sein, sonst hätte er nicht immer wieder dieselben Worte wiederholt. Sie hörte Lazarus seufzen.

»Willst du es dir nicht doch noch anders überlegen?«, fragte er.

»Du hast versprochen, mir zu helfen!«

»Ich stehe zu meinem Wort. Aber glaub mir, es wäre besser, es nicht zu tun.«

»Ich muss.« Anna kam auf die Beine und lugte über das Treppengeländer. Die Gräth lag schräg unter ihnen, etwas mehr als einen Steinwurf entfernt. Zwei Wächter mit Fackeln standen vor dem großen Tor, neben dem sich eine kleinere Tür befand. Sie nahm an, dass beide verschlossen waren.

»Wie willst du ins Gebäude gelangen?« Lazarus schien ihre Gedanken lesen zu können.

»Wenn du behauptest, jemanden gesehen zu haben, der sich hineingeschlichen hat …«

»Aber dann werden sie alles durchsuchen.«

»Ich warte, bis sie fertig sind, und schlüpfe dann hinein«, gab Anna zurück. Sie war nicht halb so zuversichtlich, wie sie Lazarus glauben machen wollte. Allerdings gab es keinen anderen Weg.

Er blies die Wangen auf und ließ die Luft durch die gespitzten Lippen entweichen, während er offensichtlich einen Plan ersann. »Also gut«, brummte er schließlich. »Ich gehe gleich. Jetzt sind es nur zwei, wenn die Ablösung kommt, haben wir es mit vier Wächtern zu tun. Warte hier, bis sie fort sind. Ich gebe dir ein Zeichen, sobald die Luft rein ist.« Mit diesen Worten ließ er Anna allein auf dem Treppenabsatz zurück und machte sich auf den Weg nach unten.

Mit plötzlich bangem Herzen kniete Anna sich hin, um durch die Streben des Geländers zur Gräth sehen zu können. Als Lazarus in ihrem Blickfeld auftauchte, sandte sie ein kurzes Gebet zum Himmel. Von oben wirkte er ungewöhnlich klein, die Wachen hingegen erschienen Anna selbst aus der Höhe bedrohlich.

Sobald sie Lazarus sahen, hoben sie ihre Spieße. »Halt!«, befahl einer von ihnen. »Wer bist du und was willst du hier zu dieser Stunde?«

Lazarus hob beschwichtigend die Hände. »Gott sei mit euch, meine Brüder«, sagte er und bekreuzigte sich.

»Ihr seid ein Mönch«, stellte der größere der beiden Männer fest.

Lazarus nickte.

»Was tut Ihr hier?«

»Ich war gerade auf dem Weg zurück von einer Witwe, als ich jemanden gesehen habe, der sich dort hinten, am anderen Ende der Gräth, zu schaffen gemacht hat«, erwiderte Lazarus. »Ich glaube, er wollte einbrechen.«

»Dort hinten?«

Lazarus bejahte.

»Dort gibt es eine Luke«, stellte der Wächter fest. »Aber die ist zu klein, als dass jemand hindurchschlüpfen könnte.«

»Wie viele waren es?«, wollte der zweite Mann wissen.

»Nur einer«, log Lazarus.

»Seid Ihr sicher?«

»So sicher, wie man sein kann«, erwiderte Lazarus.

Anna bewunderte ihn für seine Gelassenheit. Sie hätte sich an seiner Stelle vermutlich durch ein unbedachtes Wort oder eine Geste verraten. Lazarus hingegen schien die Ruhe selbst zu sein. Als die Männer Anstalten machten, ihren Posten zu verlassen, kroch sie auf allen vieren die Treppe hinab.

»Geht nur«, ertönte Lazarus' Stimme. »Ich werde hier warten.«

Einen Moment lang schienen die beiden zu zögern. Doch einem Mönch trauten sie offenbar keine Falschheit zu. Nachdem sie ein paar getuschelte Worte getauscht hatten, machte sich einer von ihnen nach links, der andere nach rechts auf den Weg. Sobald sie um die Ecke verschwunden waren, gab Lazarus Anna ein Zeichen.

So schnell, dass sie sich fast in ihrem Kleid verfangen hätte, rannte sie zu ihm.

»Schnell!« Lazarus zog sie auf die Tür zu.

Doch die war verschlossen.

»Bei allen Heiligen!«, schimpfte er.

»Der Riegel«, zischte Anna. Sie zeigte auf das große Tor.

Mit sichtlicher Mühe hob Lazarus den schweren Holzbalken an und zog das Tor einen Spalt weit auf. Dann sah er sich um und schlüpfte ebenfalls in die Gräth.

»Ich dachte, du …«, protestierte Anna.

Lazarus drückte ihr die Hand auf den Mund. Sobald sie verstummt war, zog er das Tor hinter sich wieder zu.

Anna hörte den Riegel einrasten. Jetzt waren sie in der Gräth gefangen.

Kapitel 45

Ulm, April 1412

»Es ist stockfinster«, wisperte Anna. Sie konnte Lazarus neben sich spüren, sah aber nicht einmal die Hand vor Augen.

»Warte einen Moment, dann gewöhnst du dich daran«, erwiderte Lazarus.

Er war so nah, dass sein Atem sie im Genick streifte.

»Glaubst du nicht, dass die Wächter Verdacht schöpfen, weil du einfach verschwunden bist?«, fragte sie. »Warum bist du nicht draußen geblieben?«

»Weil ich dich gewiss nicht alleine hier herumschnüffeln lasse!«

»Ich schnüffle nicht.«

»Sei still!« Erneut legte er ihr die Hand auf den Mund.

Anna versteifte sich, als sich draußen wütende Stimmen erhoben. »Heda! Wo seid ihr?«

»Zeigt euch!«

»Hier ist niemand«, polterte schließlich einer der Männer. »Der Pfaffe hat uns einen Bären aufgebunden.« Dann herrschte Ruhe.

»Glaubst du, sie kommen hier drinnen nachschauen?«, flüsterte Anna, als Lazarus seine Hand wieder hatte sinken lassen.

»Mag sein.« Er fasste sie beim Arm und zog sie tiefer ins Innere des Gebäudes.

Es roch nach Holz, Gewürzen, frisch gefärbten Tuchen

und eingesalzenem Fisch. Außerdem lag ein Hauch von kaltem Pferdeschweiß in der Luft. Allmählich gewöhnten sich Annas Augen an die Dunkelheit. Durch die Fenster in den Giebeln der Gräth fiel etwas Mondlicht herein, so dass man die Umrisse der gestapelten Waren erkennen konnte. Direkt beim Tor türmten sich zahllose Ballen, daneben standen Kisten, deren Inhalt nicht zu erkennen war.

»Wonach willst du suchen?«, fragte Lazarus, als sie den hinteren Teil der Gräth erreichten.

Dort hingen pralle Netze von der Decke. Viele der Kisten und Fässer, die in diesem Bereich lagerten, trugen bereits den Stempel der Stadt. Hier duftete es nach Pfeffer, Zimt, Muskat, Kümmel und dem beinahe unbezahlbaren Safran. Der Geruch erinnerte Anna unangenehm an das Gewürzlager von Johannes, dem Sohn des Bürgermeisters, dessen Berührung sie immer noch zu spüren schien. Obwohl es in der Gräth nicht kalt war, fröstelte sie.

Lazarus schien ihr Unbehagen zu bemerken. »Wenn du willst, denke ich mir eine Geschichte aus, damit wir hier unbehelligt wieder fortkommen«, bot er an.

Obwohl Anna das riesige Lagerhaus unheimlich war, schüttelte sie den Kopf. »Irgendetwas muss hier passiert sein. Ich gehe nicht, ehe ich herausgefunden habe, warum man versucht hat, Konrad den Schädel einzuschlagen.«

»Der Herr steh uns bei«, seufzte Lazarus. »Hoffentlich widerfährt uns nicht dasselbe.«

Anna versuchte, sich nicht von seinen Worten Bange machen zu lassen. Der Vorfall lag einige Zeit zurück. Wie wahrscheinlich war es, dass ihnen ebenfalls jemand auflauerte?

Als das Tor am anderen Ende der Gräth geöffnet wurde, zuckte sie zusammen. Hastig duckten sie und Lazarus sich zwischen ein paar mannshohe Säcke und rückten so dicht zusammen, dass sich ihre Schultern berührten.

»Ich bleibe draußen«, hörte sie einen der Wächter sagen. »Das ist Zeitverschwendung. Der Kerl hat uns zum Narren gehalten.«

»Ich sehe trotzdem nach«, war die Antwort.

Als Anna vorsichtig zwischen den Säcken hindurchlugte, sah sie den Schein einer Laterne am vorderen Ende des Gebäudes tanzen.

Mit angehaltenem Atem machte sie sich noch kleiner.

Es dauerte nicht lange, bis sich der Wachmann ihrem Versteck näherte. Das Licht malte gespenstische Schatten an die Decke und Anna schloss ängstlich die Augen. Sie wusste, dass es nichts brachte, dennoch fühlte sie sich so ein wenig sicherer.

»Verfluchter Pfaffe!«, hörte sie den Wächter schimpfen. »Der Teufel soll dich holen!«

Sie spürte, wie Lazarus sich bewegte. Vermutlich schlug er ein Kreuz vor der Brust.

Eine scheinbare Ewigkeit streifte der Wächter durch die engen Gänge zwischen den Waren, bis er schließlich die Lust zu verlieren schien. Mit einem weiteren Fluch machte er kehrt und verschwand in Richtung Tor.

»Das war knapp«, wisperte Lazarus, als das Geräusch des einrastenden Riegels durch das Gebäude hallte. »Um ein Haar hätte er uns entdeckt.«

Sie warteten einige Zeit, ehe sie es wagten, hinter den Säcken hervorzukriechen, und lauschten in die Dunkelheit. Kein Laut war zu hören.

»Ich fange hier an zu suchen«, sagte Anna schließlich. »Nimm du den vorderen Teil.«

»Auf keinen Fall. Ich bleibe bei dir.«

»Aber …«

»Lass uns anfangen.«

~

Gallus beobachtete mit einer Mischung aus Erstaunen und Interesse, wie sich der Mönch und das Mädchen Zutritt zur Gräth verschafften und die Wächter auf eine offenbar sinnlose Suche schickten. Was hatten sie vor? Es hatte den Anschein, als ob sie hier verabredet gewesen wären. Hatte der Streit, wegen dem die junge Frau vom Anwesen des Patriziers gestürmt war, etwas mit dem Mönch zu tun? War er ihr Liebhaber? Fragen über Fragen, die Gallus immer neugieriger machten. Vielleicht war ihm das Glück hold und zeigte ihm einen weniger gefährlichen Weg, um an die Reichtümer zu gelangen, die ihm seiner Ansicht nach zustanden.

Er kam vorsichtig hinter dem Fuhrwerk hervor, das ihm als Versteck gedient hatte, und warf einen Blick auf die beiden Wächter. Sie standen wieder beim Tor und schienen sich über den Vorfall zu streiten. Was auch immer sie miteinander redeten, interessierte Gallus nicht. Wichtig war nur, dass sie abgelenkt schienen. Im Schutz der anderen abgestellten Fuhrwerke huschte er zur Rückseite der Gräth, um nach einem anderen Weg ins Gebäude zu suchen. Bei seinem letzten unerlaubten Besuch hatte er eine kleine Tür gesehen, deren Schloss er vielleicht aufbrechen konnte. Sie war von einem Stapel leerer Kisten verborgen, so dass sie nicht jedem, der sich der Gräth von dieser Seite näherte, auffiel.

Er hatte den Kistenstapel gerade in der Dunkelheit erspäht, als ihm aus dem Augenwinkel eine Bewegung auffiel. Hastig kauerte er sich zusammen, so dass er von einem Handkarren verborgen wurde. Dann schielte er über den Rand, um zu sehen, wer sich außer ihm der Gräth näherte. Da er keinen Laternenschein sah, konnte es sich nicht um einen Nachtwächter handeln. Angespannt verfolgte er, wie zwei Männer direkt auf ihn zusteuerten. Einer von ihnen trug einen Sack über der Schulter, der andere hatte ein Messer in der Hand. Während Gallus versuchte, sich immer kleiner zu machen, gingen sie zu der Tür, die auch sein Ziel gewesen war. Dort machten sie sich an dem Schloss zu schaffen und verschwanden in der Gräth. Gallus überlegte nicht lange. Geduckt huschte auch er zu der Tür und zog sie vorsichtig auf.

Kapitel 46

Ulm, April 1412

»Was war das?«, flüsterte Anna.

Lazarus hielt mitten in der Bewegung inne und lauschte in die Dunkelheit.

»Ich glaube, es kommt jemand.« Anna fasste ihn beim

Arm und zog ihn zu einem der prall von der Decke hängenden Netze, das Schutz vor Blicken bot.

Gerade rechtzeitig, da in diesem Augenblick die Umrisse zweier Männer auftauchten, von denen einer einen Sack trug.

Anna schluckte die Furcht, die in ihr aufsteigen wollte, herunter und sah fragend zu Lazarus auf.

Der zuckte die Achseln. Anscheinend konnte auch er sich nicht erklären, wer die beiden waren und was sie im Dunkeln in der Gräth wollten. Um die beiden Wächter handelte es sich ganz offensichtlich nicht.

Vielleicht hatten die Kerle etwas mit dem zu tun, was dem Zimmermann Konrad widerfahren war. Anna kniff die Augen zusammen und versuchte, zu erkennen, wer die Männer waren. Allerdings war das im schwachen Mondlicht, das durch die Dachluken hereinfiel, unmöglich.

»Wohin?«, zischte einer von ihnen.

»Da rüber.«

»Wieder zu den Fischen?«

»Wohin sonst? Dort sieht nie jemand nach.«

Die beiden verschwanden in einem der engen Gänge.

Anna zupfte Lazarus am Ärmel.

Der schüttelte den Kopf. »Nein«, wisperte er. »Wir warten, bis sie fort sind.«

Auch wenn es Anna vor Neugier fast zerriss, musste sie einsehen, dass er recht hatte. Sie hatten keine Ahnung, wer die beiden waren und was sie in der Gräth wollten. Vielleicht hatten sie die Erlaubnis, hier zu sein. Sie schüttelte den Kopf über diesen Gedanken. Warum sollten sie dann im Dunkeln herumschleichen und flüstern? Es war mehr als deutlich, dass sie – genau wie Anna und Lazarus – unerlaubt in das Lagerhaus eingedrungen waren.

»Wo sind sie hin?«, zischte sie.

Lazarus legte den Finger an die Lippen.

Rechts von ihnen erklang in einiger Entfernung ein Knacken, dann folgten ein seltsames Geräusch und gedämpftes Hämmern.

Was um alles in der Welt taten die Kerle? Anna wurde immer unruhiger. Je mehr Zeit verstrich, desto sicherer war sie, dass die beiden etwas mit dem Tod des Zimmermanns zu tun haben mussten. Es half nichts, einfach nur herumzusitzen und abzuwarten. Wie sollte sie die Männer von ihrem Versteck aus erkennen?

»Ich sehe nach«, flüsterte sie schließlich.

»Nicht!« Lazarus versuchte, sie zurückzuhalten, aber sie entwischte ihm. Auf leisen Sohlen schlich sie in die Richtung, aus der die Geräusche kamen, und hoffte, dass das Rascheln ihres Gewandes sie nicht verriet.

Mit einer leisen Verwünschung folgte Lazarus ihr. Gemeinsam schlichen sie auf die Männer zu.

»Hast du die Kreide dabei?«, zischte es unvermittelt so dicht vor Anna, dass sie beinahe einen Schrei ausgestoßen hätte.

»Wofür hältst du mich? Ich will genauso wenig wie du, dass ein Wiedergänger Jagd auf meine Seele macht.«

Anna spürte, wie sich die feinen Härchen in ihrem Nacken aufrichteten. Was sollte das Gerede von Wiedergängern? Was war in dem Sack gewesen, der jetzt leer auf dem Boden lag? Im schwachen Licht sah sie, dass die Männer sich an einem großen Fass zu schaffen machten.

Nachdem einer von ihnen etwas auf den Deckel gekritzelt hatte, hob der andere den Sack auf und warf ihn sich über die Schulter. »Nichts wie raus hier!«

Anna hielt den Atem an, als die beiden dicht an ihr und

Lazarus vorbeieilten. Kaum waren sie außer Sichtweite, kroch sie aus ihrem Versteck hervor. Dabei stieß sie gegen etwas, was mit einem Poltern zu Boden fiel. Mit einem entsetzten Keuchen lauschte sie in die Dunkelheit. Allerdings schienen die Männer die Gräth bereits verlassen zu haben, da sie nicht wieder auftauchten.

»Das hätte ins Auge gehen können«, flüsterte Lazarus. »Wie kann man nur so töricht sein?« Furcht schwang in seiner Stimme mit.

»Willst du denn nicht wissen, was in dem Sack war?«, fragte Anna.

Lazarus schwieg.

Ohne auf eine Antwort zu warten, ging Anna voran zu dem Fass, auf dessen Deckel sie trotz des wenigen Lichts Zeichen ausmachen konnte. Die Art der Kritzeleien ließen sie erschrocken einen Schritt zurückweichen.

»Was ist?«, zischte Lazarus. Er trat neben sie und betrachtete den Deckel des Fasses. »Bannzeichen?«, fragte er erstaunt.

Plötzlich verspürte Anna den Drang, davonzulaufen und die Gräth so weit hinter sich zu lassen wie nur möglich.

Allerdings schien nun Lazarus' Neugier geweckt zu sein. Ohne zu zögern, packte er den Deckel und zog daran. Als dieser keinen Zoll nachgab, sah er sich nach einem Werkzeug um. Anna griff in den Beutel an ihrem Gürtel und holte das kleine Messer darin hervor.

Lazarus nahm es ihr aus der Hand, machte sich damit an dem Fass zu schaffen und gab es ihr zurück, als sich der Deckel bewegen ließ. Dann hob er ihn an.

Anna trat neben ihn.

Augenblicklich schlug ihr der beißende Geruch von eingesalzenem Fisch in die Nase.

Zuerst konnte sie nichts erkennen außer den silbrig glänzenden Heringen, doch dann fiel ihr etwas auf, was wie Flachs wirkte. »Was ist das?« Sie griff in das Fass und keuchte vor Schreck auf, als sie die hellen Strähnen berührte. Es waren menschliche Haare. »Heilige Muttergottes!«

Lazarus schob sie beiseite, krempelte die Ärmel hoch und steckte die Hände bis zu den Ellenbogen ins Fass. Was er daraus hervorzog, ließ Anna einen spitzen Schrei ausstoßen.

»Gütiger Jesus!«, keuchte Lazarus. Er starrte auf die Tote hinab, die er zwischen den Fischen hervorgezogen hatte.

Anna schlug ein Kreuz vor der Brust und wollte zurückweichen. Doch als ihr Blick auf das Gesicht der Frau fiel, wurden ihr die Knie weich. »Das ist Englin«, hauchte sie.

»Wer ist Englin?«, fragte Lazarus. Er ließ die Frau wieder los und ihr schlaffer Körper versank zwischen den Heringen.

»Sie ist Badersmagd im Spital«, entgegnete Anna. »Wie kommt sie hierher? Was haben die ihr angetan?« Sie sah fassungslos auf das Fass, das ohne ihr Eindringen in die Gräth Englins Grab geworden wäre. »Ob Konrad …?«, hob sie an, verstummte jedoch, als sie ein Geräusch vernahm.

»Was war das?« Lazarus kehrte dem Fass den Rücken und ging einige Schritte in die Richtung, aus der das Geräusch ertönt war.

So schnell, dass Anna nicht begriff, was geschah, sprang ein Mann hinter einem Stapel Kisten hervor und schlug Lazarus brutal mit einem schweren Gegenstand auf den Kopf.

Ohne einen Laut von sich zu geben, sackte Lazarus in sich zusammen.

Anna öffnete den Mund, um zu schreien, doch sie kam nicht dazu. Mit wenigen Schritten war der Mann bei ihr, packte sie beim Hals und drückte ihr die Luft ab. Verzweifelt versuchte Anna, sich zu wehren, doch sein Griff war wie eine eiserne Zwinge. Furcht, wie sie sie noch niemals zuvor in ihrem Leben verspürt hatte, ließ ihr Herz davonrasen. Während das Blut immer heftiger in ihren Schläfen pulsierte, wurde ihr schwarz vor Augen und sie verlor das Bewusstsein.

Kapitel 47

Ulm, April 1412

»Was jetzt?«

»Wir nehmen sie mit.«

»Und ihn?«

»Lassen wir hier.«

»Ist er tot?«

»Vermutlich.«

Gallus wäre beinahe von dem Stapel Kisten gefallen, auf den er geklettert war, um besser sehen zu können. Als sich einer der Männer über den Mönch beugte, fiel das Mondlicht auf sein Gesicht und Gallus erkannte ihn. Er kroch hastig etwas vom Rand des Stapels zurück und versuchte, zu begreifen, was gerade geschehen war.

Offensichtlich hatten die beiden Kerle, die er verfolgt hatte, eine weitere Tote in die Gräth gebracht. Genau wie die Leiche, die er bei seinem ersten Besuch entdeckt hatte, lag das Opfer in einem Fass mit Fischen. Vermutlich schafften sie die toten Frauen so aus der Stadt, um sie dann irgendwo in der Donau zu versenken.

»Komm schon!«

Gallus zuckte zusammen, da die Stimme direkt unter ihm ertönte.

»Wir müssen hier verschwinden. Wenn uns die Wächter erwischen …«

»… sorgen wir dafür, dass sie niemandem sagen können, was sie gesehen haben«, fiel der zweite Mann dem ersten ins Wort.

»Sie sind bis an die Zähne bewaffnet!«

Als Antwort erhielt er ein Schnauben.

»Sollen wir sie nicht einfach auch in ein Fass stecken?«

»Nein. Du weißt, wie der Herr ist. Sobald er einer überdrüssig ist, will er eine andere.«

»Aber diese ist nicht die Richtige.«

»Besser als gar keine, glaube mir.«

Gallus spürte, wie sich eine Gänsehaut auf seinen Armen ausbreitete. Wovon redeten die Kerle? War das Opfer, das er bei seinem letzten Besuch in der Gräth gefunden hatte, nicht das erste gewesen? Für wen arbeiteten die beiden? Obwohl seine Feigheit fast die Oberhand gewann, kletterte er von dem Kistenstapel und folgte ihnen, sobald sie außer Hörweite waren. Da er wusste, wohin sie unterwegs waren, konnte er genügend Abstand halten.

Es dauerte nicht lange, bis er das Anwesen erreichte, das er die ganze Zeit über beobachtet hatte. Von den Männern war nichts mehr zu sehen, doch hinter einem der Fenster im Obergeschoss tanzte Lichtschein. Gallus verbarg sich dort, wo er vorher auf der Lauer gelegen hatte, und überlegte, was er tun sollte. War es klug, nur zuzusehen? Wäre es nicht besser, die Stadtwache auf das hinzuweisen, was in der Gräth vorgefallen war? Würden die Soldaten ihm glauben? Oder würden sie ihn wieder ins Loch stecken, weil er sich vor Ablauf der Frist zurück in die Stadt geschlichen hatte? Er kratzte sich am Kinn. Vermutlich war der Pfaffe ohnehin nicht mehr am Leben, für ihn kam also alle Hilfe zu spät. Und was sollte er wegen des Mädchens unternehmen? Ging ihn die Sache überhaupt etwas an?

Er starrte auf das Fenster im Obergeschoss und versank ins Grübeln. Nach allem, was er gesehen hatte, war der Preis für sein Schweigen noch höher als zuvor. Wenn er der jungen Frau half, war sie ihm vielleicht dankbar. Aber besaß sie überhaupt etwas, mit dem sie ihn für seine Hilfe belohnen konnte? Gewiss, sie steckte in einem teuren Kleid. Doch bedeutete das auch, dass sie oder ihre Familie ihn bezahlen würden, wenn er sie befreite?

Er schürzte die Lippen. Seine Aussichten auf Erfolg waren vermutlich höher, wenn er bei seinem ursprünglichen Plan blieb. Jetzt konnte er den dreifachen Preis für sein Schweigen verlangen, auch wenn er noch nicht sicher war, wie er seine Forderung vorbringen wollte. Nach dem, was in der Gräth geschehen war, hatte er noch größeren Respekt vor den beiden Kerlen. Wer einem Mönch ohne zu zögern den Schädel einschlug, würde keine Sekunde fackeln, bevor er Gallus die Kehle durchschnitt.

Kapitel 48

Ulm, April 1412

Anna erwachte mit Schmerzen im Hals. Mit einem Stöhnen fasste sie sich an die Kehle, die wund war von dem brutalen Griff des Mannes. Sie lag auf hartem Stein und einen Moment lang dachte sie, sie sei noch in der Gräth. Doch dann gewöhnten sich ihre Augen an die Finsternis und sie erkannte die schwachen Umrisse eines Bettes in einer kleinen Kammer.

Furcht schoss ihr in die Glieder. Wo war sie? Obwohl sich alles um sie herum drehte, kam sie hastig auf die Beine und tastete sich zur Tür. Als ihre Finger nach einigem Suchen den Knauf fanden, versuchte sie vergeblich, ihn zu drehen.

Sie war gefangen!

Die Furcht verwandelte sich in Panik. Wo war sie? Wo war Lazarus? Was war mit ihm geschehen? Die Erinnerung kehrte zurück und sie schlug die Hand vor den Mund. Ein Schluchzen stieg in ihr auf, raubte ihr den Atem und schüttelte ihren Körper. Lazarus war tot! Der Anblick seines leblosen Körpers tauchte vor ihrem inneren Auge auf und ließ sie wimmernd auf die Knie fallen. Während Verzweiflung von ihr Besitz ergriff, jagten die schlimmsten Bilder durch ihren Kopf.

Lange Zeit lag sie auf den Knien und weinte, bis keine Tränen mehr kamen. Als sie schließlich erschöpft den Kopf hob, war sie sicher, dass Lazarus' Tod ihre Schuld war. Gott wollte sie für ihr sündiges Verlangen und ihren Ungehorsam bestrafen. Hätte sie Lazarus nicht geküsst, wäre er vielleicht noch am Leben. Ein leises Geräusch auf dem Gang vor ihrer Tür ließ sie zusammenfahren.

Dielen knarrten.

Kam jemand, um auch sie zu töten? Mit einem furchtsamen Laut rappelte sie sich auf und drückte sich mit dem Rücken an die Wand. Vielleicht konnte sie entkommen, sobald die Tür geöffnet wurde. Doch die Geräusche verstummten und sie blieb allein mit ihren Ängsten und der Finsternis.

Irgendwann, es mussten Stunden verstrichen sein, übermannte sie trotz aller Furcht die Müdigkeit. Immer wieder fielen ihr die Augen zu und nach einem endlos scheinenden Kampf gab sie schließlich auf und schleppte sich zum Bett. Dort rollte sie sich zusammen und schlief mit einem Gebet auf den Lippen ein.

Als sie wieder aufwachte, fiel Sonnenlicht durch ein kleines Fenster. Zuerst wusste Anna nicht, wo sie war, doch dann fiel ihr alles wieder ein. Augenblicklich kehrte die Furcht zurück und ließ ihr Herz schneller schlagen. Sie stand so schnell auf, dass ihr einen Augenblick schwindelig war. Sobald sich die Unsicherheit gelegt hatte, ging sie zum Fenster und versuchte, es zu öffnen. Doch jemand hatte es vernagelt. Dennoch konnte sie durch das blinde Milchglas erkennen, dass sie von Häusern umgeben war. Wenn sie genug Lärm machte, hörte sie vielleicht jemand.

»Hilfe!« Sie hämmerte mit den Fäusten gegen das Glas. »Hilfe! Helft mir!« Sie sah sich nach etwas um, mit dem sie die Scheibe einschlagen konnte, fand jedoch nichts in der winzigen Kammer. Sie wollte gerade einen ihrer Schuhe ausziehen, um ihn als Werkzeug zu benutzen, als die Tür aufging und ein vierschrötiger Kerl im Rahmen erschien.

»Lass das!«, herrschte er Anna an.

Sie wich vor ihm zurück, als er auf sie zukam. Sobald ihr Blick auf seine Hand fiel, stieß sie einen Schrei aus. An seiner rechten Hand fehlte ein Finger. »Oh, Barmherziger!«, hauchte sie.

Der Mann packte sie grob bei den Armen, drehte sie ihr auf den Rücken und fesselte ihre Handgelenke.

Vor Angst hätte Anna beinahe die Kontrolle über ihre Blase verloren. »Was … Wer …?«, stammelte sie.

Anstatt einer Antwort steckte der Kerl ihr einen Knebel in den Mund. Dann band er auch ihre Fußgelenke zusammen und warf sie sich über die Schulter wie einen Sack Mehl.

Anna war vor Furcht wie gelähmt.

Der Mann trug sie einen Korridor entlang, eine Treppe hinunter in eine Halle, in der sich ein Fuhrwerk befand. Nachdem er sie auf dem Boden abgelegt hatte, rollte er ein Fass heran und hob Anna wieder auf.

Als ihr klar wurde, was er vorhatte, fing sie an, wie wild zu strampeln.

»Hör auf damit!«, herrschte er sie an. Da sie seinen Befehl nicht befolgte, holte er aus und versetzte ihr einen Hieb.

Gallus stocherte misstrauisch in dem Brei herum, den die Wirtin vor ihn auf den Tisch gestellt hatte. Das letzte Mal hatte er einen toten Käfer darin gefunden, doch an diesem Morgen schien das Essen wirklich nur aus Getreide zu bestehen.

Nachdem er in der vergangenen Nacht noch einige Zeit vor dem Haus zugebracht hatte, in dem die Kerle verschwunden waren, hatte er beschlossen, sich ein paar Stunden Schlaf zu gönnen. Vor Anbruch des Tages würde sich vermutlich nichts mehr regen, da kurz nach Ankunft der Männer das Licht im Obergeschoss erloschen war. Noch immer war Gallus nicht sicher, was er tun sollte, weshalb er beschloss, erst einmal wieder zu dem Haus zurückzukehren, um mehr in Erfahrung zu bringen. Inzwischen hatten die Wächter vermutlich den toten Mönch in der Gräth entdeckt. Folglich war es nicht ratsam, zum Hauptmann zu gehen, um ihm von dem nächtlichen Geschehen zu berichten. Sollte man Gallus nicht augenblicklich wegen Mordes verhaften, warf man ihn gewiss wieder aus der Stadt oder steckte ihn ins Loch. Und darauf hatte er nun wirklich keine Lust.

Er beendete sein Mahl, verließ den Gasthof und zog die schwarze Kappe tief ins Gesicht. Den Wächtern, die ihm begegneten, wich er aus und langte wenig später bei dem Patrizieranwesen an. Das Hoftor des Hauses, aus dem das Mädchen am vergangenen Abend geflohen war, stand offen, ebenso das des Gebäudes, in das man sie gebracht hatte. Einen Moment lang fragte Gallus sich, ob der eine Vorfall etwas mit dem anderen zu tun hatte, verwarf den Gedanken jedoch wieder. Es machte keinen Sinn. Oder doch?

Er spitzte die Ohren, als er das Wiehern eines Pferdes vernahm. Hastig trat er in den Schatten einer Weide und gab vor, mit einem Fleck auf seinem Ärmel beschäftigt zu sein. Aus dem Augenwinkel sah er, wie ein Fuhrwerk auf die Straße fuhr. Es hatte mehrere Fässer geladen, die mit Stricken festgezurrt waren. Fässer, die denen in der Gräth ähnlich sahen. Er unterdrückte den Schauder, der in ihm aufstieg. Als er den Mann auf dem Bock erkannte, senkte er den Kopf. Es handelte sich eindeutig um einen der beiden, die ihn bedroht hatten.

Während das Fuhrwerk in Richtung Norden davonfuhr, überlegte er fieberhaft, wie er ins Haus gelangen konnte, ohne gesehen zu werden. Das Hoftor stand immer noch offen und weit und breit war kein Gesinde zu entdecken. Ehe ihn der Mut verlassen konnte, überquerte er die Straße, sah sich ein letztes Mal um und betrat den Hof. Seine Hand wanderte zu dem Dolch an seinem Gürtel, doch er zwang sich zur Ruhe. Sollte ihn jemand erwischen, würde er einfach behaupten, sich im Hof geirrt zu haben. So, wie er gekleidet war, würde ihn niemand für einen Herumtreiber halten. Obwohl ihm keine Menschenseele begegnete, schlug sein Herz bis zum Hals. So schnell er konnte, huschte er zu einer kleinen Tür, durch die vermutlich das Gesinde ein und aus ging. Zu seiner Erleichterung war sie nicht verschlossen, so dass er ungehindert ins Innere des

Hauses gelangte. Dort war es kühl und dämmrig, da er sich in einem Bereich mit dicken Steinmauern befand. Der Durchgang führte zu einer kleinen Halle, von der mehrere Türen abgingen. Über eine schmale Stiege erreichte man das Obergeschoss. Ohne zu zögern, machte Gallus sich auf den Weg nach oben, wo er sich in einer Wäschekammer wiederfand. Mit zitternder Hand öffnete er die Tür und betrat den Wohnbereich des Hausherrn.

Kapitel 49

Ulm, April 1412

»Er bewegt sich!«

»Hol einen Arzt!«

Die Stimmen drangen wie durch Watte gedämpft zu Lazarus vor, der mit einem Stöhnen versuchte, die Augen zu öffnen. Sein Kopf schmerzte, als ob darin ein Kobold sein Unwesen trieb. Er hatte das Gefühl, von einem Ackergaul getreten worden zu sein. Das Schlucken fiel ihm schwer und jede Bewegung sandte Nadelstiche durch seinen Körper.

»Hört Ihr mich?«

Unter Aufbietung all seiner Kräfte gelang es Lazarus, zu blinzeln.

Ein gerötetes Gesicht tauchte über ihm auf. »Könnt Ihr mich hören?«

Lazarus gab ein Stöhnen von sich.

»Bleibt ganz still liegen«, forderte der Mann ihn auf. »Ihr habt eine böse Kopfwunde.«

Lazarus versuchte, die Hand zu heben, um nach seinem Kopf zu tasten, doch es gelang ihm nicht. Ermattet schloss er die Augen wieder und ließ sich von der Dunkelheit, die ihn übermannte, davontragen.

Als er Stunden später wieder aufwachte, befand er sich in einem Bett. Sein Kopf ruhte auf einem weichen Kissen und tat nicht mehr ganz so weh. Der Kobold schien verschwunden zu sein.

»Da hast du deine Nase wohl in Dinge gesteckt, die dich nichts angehen«, erklang eine tiefe Stimme.

Lazarus blinzelte.

Der Wundarzt tauchte an seinem Bett auf. Er sah mit einem grimmigen Ausdruck auf Lazarus hinab. »Was hattest du nur in der Gräth zu suchen?«

»Ich wollte …«, hob Lazarus an, doch die Worte schmerzten.

»Ruh dich aus«, sagte der Wundarzt. »Du hattest Glück. Außer einer gewaltigen Beule ist nichts passiert. Wenn du ruhig liegen bleibst und tust, was ich sage, solltest du in ein paar Tagen wieder auf den Beinen sein.«

Lazarus versuchte, sich zu erinnern, was geschehen war. Als ihm alles wieder einfiel, keuchte er entsetzt auf. »Anna!«, stieß er hervor.

»Was ist mit Schwester Anna?«

»Wo ist sie?«

Der Wundarzt zuckte die Achseln. »Woher soll ich das wissen?«

»War sie auch in der Gräth?«

»Wieso sollte sie dort gewesen sein?« Misstrauen trat in den Blick des Arztes. »Wart ihr zusammen im Waaghaus?«

Lazarus stöhnte. »Hol den Hauptmann«, bat er. »Ich muss ihn sofort sprechen.«

»Du musst dich zuerst ausruhen«, widersprach der Wundarzt.

»Nein!« Lazarus versuchte, sich aufzusetzen, sackte jedoch sofort wieder zusammen. Jemand schien einen glühenden Nagel in seinen Schädel zu bohren. Mit einem Ächzen fasste er sich an die Schläfen und wartete, bis sich der Schmerz etwas legte.

»Ich sagte doch, du musst dich ausruhen«, brummte der Arzt.

»Bitte!« Lazarus versuchte, ihn am Arm zu packen. »Du musst den Hauptmann holen! Wenn ich ihm nicht augenblicklich sage, was ich in der Gräth gesehen habe, sterben noch mehr Menschen.«

»Was redest du vom Sterben, Lazarus?«, ertönte eine andere Stimme. Kurz darauf tauchte der Magister Hospitalis an Lazarus' Lager auf. »Man hat mich darüber in Kenntnis gesetzt, dass man dich im städtischen Zollhaus gefunden hat.« Er musterte Lazarus mit hochgezogenen Brauen. »Kannst du erklären, warum du dich dort aufgehalten hast?«

Lazarus schwieg. Obwohl er Anna gegenüber versichert hatte, dass er den Spitalmeister für einen Mann Gottes hielt, war er sich nicht mehr sicher. Nichts war mehr sicher, nach dem, was sie in der Gräth entdeckt hatten.

»Ich muss den Hauptmann sprechen«, wiederholte er. »Dringend!«

»Ich denke nicht, dass es gut wäre, noch mehr Aufmerksamkeit auf den Orden zu lenken«, widersprach der Magister Hospitalis. »Warum wirst du nicht erst mal gesund? Soll ich dir einen Bruder zur Beichte schicken?«

Lazarus spürte Wut in sich aufsteigen. »Ich brauche keinen Beichtbruder!«

»Aber, aber«, ermahnte ihn der Meister. »Keiner von uns ist rein von Sünde.«

Lazarus verkniff sich ein Stöhnen. »Später«, erwiderte er. Dann gab er vor, von Müdigkeit übermannt zu werden, und schloss die Augen.

»Der Herr vergebe dir deine Torheit«, murmelte der Magister Hospitalis, ehe er sich aus der Siechenstube zurückzog.

Als einige Zeit verstrichen war, öffnete Lazarus die Augen wieder und blickte sich um. Vom Wundarzt war auch nichts mehr zu sehen, lediglich eine Magd saß am Lager einer Sterbenden, um ihr das Leid zu erleichtern. Obgleich Lazarus wusste, dass es kein guter Einfall war, setzte er sich auf und wartete, bis sich der Schmerz in seinem Kopf etwas beruhigt hatte. Dann kam er mühsam auf die Beine, um nach einem Laufburschen zu suchen. Sobald er einen Knaben ausfindig gemacht hatte, trug er ihm auf, zur Wachstube zu laufen und den Hauptmann ins Spital zu bringen. »Es geht um Leben und Tod«, sagte er.

Der Junge hatte sich jedoch noch nicht einmal auf den Weg zum Tor gemacht, als eine Schar Soldaten auftauchte, in deren Mitte der Helm des Hauptmanns glänzte.

»Dem Himmel sei Dank!«, murmelte Lazarus.

Ohne sich um den Protest des Torhüters zu kümmern, stürmten die Wachen auf Lazarus zu, sobald sie ihn erblickt hatten. Ehe er etwas sagen konnte, packte ihn einer der Männer hart am Arm.

»Nehmt ihn fest!«, befahl der Hauptmann, der Lazarus mit einer Mischung aus Ärger und Verwunderung musterte. »Ihr werdet mir sagen, was Ihr in der Gräth zu suchen hattet!«, knurrte der Hauptmann. »So wahr mir Gott helfe!«

»Ich wollte gerade einen Burschen zu Euch schicken«, sagte Lazarus. Der harte Ausdruck in den Augen des Soldaten machte ihm Angst.

»Wolltet Ihr?« Es klang schneidend.

Lazarus versuchte zu nicken, doch der Kopfschmerz hielt ihn davon ab.

»Zweifelsohne, um mir zu erklären, wie die tote Frau in das Fass kam«, setzte der Hauptmann eisig hinzu. Er nickte seinen Männern zu. »Führt ihn ab!«

»Einen Augenblick!«, durchschnitt die Stimme des Magisters Hospitalis die Luft. »Was erlaubt Ihr euch? Nehmt sofort die Hände von Bruder Lazarus!«

Die Augen des Hauptmanns verengten sich.

»Er ist verletzt! Er muss zurück in die Siechenstube!«

»Das wird nicht möglich sein«, erwiderte der Hauptmann. »Er ist festgenommen.«

»Was?« Die Empörung malte rote Flecken auf die Wangen des Spitalmeisters. »Seid Ihr von Gott verlassen?«

»Diese Frage kann nur Gott selbst Euch beantworten«, gab der Hauptmann zurück. Dann bedeutete er seinen Männern, Lazarus abzuführen, und ließ den Magister Hospitalis stehen.

Kapitel 50

Ulm, April 1412

Annas Furcht war so gewaltig, dass sie kaum mehr Luft bekam. Durch den Knebel in ihrem Mund konnte sie nur durch die Nase atmen, doch je schneller ihr Herz pochte, desto mehr hatte sie das Gefühl, in dem engen Fass zu ersticken. Die Fesseln schnitten ihr in die Haut und ihre Schultern fühlten sich an, als ob sie jeden Moment ausgekugelt werden könnten. Bei jeder Bodenunebenheit wurde sie gegen die Wand des Fasses gepresst und bei den tieferen Löchern im Boden schlug ihr Kopf gegen das Holz. Es war stockfinster, was ihre Panik weiter anfachte.

Von dem Hieb, den der Mann ihr versetzt hatte, taten ihr das Kinn und die Wange weh. Doch es waren weder die Schmerzen noch ihre Lage, die ihre Angst anfachten, sondern die Erinnerung an Englins tote Augen. Das Bild war für immer in Annas Gedächtnis eingebrannt. Obwohl Englins Blick leblos und gebrochen war, hatte Anna das Entsetzen in ihren Zügen erkannt. Ihre Haut war auf der einen Seite weiß und wächsern, auf der anderen Seite blaurot verfärbt gewesen. Anna hatte solche Verfärbungen schon bei Verstorbenen gesehen, deren Tod erst am folgenden Morgen entdeckt worden war. Während sich ihre Furcht weiter verstärkte, fragte sie sich, was man Englin angetan hatte. Hatten die Männer mit ihr dasselbe vor? Ein Wimmern stieg in ihr auf, als ihre Gedanken unweigerlich zu Lazarus weiterwanderten. Er war tot. Ihretwegen. Hätte sie nicht darauf bestanden, sich in die Gräth zu schleichen, um herauszufinden, was dem Zimmermann Konrad zugestoßen war, würde Lazarus noch leben.

Sie kämpfte erfolglos gegen die Tränen an, die erneut in ihr aufstiegen. Bitte, Herr, vergib mir meine Schuld, dachte sie. Steh mir bei in meiner Not und errette mich. Da es das Einzige war, was ihr blieb, versank sie im Gebet und versuchte, nicht daran zu denken, was ihr bevorstand.

Als der Karren, auf den man das Fass geladen hatte, irgendwann zum Stillstand kam, kehrte die Furcht jedoch mit solcher Macht zurück, dass alle Wärme ihren Körper verließ. Plötzlich war ihr so kalt, als ob sie sich im Winter ungeschützt im Freien befände. Mit aufeinanderschlagenden Zähnen machte sie sich so klein wie möglich und zuckte zusammen, als der Deckel des Fasses geöffnet wurde.

Hände griffen ihr unter die Achseln und zerrten sie grob in die Höhe. Erneut warf ihr Entführer sie sich wie einen Sack über die Schultern und trug sie über einen Hof zu einem Gebäude, das außerhalb der Stadt zu liegen schien. Viel konnte Anna nicht erkennen. Der Mann betrat einen kleineren Hof und augenblicklich schlug ihnen wütendes Bellen entgegen.

»Haltet die Schnauze, ihr Mistviecher!«, knurrte er.

Das Bellen wurde wilder.

»Irgendwann bitte ich den Herrn, euch zu erschießen«, schimpfte Annas Entführer. Dann betrat er ein Gebäude, schleppte sie einen Gang entlang, Treppen hinab und schloss schließlich eine weitere Tür auf. Ohne ein Wort zu sagen, trug er sie zu einem Bett und warf sie auf die Matratze. Er zog ein Messer aus dem Gürtel, um ihre Fesseln zu durchtrennen, und zog den Knebel aus ihrem Mund.

»Hier kannst du schreien, so viel du willst«, sagte er. »Niemand wird dich hören.«

»Wartet!« Anna machte Anstalten, aufzustehen.

Er hob warnend die Hand.

»Bitte! Lasst mich gehen. Ich werde niemandem etwas sagen.«

Ein freudloses Lachen war alles, was er darauf erwiderte. Ehe Anna weiterflehen konnte, krachte die Tür hinter ihm ins Schloss.

»Heilige Muttergottes, steh mir bei«, wisperte Anna. Die Furcht lähmte ihren Verstand, da sie sicher war, bald genauso zu enden wie Englin. Sie sah sich unsicher um. Hatte man Englin auch in diesem Verlies gefangen gehalten? Falls ja, was war ihr hier widerfahren? Warum hatten die Männer sie getötet? Während sich die Angst immer weiter in ihr Herz fraß, wurde ihr die volle Ausweglosigkeit ihrer Lage bewusst.

Mit offenem Mund starrte Gallus auf den Gegenstand, der vor ihm auf dem Tisch lag. Er befand sich offenbar im Kontor des Hausherrn, und beim Anblick des glänzenden Schmuckes stockte ihm der Atem. Mit erschreckender Deutlichkeit wurde ihm klar, in was er hineingeraten war. Hatte er bisher nur angenommen, es mit einem reichen Opfer zu tun zu haben, wusste er jetzt, dass er in ein Wespennest gestochen hatte. Wenn man ihn in diesem Haus erwischte, konnte ihn keine List der Welt mehr retten. Als fürchte er, sich an dem Gegenstand zu verbrennen, wich er vom Tisch zurück und verließ das Kontor. Dann schlich er den Gang entlang zurück zu der Wäschekammer, durch die er in den Wohnbereich gelangt war.

Nichts wie fort!

Er öffnete die Tür, schlüpfte in die Kammer und erreichte wenig später die Stiege. Das Knarren der Stufen kam ihm in der Stille viel zu laut vor, und als er endlich das Erdgeschoss erreichte, ließ er den angehaltenen Atem aus den Lungen entweichen. Er wollte gerade auf den kleinen Durchgang zusteuern, als eine der Türen, die von der Halle abgingen, geöffnet wurde und ein Mann erschien.

Gallus erkannte ihn im Bruchteil eines Augenblicks. Es war der Kerl, dem er seine Sackpfeife entgegengeschleudert hatte.

»Sieh an«, zischte er, sobald er Gallus sah. »Wen haben wir denn da?« Er steckte zwei Finger in den Mund und stieß einen gellenden Pfiff aus.

Augenblicklich erschienen drei kräftig gebaute Knechte.

»Überwältigt ihn!«, befahl er.

Die Männer ließen sich nicht zweimal bitten. Sie waren so schnell bei Gallus und dazu noch in der Überzahl, dass es ihm nicht gelang, Widerstand zu leisten. Innerhalb kürzester Zeit war er überrumpelt und wurde zu Boden gebracht.

»Fesselt ihn!«

»Wartet!«

Ein Hieb brachte Gallus zum Schweigen. Dann wurde er verschnürt wie ein Päckchen und in einen Lagerraum geschleppt. Dort steckte man ihn in eine Kiste.

»Was sollen wir mit ihm tun?«, hörte er einen der Knechte fragen.

»Vergesst, dass ihr ihn jemals gesehen habt«, war die Antwort, die Gallus das Fürchten lehrte. Dann entfernten sich Schritte und eine Tür fiel ins Schloss.

Kapitel 51

Ulm, April 1412

»WENN IHR NICHT augenblicklich mit diesem Geschrei aufhört, lasse ich Euch hinauswerfen!«, drohte der Hauptmann der Stadtwache. Er baute sich drohend vor dem Spitalmeister auf, der ihnen zur Wachstube gefolgt war.

»Was erlaubt Ihr Euch? Wisst Ihr nicht, wen Ihr vor Euch habt? Ich bin der erste Prälat der Stadt!«, empörte sich der Magister Hospitalis.

»Das, mit Verlaub, ist mir im Augenblick vollkommen gleichgültig«, gab der Hauptmann unbeeindruckt zurück. Er gab seinen Männern ein Zeichen, Lazarus zu einem der Schemel zu bringen, die im Raum standen. »Im Augenblick interessiert mich ausschließlich, wie eine tote Frau in ein Heringsfass in der Gräth gekommen ist.«

Der Spitalmeister schnappte entsetzt nach Luft. »Eine tote Frau? Bruder Lazarus soll etwas mit dem Tod einer Frau zu tun haben?«

»Das wird sich herausstellen, wenn Ihr endlich den Mund haltet und ich ihn befragen kann.«

Trotz der misslichen Lage, in der er sich befand, hätte Lazarus beinahe laut gelacht. Das Gesicht des Spitalmeisters war unbeschreiblich. Vermutlich hatte noch nie jemand so mit ihm geredet.

»Ich werde mich beim Bürgermeister über Euch beschweren!«, presste der Magister Hospitalis mit hochrotem Kopf hervor.

»Tut das«, erwiderte der Hauptmann. »Einer meiner Männer geleitet Euch ins Rathaus.« Mit diesen Worten bedeutete er einem der Soldaten, den Spitalmeister aus der Stube zu führen.

»Eine Unverschämtheit! Gott wird Euch für diese Frechheit geißeln!«

»Ganz gewiss«, brummte der Hauptmann. Dann wandte er sich Lazarus zu und sah mit grimmiger Miene auf ihn hinab. »Was hattet Ihr mitten in der Nacht in der Gräth zu suchen?«, fragte er erneut.

Der kurze Moment der Heiterkeit verflog und die Furcht kehrte in Lazarus' Herz zurück. »Habt Ihr Schwester Anna gefunden?«, fragte er anstelle einer Antwort.

Der Hauptmann schob die Brauen zusammen. »Was hat denn die Schwester mit der Sache zu tun?«

»Habt Ihr sie in der Gräth gefunden oder nicht?«

»Nein. Dort war niemand außer dem toten Mädchen in dem Fass.«

»Barmherziger!«, hauchte Lazarus. Er wollte von dem Schemel aufstehen, doch einer der Männer hielt ihn zurück. Obgleich sein Kopf inzwischen wieder furchtbar schmerzte, hob Lazarus die Hände und vergrub das Gesicht darin.

»Werdet Ihr jetzt endlich aufhören, in Rätseln zu sprechen, und mir sagen, warum Ihr Euch in der Gräth aufgehalten habt? Weshalb habt Ihr die Wächter mit einer Lüge fortgelockt?« Der Hauptmann verschränkte die Arme vor der Brust. »Sie haben Euch beschrieben. Wenn Ihr es darauf anlegt, lasse ich sie holen, damit sie Euch wiedererkennen.«

»Das ist nicht nötig«, sagte Lazarus schwach. Er hob den Kopf und blickte den Hauptmann mit geröteten Augen an. »Schwester Anna hatte einen Verdacht, was den Zimmermann Konrad angeht.«

»Den, dem man erst den Schädel eingeschlagen und ihn dann vergiftet hat?«

Lazarus nickte, bereute es allerdings sofort, da es sich anfühlte, als ob ein glühender Nagel in sein Gehirn getrieben würde.

»Und deshalb seid Ihr in die Gräth eingebrochen?«

Lazarus berichtete ihm von Annas Verdacht und von ihrer Sorge, dass man sie der Tat bezichtigen könnte.

»Eine *Begine*?«, fragte der Hauptmann.

»Einige Ratsmitglieder versuchen, die Schwestern in Misskredit zu bringen«, erwiderte Lazarus. »Schwester Anna war sich nicht sicher, wie weit sie gehen würden.«

»Warum war sie nicht wie die anderen im Beginenhof unter Hausarrest?«, wollte der Hauptmann wissen.

»Weil ihr Bruder, der Spitalpfleger, sie in sein Haus aufgenommen hat und sie dazu überreden wollte, die Sammlung zu verlassen.«

»Aha.« Der Hauptmann schien nicht besonders angetan zu sein von Lazarus' Erklärung. »Warum seid Ihr mit diesem Verdacht nicht zu mir gekommen?«

Lazarus hob die Hände. »Schwester Anna hat mich gebeten, es nicht zu tun.«

»Tut Ihr alles, worum Schwester Anna Euch bittet?« Es klang schneidend.

»Wollt Ihr denn nicht wissen, wer die Tote in das Fass gesteckt hat?«, fragte Lazarus mit einem Seufzen. Er machte sich selbst genug Vorwürfe, weil er Anna nicht von ihrem wahnwitzigen Plan abgebracht hatte.

»Habt Ihr gesehen, wer es war?«

»Erkennen konnten wir die Männer nicht. Aber es waren zwei. Sie haben die Frau in das Fass gelegt und dann Bannzeichen daraufgemalt, weil sie fürchteten, sie könne als Wiedergänger zurückkommen.«

»Die Zeichen haben wir gesehen.« Der Hauptmann kniff die Augen zusammen. »Warum sollte ich Euch glauben?«

»Was für einen Grund hätte ich, Euch zu belügen?«

»Oh, da fällt mir allerhand ein«, erwiderte der Hauptmann trocken.

»Bitte!« Lazarus sah ihn flehend an. »Sie müssen Schwester Anna mitgenommen haben. Was, wenn sie ihr dasselbe antun wollen wie der armen Seele in der Gräth?« Der Gedanke war so furchtbar, dass ihm die Kehle eng wurde. »Ihr müsst nach ihr suchen!«

»Was wir müssen oder nicht müssen, solltet Ihr besser uns überlassen!«

Lazarus schloss resigniert die Augen. »Wollt Ihr mich in den Turm sperren?«, fragte er.

»Am liebsten würde ich Euch so tief unter der Erde einkerkern, dass ich mich nie wieder mit Euch herumärgern muss«, knurrte der Hauptmann. »Allerdings ist Eure Geschichte so verrückt, dass Ihr sie Euch vermutlich nicht ausgedacht habt.« Er stand eine Weile grübelnd da. Dann sagte er: »Ich stelle Euch im Spital unter Arrest, bis wir mehr wissen.«

»Was ist mit Schwester Anna?«

»Die lasst unsere Sorge sein. Wenn sie in der Stadt ist, werden wir sie finden.« Er bedeutete einem seiner Männer, Lazarus vom Schemel aufzuhelfen und ihn aus der Stube zu führen.

Draußen wurden sie vom Spitalmeister erwartet, der offensichtlich niemanden im Rathaus angetroffen hatte. »Was soll das? Wohin bringt ihr ihn?«, keifte er.

»Ins Spital«, erwiderte der Hauptmann, der Lazarus und dem Soldaten ins Freie gefolgt war. »Er steht unter Arrest.«

»In meinem Spital?«

»Wenn ich mich nicht irre, ist es das Spital der Stadt«, entgegnete der Hauptmann. Dann machte er sich auf den Weg zur Gräth, vermutlich, um dort nach Spuren zu suchen, die auf die Täter hinwiesen.

»Das ist eine Ungeheuerlichkeit!«, ereiferte sich der Magister Hospitalis weiter. »Was für eine Schande für den Orden!«

Lazarus senkte den Kopf, als er ihn wütend anfunkelte.

»Ich werde augenblicklich einen Boten nach Rom schicken, um die Oberen in Kenntnis zu setzen.« Ohne auf eine Antwort zu warten, raffte er seine Kutte und rauschte wie ein Racheengel davon. Lazarus, dessen Kopf inzwischen zu zerspringen drohte, sah ihm resigniert hinterher. Sein eigenes Leben war ihm egal. Alles, was im Moment zählte, war Anna! Allerdings schien es, als ob sich in absehbarer Zeit keine Möglichkeit bot, auf eigene Faust nach ihr zu suchen. Er stöhnte, als ihn der Wächter über den Marktplatz in Richtung Spital zog.

Kapitel 52

Ein Gefängnis, April 1412

SEIT STUNDEN STARRTE ANNA auf den kleinen Altar in der Ecke ihres Gefängnisses und auf die getrockneten Erbsen, die überall davor auf dem Boden verstreut waren. Ihre Müdigkeit war verflogen und alles, was blieb, waren grenzenlose Furcht und Verzweiflung. Sie hatte nicht die geringste Vorstellung davon, wo sie sich befand. Allerdings machten ihr die Dinge, die sie in ihrem Gefängnis entdeckt hatte, noch mehr Angst, als sie ohnehin schon hatte.

Vor geraumer Zeit hatte eine untersetzte Frau die Tür geöffnet, um eine dicke Kerze auf den Tisch zu stellen. Doch sie hatte weder Annas Fragen beantwortet noch sie angesehen. Ohne ein Wort zu verlieren, war sie wieder verschwunden und hatte Anna mit ihrer Verzweiflung allein gelassen.

Gedankenverloren betastete Anna den Stoff eines ehemals prächtigen Kleides, das jemand zerfetzt und achtlos zur Seite geworfen hatte. Es roch nach Lavendel und Schweiß. Hatte Englin in diesem Kleid gesteckt? War sie in derselben Zelle gefangen gehalten worden wie Anna? Die Erinnerung an Englins tote Augen ließen sie schaudern. Wie lange würde es dauern, bis sie dasselbe Schicksal ereilte? Sie ließ die Hände sinken und legte das Kleid in ihren Schoß. In was war sie nur hineingeraten?

Sie schrak zusammen, als sich Geräusche näherten.

»Lasst mich los!«, brüllte jemand. »Verdammt! Ihr sollt mich loslassen!«

»Halt dein Maul!«

Wenig später wurde die Tür aufgeschlossen und einer der Männer, die Anna entführt hatten, stieß einen jungen Mann in die Zelle. Dieser war übel zugerichtet. Seine Unterlippe war aufgeplatzt, eines seiner Augen fast vollständig zugeschwollen. An seiner Schläfe prangte eine hässliche Platzwunde. Er trat mit dem Fuß gegen die Tür, als diese ins Schloss fiel, und stieß eine Reihe gotteslästerlicher Verwünschungen aus. Als er Anna entdeckte, schüttelte er den Kopf. »Das habe ich nun von meiner Neugier«, schimpfte er.

Anna betrachtete ihn verwundert. »Wer bist du?«

Er fuhr sich mit der Hand durch das zerzauste Haar und schnitt eine Grimasse. »Jemand, der seine Nase zu oft in die Angelegenheiten anderer Leute steckt«, brummte er. »Wer bist *du*? Ich habe dich vor der Wachstube gesehen. Bist du eine Begine?«

Anna hob erstaunt die Brauen. »Ja. Wieso hat man dich hierhergebracht?«

»Weil ich so dumm war, nicht so schnell wie möglich

das Weite zu suchen.« Er schnaubte. »Ich hätte wissen müssen, dass sich jemand, der reihenweise tote Frauen beiseiteschaffen lässt, nicht so einfach erpressen lässt.«

»Wovon redest du?«, fragte Anna entsetzt. »Reihenweise? Weißt du denn, was in der Gräth …?«

Er unterbrach sie mit einer ungeduldigen Handbewegung. »Ich habe gesehen, wie die Kerle dem Wächter fast den Schädel eingeschlagen haben«, erklärte er. »Und dann war ich so dumm, zu glauben, dass ich sie mit meinem Wissen erpressen könnte.« In wenigen Worten berichtete er Anna, was geschehen war.

»Du bist mir gefolgt?«

»Ja doch! Hörst du nicht zu?«

Anna hatte Schwierigkeiten, das Gesagte zu begreifen.

»Das Schlimmste kommt noch«, fuhr der Mann, der sich Gallus nannte, fort. »Ich weiß, wer hinter all den Morden steckt.«

Annas Augen weiteten sich. »Wer?«

Bevor Gallus antworten konnte, wurde die Tür ein weiteres Mal geöffnet. Vor lauter Reden hatten weder Anna noch Gallus gehört, dass sich Schritte näherten. Beim Anblick des alten Mannes, der die Schwelle übertrat, blieb Anna die Luft weg. Sie kannte den Greis.

Er stand einfach nur da und starrte blicklos in den Raum.

»Worauf wartest du?«, ertönte eine Stimme hinter ihm, die Anna das Blut in den Adern gefrieren ließ

Der alte Mann wurde grob in den Raum gestoßen.

Hinter ihm tauchte das verhasste Gesicht von Johannes, dem Sohn des Alten, auf.

Anna bekreuzigte sich. »Heilige Jungfrau Maria!«, keuchte sie.

»Auf deren Hilfe wirst du verzichten müssen«, erwiderte Johannes mit einem verächtlichen Grinsen. Er trat auf sie zu, packte sie hart bei den Oberarmen und zog sie auf die Beine. »Warum konntest du nicht einfach mein Weib werden?«, fragte er kalt. »Hättest du getan, was ich will, anstatt deine Nase in Dinge zu stecken, die dich nichts angehen, dann wären wir jetzt nicht in dieser entsetzlich unangenehmen Lage!« Er schüttelte sie. »Vor allem für dich unangenehm.«

Annas Zähne schlugen aufeinander. Als er endlich aufhörte, sie zu schütteln, schwirrte ihr der Kopf. Sie begriff, was seine Worte bedeuteten. »*Du* steckst hinter allem!«

Er sah mit einem Ausdruck auf sie hinab, der ihr mehr Angst machte als sein Wutausbruch.

Anna versuchte, sich gegen ihn zur Wehr zu setzen, allerdings ohne Erfolg. »*Du* hast Lazarus umgebracht!«, stieß sie hervor.

»Den Pfaffen?« Johannes zog die Oberlippe hoch. »Der ist mit einem Brummschädel davongekommen.«

Anna wusste nicht, ob sie ihren Ohren trauen konnte. »Er lebt?«

»Ja. Aber das wird dir nichts nutzen.«

Die Erleichterung war so gewaltig, dass Anna Tränen in die Augen schossen. »Bitte, lass mich gehen«, flehte sie. »Ich sage niemandem …«

»Ach! Das Geheule kannst du dir sparen!« Johannes stieß sie heftig von sich. »Und du, alter Mann«, herrschte er seinen Vater an, »wirst mit mir zurück in die Stadt kommen. Diese Narretei muss ein für allemal aufhören!«

Anna rieb sich die schmerzenden Oberarme.

»Aber was ist mit meinem Weib?«, fragte der alte Mann, bei dem es sich um den zweiten Bürgermeister handelte.

»Dein Weib ist tot! Seit vielen Jahren. Wann begreifst du das endlich?«, knurrte Johannes. Mit einem Blick auf Anna und Gallus sagte er: »Um euch kümmere ich mich später.« Damit zog er seinen Vater aus dem Raum und knallte die Tür hinter sich zu.

Anna sah ihm starr vor Schreck hinterher.

Kapitel 53

Ein Gefängnis, April 1412

»ICH GLAUBE, SIE SIND FORT«, sagte Gallus nach einiger Zeit, in der sie sich schweigend gegenübergesessen hatten.

Noch immer konnte Anna kaum begreifen, was Johannes gesagt hatte. Offenbar steckte sein Vater hinter Englins Tod und dem Tod einer weiteren Frau, deren Leiche Gallus bei seinem ersten Ausflug in die Gräth entdeckt hatte. Der Zimmermann Konrad musste sie ebenfalls gefunden haben, weshalb man versucht hatte, ihm den Schädel einzuschlagen. Als er nicht an seiner Verletzung gestorben war, hatte Johannes offenbar einen der Knechte seines Vaters ins Spital geschickt, um ihn zu vergiften. Die Gänsemagd hatte recht gehabt. Anna hob den Blick und verfolgte, wie Gallus anfing, den Raum nach einem Fluchtweg abzusuchen.

»Ich glaube, außer dem kleinen Fenster dort oben gibt es nichts«, sagte sie.

Gallus zog den Tisch unter die Luke und kletterte hinauf. »Verdammt!«, schimpfte er. Seine Fingerspitzen erreichten nicht einmal den unteren Rand des Rahmens. »Komm her!«, forderte er sie auf.

Anna sah ihn fragend an.

»Du musst mir helfen.«

»Wie soll ich das anstellen?«

»Indem du in meine Hände kletterst und dich von mir hochheben lässt«, erwiderte Gallus ungeduldig.

Anna begriff. »Eine Räuberleiter?«

»Ja doch!«

Anna blickte zu der Luke. »Ich denke nicht, dass ich mich hindurchzwängen kann«, sagte sie.

»Eher als ich«, brummte Gallus. »Nun mach schon! Ich will nicht hier herumsitzen, bis einer der Mistkerle zurückkommt, um uns den Hals umzudrehen.«

Da sie keinen anderen Ausweg sah, tat Anna, was er von ihr verlangte. Als sie bei ihm war, überwand sie ihre Scham, raffte die Röcke und setzte den Fuß in seine verschränkten Finger.

»Halt dich an der Wand fest«, forderte er sie auf. Dann hob er sie in die Höhe.

»Noch ein Stück«, sagte sie, als ihre Finger den Rahmen berührten.

Gallus hob sie ächzend weiter nach oben.

Anna tastete nach dem kleinen Riegel, mit dem das Fenster verschlossen war, und öffnete ihn. Dann stieß sie es auf. »Es ist offen«, ließ sie Gallus wissen.

»Versuch, dich hindurchzuziehen.«

»Und dann?«

»Dann gehst du zurück ins Haus und befreist mich.«

»Aber was ist, wenn man mich erwischt?«

»Schlimmer, als es schon ist, kann es kaum werden, oder?«

Anna musste ihm recht geben. Nachdem sie ein kurzes Gebet zum Himmel geschickt hatte, krallte sie die Finger in den Rahmen und zog sich mit Gallus' Hilfe weiter hoch. Schließlich gelang es ihr, sich durch die enge Öffnung zu schlängeln.

»Lauf!«, schickte Gallus ihr hinterher.

Anna sah sich furchtsam um. Wo waren die Hunde, die sie bei ihrer Ankunft gehört hatte? Was, wenn sie sich auf sie stürzten und sie zerfetzten? Mit weichen Knien richtete sie sich auf und sah sich nach einer Tür um. Etwa zwanzig Schritte zu ihrer Rechten schien es einen Durchgang zu geben. Mit heftig klopfendem Herzen schlich sie darauf zu und betrat einen kleinen Hof. Dort befanden sich mehrere Türen. Die erste war verschlossen, doch bei der zweiten hatte Anna Glück. So leise wie möglich schlich sie sich ins Gebäude und suchte nach einem Weg in den Keller. Als sie ihn gefunden hatte, huschte sie die Treppen hinab und eilte zu der einzigen Tür, die von außen verriegelt war.

»Ich dachte schon, du bist ohne mich davongelaufen«, empfing Gallus sie. »Nichts wie weg hier!« Er drängte sich an ihr vorbei und rannte den Gang entlang zur Stiege.

»Warte!« Anna eilte ihm hinterher.

Als sie wieder im Freien waren, sah Gallus sich um. Das gesamte Anwesen schien von einer Mauer umgeben zu sein, durch die nur ein Tor Zugang gewährte.

»Wir müssen darüberklettern«, sagte Gallus schließlich. Er rannte auf einen Schuppen zu, hinter dem ein knorriger Baum in die Höhe ragte. Ohne sich nach Anna umzusehen, erklomm er die krüppelige Eiche und schwang sich über die Mauerkrone.

Obwohl Anna schon lange nicht mehr auf Bäumen herumgeklettert war, tat sie es ihm gleich und landete wenig später neben ihm auf dem weichen Boden einer Wiese.

»Dort drüben ist der Wald. Wenn wir ihn erreichen, sind wir vor Blicken geschützt«, sagte Gallus.

»Weißt du, in welche Richtung wir laufen müssen?«, fragte Anna. »Wo sind wir überhaupt?« Sie sah sich um. Die Gegend wirkte ländlich, da weit und breit nichts als Felder, Wiesen und Wald zu sehen waren. »Wo ist Ulm?«

Gallus zuckte die Achseln. »Erst mal weg hier.« Er machte sich auf den Weg zum Waldrand.

»Wir müssen zur Wache«, keuchte Anna, die Schwierigkeiten hatte, Schritt mit Gallus zu halten.

Der schnaubte. »Du vielleicht. Ich mache mich aus dem Staub.«

»Du kannst doch nicht einfach weglaufen und einen Mörder ungestraft davonkommen lassen!«

»*Mir* wird kein Mensch auch nur ein Wort glauben«, entgegnete Gallus. »Ich bin ein Fahrender. Außerdem habe ich mich ohne Erlaubnis in der Stadt aufgehalten. Wenn ich zur Wache gehe, stecken sie mich ins Loch.«

»Dann gehe ich!«

»Nur zu.« Gallus beschleunigte seine Schritte. »Ich will erst mal so weit weg von hier wie möglich.«

Anna stolperte ihm hinterher über die Wiese, bis sie den Waldrand erreichten. Sie waren gerade in den Schatten der Bäume eingetaucht, als hinter ihnen Pfiffe und wütendes Gebell erklangen.

»Verdammt!«, fluchte Gallus. »Sie haben unsere Flucht entdeckt.«

Annas Herz setzte einen Schlag aus. »Was sollen wir jetzt tun?«

»Lauf, so schnell du kannst!«

Anna schlug ein Kreuz vor der Brust, dann rannte sie Gallus hinterher. Es dauerte allerdings nicht lange, bis sie ihn aus den Augen verlor, da er stärker und schneller war als sie. Immer wieder verfingen sich ihre Röcke in den Zweigen des Unterholzes und das Bellen kam immer näher. Furchtsam sah sie sich nach einem Versteck um, einem Schutz vor den wilden Bestien, die sie gewiss in Stücke reißen würden. Aber weit und breit war nichts zu sehen außer Wald. Während die Angst drohte, ihr die Kraft zu rauben, stolperte sie weiter, bis sie einen schmalen, aber tiefen Graben erreichte. Wenn es ihr gelang, auf die andere Seite zu gelangen, verloren die Hunde vielleicht ihre Spur. Mit dem Mut der Verzweiflung nahm sie Anlauf und sprang.

Kapitel 54

Ulm, April 1412

Lazarus spürte die Blicke der Spitalangestellten und Brüder auf sich, als der Wachmann ihn über den Hof führte. Obwohl Klatsch und Tratsch mit Bußen belegt wurden, steckten die Knechte und Mägde die Köpfe zusammen und tuschelten. Lazarus fühlte sich wie ein Verbrecher auf dem Weg zur Richtstätte. Selbst die Insassen beäugten ihn mit Misstrauen, obwohl er vielen von ihnen Schmerzen gelindert und Seelenpein abgenommen hatte. Offenbar genügte die Anwesenheit des Stadtwächters, dass man ihn ohne Gericht verurteilte.

»So wütend habe ich den Spitalmeister noch nie gesehen«, wisperte jemand.

»Bruder Lazarus soll aus dem Orden ausgeschlossen werden.«

»Was hat er denn getan?«

»Keine Ahnung. Aber es muss etwas Schlimmes sein.«

Lazarus verschloss die Ohren vor dem Gerede und richtete die Augen starr geradeaus. Gott wollte ihn prüfen. Sein Glaube würde ihn auch in dieser schweren Zeit helfen, nicht zu verzweifeln. Wenn er so tat, als ob er sich in seine Strafe fügte, konnte er vielleicht aus dem Spital entkommen, um sich auf die Suche nach Anna zu machen. Allein der Gedanke daran, was ihr inzwischen alles zugestoßen sein konnte, ließ ihn die Zähne aufeinanderbeißen. Er wusste nicht einmal, ob sie noch lebte! Bevor Mutlosigkeit von ihm Besitz ergreifen konnte, unterbrach der Soldat seine Gedanken.

»Wo ist Eure Zelle?«, fragte er.

Lazarus zeigte auf eines der Wohngebäude.

»Führt mich hin!«

Sobald Lazarus ihn zu dem winzigen Raum geführt hatte, in dem er schlief und betete, bezog der Wächter Stellung neben der Tür und sah ihn grimmig an. »Ich sorge dafür, dass man Euch das Essen bringt«, sagte er.

»Und die Messen?«, fragte Lazarus.

»Denen werdet Ihr eine Weile nicht beiwohnen.«

»Das ist eine Ungeheuerlichkeit!«, ertönte die Stimme des Spitalmeisters. »Eine unverschämte Ungeheuerlichkeit!«

Trotz der schlimmen Lage, in der er sich befand, huschte ein Lächeln über Lazarus' Gesicht. Er hatte den Magister Hospitalis schon länger für einen aufgeblasenen Wichtigtuer gehalten, doch sein Verhalten wurde immer lächerlicher. Was wollte er gegen einen Befehl des Hauptmanns ausrichten?

»Er ist ein Mann der Kirche!«, ereiferte sich der Spitalmeister. »Somit steht er unter der kirchlichen Gerichtsbarkeit. Ihr habt hier nichts zu suchen!«

»Es geht um Mord!«, protestierte der Mann.

»Ihr habt hier dennoch nichts zu suchen!«

»Ich befolge nur einen Befehl«, verteidigte sich der Soldat.

»Verlasst auf der Stelle dieses Gebäude!«

»Das werde ich nicht.«

»Dann werde ich Euch hinauswerfen lassen«, drohte der Spitalmeister. »Eure Anwesenheit in meinem Spital ist Schande genug. Aber unter diesem Dach werde ich Euch nicht dulden!«

»Aber Herr …«

»Raus! Haltet draußen Wache!«

Einen Augenblick lang trat der Mann unschlüssig von einem Fuß auf den anderen.

»Ich verbürge mich dafür, dass Bruder Lazarus in seiner Zelle bleiben wird«, knurrte der Magister Hospitalis. »Und jetzt verlasst das Gebäude!«

Nachdem er einen letzten Blick auf Lazarus geworfen hatte, befolgte der Wachmann den Befehl des Spitalmeisters.

Der sah ihm nach, ehe er sich Lazarus zuwandte. »Du wirst dich nicht von der Stelle rühren. Schwöre bei Gott und allen Heiligen, dass du dem Orden keine weitere Schande machen wirst.«

Lazarus hob die Hand. »Ich schwöre, dass ich dem Orden keine Schande bereiten werde«, sagte er. Einen Eid, die Zelle nicht zu verlassen, vermied er geflissentlich, da er nicht vorhatte, ihn einzuhalten. Sobald sich eine Gelegenheit bot, würde er versuchen, aus dem Spital zu fliehen. Auch wenn ihm dafür das ewige Fegefeuer drohte, konnte er Anna nicht einfach aufgeben! Bisher hatte er noch nie am Willen Gottes gezweifelt, doch seit er Anna begegnet war …

»Warum musstest du diese Torheit begehen?« Der Spitalmeister schüttelte den Kopf. Seine Miene verhärtete sich. »Ich habe bereits einen Boten losgeschickt, um den Orden darüber in Kenntnis zu setzen, was vorgefallen ist. Ich glaube kaum, dass du Vergebung erwarten kannst.« Er betrachtete Lazarus wie ein giftiges Insekt. Dann machte er auf dem Absatz kehrt, schlug die Tür hinter sich zu und verschwand.

Lazarus ließ sich mit einem Seufzen auf sein hartes Lager sinken. Obwohl ihm die Drohung des Magisters

Hospitalis Angst machte, kämpfte er dagegen an, sein eigenes Schicksal zu betrauern. Wenn er nicht auch noch Annas Tod auf dem Gewissen haben wollte, musste er dringend etwas unternehmen. Er bezweifelte, dass die Stadtwache sie finden würde. Dazu waren die Kerle zu gerissen. Vermutlich hatten sie sie längst in irgendein Versteck geschafft, um sich an ihr zu vergehen. Die Vorstellung ließ ihn mit einem Stöhnen das Gesicht in den Händen vergraben. »Gütiger Jesus, hilf mir«, murmelte er.

Nachdem er eine lange Zeit einfach nur dagesessen und gegrübelt hatte, erhob er sich schließlich und ging auf Zehenspitzen zur Tür. Er presste das Ohr an das raue Holz. Auf dem Gang herrschte Totenstille, da vor wenigen Minuten die Glocke zum Stundengebet gerufen hatte. Wenn er versuchen wollte zu fliehen, war jetzt der beste Zeitpunkt.

Er öffnete die Tür und schlüpfte aus der Kammer. Weil der Wachposten vermutlich beim Haupteingang stand, schlich er den Gang entlang zum hinteren Teil des Wohntrakts und betrat eine der leeren Zellen, die sich dort befanden. Von diesem Raum führte ein Durchgang zu einer weiteren Kammer, durch die man das angrenzende Gebäude erreichen konnte. Zu Lazarus' Erleichterung war die Tür, wie alle im Wohnbereich, nicht verschlossen. Daher gelangte er ohne Schwierigkeiten in eines der Wirtschaftsgebäude, das genauso verwaist war wie der Wohntrakt. Nachdem er sich umgesehen hatte, entdeckte er einige Haken an der Wand, an denen Schürzen und weiße Kappen hingen. Hastig zog er sein Habit aus, bat Gott um Vergebung und zog sich eine der Bäckerstrachten an. Dann stäubte er sich etwas Mehl ins Gesicht und hoffte, dass der Soldat ihn aus der Ferne nicht erkennen würde.

Mit einem seltsamen Gefühl im Bauch hob er einen leeren Sack vom Boden auf, verließ das Gebäude und eilte über den Hof.

Obwohl die Versuchung groß war, schielte er nicht zu der Wache, sondern begab sich auf direktem Weg zum Tor, das seit dem Vorfall mit dem vergifteten Zimmermann auch während der Gebete bewacht wurde. »Lass mich hinaus«, bat er mit verstellter Stimme.

Der Torhüter bedachte ihn mit einem ungnädigen Blick. »Nicht beim Gebet?«

Lazarus zuckte die Achseln. »Der Barmherzige wird mir vergeben«, erwiderte er. »Mein Herr allerdings nicht, wenn ich mich verspäte.«

»Gottloses Gesindel«, hörte er den Beschließer murmeln, als er auf das Tor zutrat, um Lazarus hinauszulassen.

Ohne ein weiteres Wort drückte Lazarus sich an ihm vorbei und eilte, so schnell er konnte, davon.

Kapitel 55

Ein Wald, April 1412

ANNA UNTERDRÜCKTE NUR mit Mühe einen Schmerzensschrei, als sie mit dem Fuß umknickte und auf dem Boden aufschlug. Der Sprung über den Graben war weiter gewesen, als sie gedacht hatte, doch zu ihrer Erleichterung war sie nicht hineingefallen. Mit zusammengebissenen Zähnen rappelte sie sich wieder auf und humpelte weiter in die Richtung, in die Gallus verschwunden war. Bei jedem Schritt fuhr ihr ein stechender Schmerz in den Knöchel, doch sie erlaubte sich keine Schwäche. Sollte es ihr gelungen sein, die Hunde von ihrer Fährte abzubringen, war sie bald in Sicherheit.

Als sie die Deckung eines kleinen Tannengehölzes vor sich sah, hörte sie die Hunde wütend bellen, jaulen und knurren. Offenbar hatten sie den Graben erreicht und ihre Fährte verloren. Der winzige Funke Hoffnung genügte, um Anna mehr Kraft zu verleihen. Irgendwann musste der Wald zu Ende sein und dann würde sie gewiss jemanden finden, der ihr half, zurück nach Ulm zu gelangen. Der Name Ehinger bedeutete sicher auch im Umland der Stadt etwas. Wenn es ihr gelang, eines der Stadttore zu erreichen, war sie gerettet. Obwohl ihr das Auftreten immer schwerer fiel, beschleunigte sie ihre Schritte und floh weiter.

Es dauerte jedoch nicht lange, bis das Bellen der Hunde erneut durch den Wald hallte. Anstatt in der Ferne zu erklingen, schien es immer näher zu kommen, und wenig später brach die erste Bracke durchs Unterholz.

»Oh Gott!«, keuchte Anna und versuchte, schneller zu laufen.

Ohne Erfolg.

Nach wenigen Schritten hatte der erste Hund sie eingeholt und verstellte ihr mit gefletschten Zähnen den Weg. Es dauerte nicht lange, bis ein zweiter und ein dritter sich zu ihm gesellten.

»An deiner Stelle würde ich mich nicht bewegen«, übertönte eine tiefe Stimme den Lärm. Ein Mann tauchte aus den Schatten der Bäume auf und musterte Anna mit einem breiten Grinsen. »Dachtest wohl, du könntest entkommen?« Er lachte.

Anna wagte nicht, etwas zu erwidern. Wenn die Hunde ihr an die Kehle sprangen …

Der Mann steckte zwei Finger in den Mund und stieß einen Pfiff aus. Augenblicklich verstummte das Bellen und die Bracken setzten sich auf ihre Hinterläufe. Hechelnd sahen sie zu ihrem Herren auf.

»Bitte, lasst mich gehen«, flehte Anna. »Meine Familie …«

»Deine Familie interessiert mich nicht«, fiel ihr der Mann barsch ins Wort.

»Wenn Ihr mich gehen lasst, werdet Ihr reich belohnt.«

»Mein Herr bezahlt mich gut.«

»Bitte, Ihr müsst mich gehen lassen!«

Der Mann verzog abfällig das Gesicht. »Einen Dreck muss ich! Und jetzt komm, ich bringe dich zurück.«

Anna hob bittend die Hände. »Seid ein Christenmensch, habt Mitleid. Er wird mich töten, wenn er zurückkommt.«

Einen Augenblick sah es so aus, als ob Zweifel in den Blick des Mannes getreten wären. Doch dann machte er eine ungeduldige Kopfbewegung. »Ich sage es nicht noch mal«, drohte er.

Mit dem Gefühl, plötzlich einen Bleiklumpen in ihrer Brust zu haben, schloss Anna ergeben die Augen, ehe sie in seine Richtung humpelte.

»Beeil dich!«, herrschte er sie an. »Weglaufen konntest du flink wie ein Hase.«

Gallus hielt keuchend an und krümmte sich zusammen, um den stechenden Schmerz in seinen Seiten zu lindern. Er hatte keine Ahnung, wie weit er gelaufen war, doch das Bellen der Hunde war nicht mehr zu hören. Stattdessen rauschte der Wind in den Wipfeln der Bäume und blies ihm eine kühlende Brise ins Gesicht. Erhitzt fuhr er sich mit dem Ärmel über die Stirn und schöpfte Atem.

Er hatte keine Ahnung, wo er sich befand. Der Wald lag hinter ihm. Das Land vor ihm war hügelig und von einem Flickenteppich aus kleinen Feldern und Weiden überzogen. Hie und da weideten Schafe oder Kühe, in der Ferne erkannte er ein kleines Gehöft. Er ließ suchend den Blick schweifen, doch am Horizont war weit und breit keine Spur von einer größeren Ansiedlung zu entdecken. Er ließ sich auf einen Stein fallen und hob einen dicken Knüppel auf, der davor auf dem Boden lag. Diesen wog er in der Hand und fragte sich, ob er damit die Hunde beeindrucken würde. Vermutlich rissen sie ihn in Stücke, ehe er einem von ihnen den Schädel einschlagen konnte. Ein Rascheln im Gebüsch ließ ihn die Ohren spitzen. Als kurz darauf eine Katze an ihm vorbeischoss, atmete er erleichtert auf.

Von der Begine war weder etwas zu sehen noch zu hören. Er schien sie auf der Flucht verloren zu haben, was ihn einerseits erleichterte, ihm andrerseits ein ungutes Gefühl bescherte. Wenn die Kerle sie schnappten, würden sie sie zweifelsohne zurück in den Keller schleppen. Und was dann mit ihr geschehen würde, war ihm klar. Er wartete, bis es in seinen Seiten aufhörte zu stechen, dann erhob er sich und folgte einem kleinen Weg, der über die Felder nach Westen führte. Wenn er einen Fluss fand, konnte er ihm bis zur Donau folgen. Und die würde ihn weit weg von Ulm führen. Er sah sich ein paar Mal um, aber außer dem Wind folgte ihm niemand. Als er nach einiger Zeit eine kleine Anhöhe erreichte, sah er in der Ferne die silbernen Blätter von Pappeln glänzen. Zwischen den Bäumen wand sich ein glitzerndes Band hindurch.

»Die Donau«, murmelte Gallus. Er setzte seinen Weg fort, bis er das Ufer erreichte, wo er einen Bengel beim Fischen antraf. »He, du!«, rief er ihm zu.

Der Junge zuckte zusammen und versuchte schuldbewusst, die Angel hinter seinem Rücken zu verstecken.

»Wie komme ich nach Ulm?«, fragte Gallus.

Der Bengel wirkte erleichtert. Er zeigte mit dem Daumen über die Schulter. »Da lang«, sagte er.

»Wie weit ist es?«

»Weiß nicht, ich war noch nie dort.« Er zuckte die Achseln und wandte sich wieder dem Fluss zu.

Gallus ließ ihn stehen und hoffte, dass die Rotznase sich nicht irrte. Denn auf keinen Fall wollte er erneut einen Fuß in die Stadt setzen, in der inzwischen nicht nur die Stadtwachen sein Leben schwermachen konnten.

Die Kleine würde selber zusehen müssen, wie sie sich aus ihrer misslichen Lage befreite. Offensichtlich kannte sie den Kerl, der hinter allem steckte. Was ging es also ihn an?

Kapitel 56

Ulm, April 1412

LAZARUS FÜHLTE SICH entsetzlich unwohl in den gestohlenen Kleidern. Seit langer Zeit hatte er nichts anderes mehr getragen als sein Habit, weshalb er fürchtete, sich durch sein Gebaren zu verraten. Immer wieder begegneten ihm andere Bäcker, die ihn mit einem Tippen an die Kappe begrüßten. Der eine oder andere musterte ihn kritisch, vermutlich, weil sich jeder in der Zunft kannte. Lazarus wusste nicht, wie lange ihn die Verkleidung schützen würde, weshalb ihn alles zur Eile drängte. Er musste Anna finden!

Da er keine Ahnung hatte, wo er anfangen sollte zu suchen, beschloss er, sich auf den Weg zur Gräth zu machen. Auch wenn es riskant war, musste er irgendwie herausfinden, was mit Anna geschehen war. Vielleicht hatten die Kerle etwas zurückgelassen, was ihm einen Hinweis gab. Er drückte sich mit gesenktem Kopf durch die Gassen, bis der Glockenturm des Rathauses vor ihm auftauchte. Seit er das Spital verlassen hatte, hatte er wieder das Gefühl, ein Kobold mit einem Hammer säße in seinem Schädel, aber er ignorierte den Schmerz. Die Verletzung würde ihn nicht umbringen. Anna hingegen schwebte vermutlich in höchster Gefahr.

Er wich einer Gruppe von Barfüßern aus, die mit ernsten Mienen über den Platz schritten. Dann ließ er den Blick zur Wachstube wandern und stellte erleichtert fest, dass die Soldaten dort nicht in seine Richtung sahen. Mit einem kurzen Gebet auf den Lippen eilte er zur Gräth, vor deren Toren Hochbetrieb herrschte. Da keiner auf ihn achtete, mischte er sich unter eine Gruppe von Knechten, die schwere Säcke in das Zollhaus schleppten. Auch er griff nach einem Sack. Obwohl er unter der ungewohnten Last fast in die Knie brach, trug er den Sack ins Innere und stellte ihn ab, sobald er außer Sichtweite der Zöllner war. Dann verbarg er sich zwischen zwei Kistenstapeln und wartete darauf, dass das Dröhnen in seinem Kopf abebbte.

Es dauerte eine Weile, bis etwas Ruhe in der Gräth einkehrte und Lazarus es wagen konnte, sein Versteck zu verlassen. So schnell er konnte, begab er sich zu der Stelle, an der sie das Fass mit der Leiche entdeckt hatten, und wich erschrocken zurück, als er einen Stadtwächter erblickte. Dieser schien damit beschäftigt zu sein, die anderen Fässer und Kisten in diesem Bereich des Waaghauses zu durchsuchen. Lazarus machte hastig einen Schritt zur Seite, doch der Mann hatte ihn bereits entdeckt.

»Was willst du?«, fragte er.

Lazarus zwang sich zu einem Lächeln. »Nichts. Ich habe mich verlaufen. Wo ist der Ausgang?« Er hoffte inständig, dass der Mann ihm die Ausrede abnahm.

Der Soldat schüttelte den Kopf und zeigte nach Osten.

»Danke.« Lazarus machte auf dem Absatz kehrt und floh aus der Gräth. Draußen fuhr er sich mit den Handflächen übers Gesicht. Wie hatte er nur so dumm sein können, anzunehmen, dass er einen Hinweis finden würde? Am liebsten hätte er sich selbst in den Allerwertesten getreten. Er unterdrückte ein Stöhnen. Was hatte er sich nur dabei gedacht? Vermutlich gab es nicht die geringste Aussicht darauf, Anna zu finden. Wie auch? Die Stadt war riesig. Wenn jemand sie entführt hatte, gab es Tausende von Möglichkeiten, sie zu verstecken. Die Verzweiflung kehrte zurück. Was sollte er nur tun? Warum strafte Gott ihn auf diese grausame Art? War er nicht standhaft geblieben, als Anna ihn versucht hatte? Warum musste sein Glaube auf diese harte Probe gestellt werden? Er drückte die Fingerspitzen an seine Schläfen und beschrieb kleine Kreise damit. Dadurch wurde der Schmerz etwas gelindert und es gelang ihm, klarer zu denken. Er hatte nur eine Möglichkeit, herauszufinden, wo sich Annas Entführer aufhielten – er musste den Mann finden, dem ein Finger an der Hand fehlte.

Da es wenig Sinn hatte, durch die Stadt zu streifen auf der Suche nach jemandem, den er nicht kannte, beschloss er, sich bei den Knechten vor der Gräth durchzufragen. Allerdings schien keiner von ihnen zu wissen, wer der Mann war, den Lazarus suchte. Als er bereits aufgeben wollte, mischte sich ein Fuhrmann in sein Gespräch mit einem Träger ein.

»Ich weiß, wen du meinst«, sagte er.

Lazarus' Puls machte einen Satz.

»Du suchst nach Jobst, einem der Knechte des zweiten Bürgermeisters.«

Lazarus glaubte, seinen Ohren nicht zu trauen. »Des Bürgermeisters?«

Der Fuhrmann nickte. »Ich habe dort schon oft Waren angeliefert und abgeholt. Ich kenne Jobst. Warum suchst du nach ihm?«

»Das ist nicht wichtig«, log Lazarus.

Der Fuhrmann sah ihn misstrauisch an.

»Er hat meinem Herrn zu viel Geld bezahlt«, beeilte Lazarus sich zu sagen. »Das soll ich ihm zurückgeben.«

Den Fuhrmann schien diese Aussage zu befriedigen.

»Wo finde ich ihn?«, wollte Lazarus wissen.

Der Mann sagte es ihm.

Mit einem dankbaren Kopfnicken verabschiedete Lazarus sich von dem Wagenlenker und machte sich auf den Weg über den Münsterplatz in das Viertel der Stadt, in dem die reichen Patrizier wohnten. Dort fand er das beschriebene Haus nach einigem Suchen. Das große Tor stand weit offen und im Innenhof befanden sich zahlreiche Karren und Zugtiere. Lazarus zählte mindestens zwei Dutzend Männer, die die Karren be- und entluden. Von dem Gesuchten war jedoch nichts zu sehen. Vermutlich befand er sich in der Gewölbehalle, in der die Knechte mit den Waren verschwanden.

Lazarus überlegte nicht lange. Auch wenn er sich damit vermutlich in höchste Gefahr brachte, gab es keine andere Möglichkeit, um Anna zu helfen. Vielleicht wurde sie in dem Gebäude gefangen gehalten. Er hoffte inständig, dass er bei all dem Gewimmel nicht auffallen würde, und betrat den Hof. Als wäre es das Selbstverständlichste auf der Welt, steuerte er auf den Eingang zur Halle zu und betrat das kühle Innere.

»Hier herüber! Macht schon!«, trieb ein gut gekleideter Mann zwei der Träger an. »Wir haben nicht den ganzen Tag Zeit!«

Lazarus senkte den Blick und durchquerte die Halle, an deren anderem Ende sich mehrere Türen befanden. Obwohl er nicht die geringste Ahnung hatte, wohin er dadurch gelangen würde, öffnete er eine davon und schlüpfte hindurch. Erleichtert darüber, nicht entdeckt worden zu sein, schloss er sie hastig hinter sich und sah sich um. Er schien sich in einem Bereich zu befinden, in dem die Vorräte gelagert wurden, da über seinem Kopf mehrere Würste von der Decke hingen. Entlang der Wand stapelten sich Fässer, auf einem Tisch lag eine dicke Salzscheibe. Regale voller Tontöpfe reihten sich zwischen der Tür, durch die er den Raum betreten hatte, und einer anderen am entgegengesetzten Ende. Ohne lange zu überlegen, öffnete Lazarus auch diese und betrat den Küchenbereich.

»Wo ist das Mehl?«, blaffte ihn eine Frau mit einer Schürze an, sobald sie ihn hörte. Sie stand mit dem Rücken zu ihm und schürte die Glut in einem großen Backofen. »Du kommst doch nicht etwa mit leeren Händen?«

Lazarus zuckte zusammen. »Ich …«, hob er an.

»Stell es neben den Hacktisch!« Die Köchin warf einige Holzscheite in den Ofen und würdigte Lazarus zu dessen Erleichterung keines Blickes.

Während sie damit beschäftigt war, die eiserne Luke des Ofens mit einem Lappen zu schließen, floh Lazarus aus der Küche und fand sich in einer kleinen Halle wieder, von der aus eine Stiege ins Obergeschoss führte. Aus Angst, er könne weiteren Bediensteten begegnen, erklomm er hastig die Stufen und erreichte eine Wäschekammer. Er hatte gerade den Knauf gedreht, um zu sehen, was hinter der Tür lag, als ärgerliche Stimmen an sein Ohr drangen und er sich blitzschnell in die Kammer stahl.

»Ihr hättet besser auf ihn aufpassen müssen!«, knurrte jemand.

»Das haben wir!«

»Wenn ihr das hättet, würden wir jetzt nicht in dieser Lage stecken! Hatte ich euch nicht gesagt, dass es nie wieder zu so einem Vorfall kommen darf?«

»Wir haben versucht …«

»Einen Scheißdreck habt ihr!«, zeterte ein Mann, dessen Stimme sich vor Wut fast überschlug. »Wie viele habt ihr noch für ihn besorgt?«

»Keine mehr, Herr. Die letzte …«

»… war eine zu viel! Himmelherrgott, seht doch, was ihr angerichtet habt! Jetzt muss ich mich darum kümmern, dass das Mädchen den Mund hält. Und ich dachte, ich könnte sie zur Frau nehmen!«

Lazarus erstarrte. Redeten die Männer von Anna? Er ging in die Hocke und presste sein Auge ans Schlüsselloch.

Kapitel 57

Ulm, April 1412

»GEBT ACHT, DASS mein Vater das Haus nicht mehr verlässt«, befahl der Mann, dessen Stimme Lazarus vage bekannt vorkam.

War er ein Ratsmitglied? Durch das Schlüsselloch konnte Lazarus nicht viel erkennen: ein paar Beine und Schecken und eine Hand, an der zahlreiche Ringe funkelten.

»Er hört nicht auf uns«, protestierte der Angesprochene. »Was sollen wir tun, wenn er wieder einen seiner Wutanfälle bekommt?«

»Schlagt ihn nieder, fesselt ihn, lasst euch irgendetwas einfallen.«

»Aber er ist einer der Bürgermeister!«

»Wenn ihr nicht dafür sorgt, dass er keine weitere Torheit begeht, ist er bald einer der Verbrecher, die am Galgen hängen.«

Als der Mann sich bückte, um etwas vom Boden aufzuheben, erkannte Lazarus ihn. Er hatte ihn schon oft vor dem Rathaus gesehen. Es musste sich um Johannes, den Sohn des Bürgermeisters, handeln, an den Annas Bruder sie hatte vermählen wollen.

Für den Bruchteil eines Augenblicks war Lazarus versucht, aus der Kammer zu stürmen und die Männer zu überrennen. Doch sie waren in der Überzahl. Alles, was er damit erreichen würde, war, dass sie ihn entweder einsperrten oder töteten.

»Du kommst mit mir, Jobst«, befahl Johannes. »Ich kümmere mich um die Kleine, du machst den Spielmann mundtot.«

»Sollen wir sie dann auch in die Gräth bringen?«, fragte Jobst.

»Nein. Jetzt, wo die Wächter wissen, wie ihr die Leichen losgeworden seid, müssen wir sie irgendwo verscharren.«

»Aber der Herr will nicht, dass sie im Wald begraben werden«, wandte der Knecht ein.

»Was mein Vater will, hat keine Bedeutung mehr! Hättet ihr die anderen einfach den Tieren zum Fraß gelassen, wären wir jetzt nicht in dieser vermaledeiten Lage!«

»Er hatte Angst, dass sie wiederkehren und seine Seele holen könnten, wenn wir sie so nah am Gut begraben«, sagte Jobst. »Außerdem hatte er Angst, dass die Tiere ihre Knochen ins Dorf schleifen könnten und die Bauern misstrauisch werden. Bis man ihre Leichen in den Fässern entdeckt hätte, wären sie weit, weit fort gewesen, vermutlich irgendwo auf dem Schwarzen Meer.«

»Dieser Narr!«, schimpfte Johannes. Er stöhnte. »Warum seid ihr nicht früher zu mir gekommen? Dann hätte all das vermieden werden können.«

»Er ist unser Herr.«

»Ab jetzt bin *ich* euer Herr!«, herrschte Johannes ihn an. »Ihr tut, was *ich* sage! Und jetzt spannt ein neues Pferd an, wir müssen zurück nach Stetten.«

Lazarus zog sich hastig von der Tür zurück, als Bewegung in die Gruppe kam. Nach Stetten? War das der Ort, an dem sie Anna gefangen hielten? Er hatte keine Zeit, lange zu überlegen. Wenn er jetzt nicht handelte, würde er sie nie wiedersehen. Kaum fiel die Tür hinter der Gruppe ins Schloss, huschte er zurück ins Erdgeschoss, ignorierte den verdutzten Blick der Köchin und rannte ins Freie. So schnell er konnte, legte er den Weg zum Spital zurück, wo er vom Torhüter aufgehalten wurde.

»Du schon wieder?«, fragte der mürrisch.

»Ich bin es, Bruder Lazarus«, zischte Lazarus. Er nahm die Kappe ab, so dass der Beschließer seine Tonsur sehen konnte.

»Bruder Lazarus? Wieso …?«

»Ich bitte dich bei allen Heiligen, sei still!« Lazarus drängte sich durchs Tor und sah sich im Spitalhof um. Der Stadtwächter stand immer noch vor dem Wohngebäude. Offensichtlich hatte man Lazarus' Flucht noch nicht bemerkt. »Vertraust du auf Gott?«, fragte er.

»Natürlich! Wie kannst du so etwas fragen?«

»Dann musst du *mir* vertrauen. Wenn du mich der Wache meldest, geschieht ein furchtbares Unrecht. Ich brauche sofort ein Pferd.«

»Ich kann dir kein Pferd bringen«, protestierte der Torhüter. »Warum hat man dich überhaupt unter Arrest gestellt?«

»Weil man mich eines Verbrechens bezichtigt, das ich zu verhindern versuche«, erklärte Lazarus. »Wenn du mir nicht hilfst, ein Pferd zu holen, stirbt Schwester Anna!«

»Die Begine?« Die Augen des Beschließers weiteten sich ungläubig.

Lazarus nickte. »Bitte! Ich schwöre bei Gott und allem, was mir heilig ist, dass man mich zu Unrecht beschuldigt.« Er zog das Kreuz unter seiner Tracht hervor und hielt es an die Lippen. »Gott ist mein Zeuge.«

Der Torhüter runzelte die Stirn. »Wie soll ich das bewerkstelligen?«, fragte er schließlich.

Lazarus fiel ein Stein vom Herzen. »Sag einem der Burschen, sie sollen ein Pferd satteln und zum Tor bringen«, schlug er vor.

»Und wenn der Spitalmeister …?«

»Dann gebe ich mich ihm zu erkennen und vertraue auf Gottes Gnade«, fiel Lazarus ihm ins Wort.

»Warum tust du das nicht gleich?«

»Weil ich Gottes Gnade nicht zu sehr in Anspruch nehmen will«, gab Lazarus trocken zurück.

Einen Augenblick lang schien der Beschließer zu überlegen. Dann stieß er einen Pfiff aus, winkte einen Jungen herbei und trug ihm auf, ein Pferd zu ihm zu bringen. Als der Bursche kurz darauf mit einer Schimmelstute über den Hof kam, sandte Lazarus ein Dankgebet zum Himmel.

»Bist du sicher, dass du dich dem Magister Hospitalis nicht anvertrauen willst?«, fragte der Torhüter. Sorge schwang in seiner Stimme mit. »Wenn es um Leben und Tod geht …«

»Ich habe keine Zeit zu verlieren«, gab Lazarus zurück und schwang sich in den Sattel. »Jede Minute, die wir mit Reden vergeuden, bringt Schwester Annas Leben weiter in Gefahr.«

»Warte!«

Aber Lazarus hatte die Stute bereits gewendet und gab ihr die Sporen.

Kapitel 58

Ein Gutshof, April 1412

DER WEG ZURÜCK zum Gutshof war eine Qual für Anna. Immer wieder knickte sie um, stolperte oder konnte vor Schmerz nicht weitergehen.

Der Mann mit den Hunden zeigte jedoch keinerlei Erbarmen und trieb sie mit harten Worten weiter.

»Ich kann nicht mehr«, keuchte Anna, als sie den Waldrand erreichten. Vor ihnen lag das Anwesen, von dem sie geflohen war. Immer wieder hatte sie sich vergeblich nach Gallus umgesehen, der bereits über alle Berge zu sein schien. Wenn der Mann sie wieder in den Keller sperrte, war sie Johannes schutzlos ausgeliefert. Tränen stiegen ihr in die Augen, da inzwischen jeder Schritt einen glühenden Schmerz in ihrem Bein bewirkte.

»Soll ich die Hunde auf dich hetzen?«, knurrte der Mann. Er hob drohend die Hand an den Mund, als wolle er pfeifen.

»Nein!« Anna biss die Zähne zusammen und humpelte weiter, auch wenn ihr die Tränen über die Wangen liefen. Als sie den Gutshof endlich erreichten, war sie beinahe froh darüber. Ehe das Tor hinter ihnen ins Schloss fiel, warf sie einen letzten Blick über die Schulter. Doch von Gallus war immer noch nichts zu entdecken. Er hatte sie im Stich gelassen. Warum hätte er auch sein eigenes Leben riskieren sollen, um ihres zu retten? Schließlich kannte er sie kaum.

Sie ließ sich von dem Knecht zurück in den Keller bringen und sank ermattet auf das Bett in der Zelle, aus der sie und Gallus geflohen waren.

»In deiner Haut möchte ich nicht stecken, wenn der Herr zurückkommt«, brummte der Mann, bevor er die Tür hinter sich zuschlug und Anna allein ließ.

Es dauerte eine Weile, bis das Stechen in ihrem Knöchel nachließ. Doch was brachte das schon? Sie war in derselben Lage wie vorher, saß in der Falle und wartete darauf, was Johannes mit ihr anstellen würde. Da sie bereits erlebt hatte, wie er sich benahm, wenn er wütend war, stieg unaufhaltsam Todesangst in ihr auf. Er würde sie, ohne mit der Wimper zu zucken, erschlagen. So wie er vermutlich auch Englin erschlagen hatte. Die Erinnerung an die tote Badersmagd sorgte dafür, dass Übelkeit in Anna aufstieg. Ihr Leben war verwirkt. Sie würde, ohne eine letzte Beichte abgelegt zu haben, einen gewaltsamen Tod sterben, der sie zu einer Ewigkeit der Qualen im Fegefeuer verdammte.

Dass Johannes' Vater, der Bürgermeister, in die Sache verwickelt war, machte alles nur noch schlimmer. »Heilige Muttergottes, hilf mir«, murmelte sie und nagte auf ihrer Unterlippe herum. Was, wenn sie versuchte, Johannes zu betören? Wenn sie vorgab, sein Weib werden zu wollen? Konnte sie ihr Leben dadurch retten? Würde er ihr glauben? Oder würde er die List als solche erkennen? Sie fuhr sich mit den Händen übers Gesicht. Natürlich würde er sie durchschauen, er war kein Narr. Aber er schien sie wirklich zu begehren. Vielleicht war es möglich, einen Handel mit ihm einzugehen. Sollte er ihr Leben verschonen, würde sie sich ihm als Weib hingeben. Allein der Gedanke daran, was ihr dann für den Rest ihres Lebens bevorstand, ließ sie würgen. Doch in ihrer Lage konnte sie nicht wählerisch sein.

Sie fasste einen Entschluss. Obwohl er sie abstieß, würde sie versuchen, ihn mit ihren weiblichen Reizen umzustimmen, damit er sie verschonte.

~

Lazarus hatte Mühe, sich im Sattel zu halten. Er war kein besonders guter Reiter und die Stute schien einen eigenen Kopf zu haben. Während er den Fluss entlang nach Osten jagte, verlor er immer wieder den Steigbügel und musste sich an der Mähne des Tieres festklammern. Vor ihm auf der breiten Straße reihte sich Fuhrwerk an Fuhrwerk und er hatte keine Ahnung, ob er den Sohn des Bürgermeisters bereits überholt hatte oder nicht. Da er nicht genau wusste, wohin Anna gebracht worden war, hoffte er, vor Johannes am Ziel zu sein, um sich in dem Ort durchzufragen. Gewiss wussten die Bauern, wo der reiche Ulmer sein Anwesen hatte, viele arbeiteten vermutlich für ihn.

Je länger er ritt, desto mehr wurde ihm bewusst, wie gefährlich sein Vorhaben war. Der Sohn des Bürgermeisters hatte sicher mehr als einen Knecht dort, wo Anna gefangen gehalten wurde, und Lazarus besaß nicht einmal eine Waffe. Wie sollte er die Männer überwältigen? Ein Mönch war kein Kämpfer, das wurde ihm mit jeder Meile mehr bewusst. Dennoch konnte er nicht einfach aufgeben und Anna ihrem Schicksal überlassen. Sie bedeutete ihm mehr als sein eigenes Leben. Für sie war er bereit, alles aufzugeben. Mit seiner Flucht aus dem Spital hatte er sein Schicksal vermutlich bereits besiegelt, da der Magister

Hospitalis eine so gravierende Geste des Ungehorsams nicht ungesühnt lassen konnte. Wenn er seine Drohung wahr machte, erwartete Lazarus eine schlimme Strafe aus Rom, vielleicht sogar die Exkommunikation.

Er wischte die Gedanken beiseite, als in der Ferne eine Ansiedlung auftauchte, bei der es sich um Stetten handeln musste. Wenn er sich nicht verirrt hatte, war er fast am Ziel. Ohne auf den Zweifel zu achten, der sich zu Wort melden wollte, ritt er die schmaler werdende Straße entlang, bis er den Dorfgraben erreichte. Die Ansiedlung war zwar klein, aber die Katen wirkten ordentlich und sauber. Die kleinen Felder zeugten von der Armut der Bauern, in der Ferne erstreckte sich ein weites Waldgebiet. Auf einem Hügel mitten im Dorf befand sich ein Anwesen, bei dem es sich mit Sicherheit um das des Patriziers handelte. Es war weit und breit das einzig gemauerte Haus und von einer hohen Mauer umgeben. Zusätzlich wurde es durch ein Tor gesichert, auf dem sich eiserne Spitzen befanden. Als Lazarus am Wegrand einen kleinen Jungen entdeckte, beugte er sich aus dem Sattel zu ihm hinab und fragte: »Wer wohnt dort?«

Der Junge starrte ihn mit großen Augen an.

»Kannst du nicht sprechen?«

»Natürlich kann ich sprechen!«, war die empörte Antwort. »Bist du ein Müller?« Er zeigte auf Lazarus' mehlbestäubte Kleider.

Lazarus schüttelte den Kopf.

»Suchst du Arbeit?«

»Weißt du, wer dort wohnt?«, beantwortete Lazarus die Frage mit einer Gegenfrage.

»Der Herr.«

»Ist er aus Ulm?«

»Weiß nicht.«

»Weißt du, ob er da ist?«

»Ich glaube nicht. Meistens kommt er mit einem Pferd oder einer Kutsche.«

Das genügte Lazarus. Er war sicher, dass er das richtige Anwesen ausgemacht hatte. Jetzt galt es, irgendwie in den Hof zu gelangen, um Anna zu finden, bevor die Männer das Dorf erreichten. »Weißt du, ob eine Frau in dem Haus wohnt?«, fragte er.

Der Junge zuckte die Achseln. »Die fette Elsbeth«, gab er zurück.

Lazarus zog die Brauen hoch.

»Sie kocht für den Herrn«, erklärte der Junge und bedachte ihn dabei mit einem Blick, als ob er ihn für schwachsinnig hielt.

»Ah.« Lazarus versuchte, sich seine Enttäuschung nicht anmerken zu lassen. Vermutlich hatte der Sohn des Bürgermeisters Anna irgendwo eingesperrt, damit sie niemand zu Gesicht bekam. Er ließ den Bengel stehen und hoffte, dass er nicht durchs Dorf rannte, um allen zu erzählen, dass ein Fremder sich nach seinem Herrn erkundigt hatte. Auf dem Weg den kleinen Anstieg hinauf überlegte er sich, ob er einfach anklopfen und die fette Elsbeth überrumpeln sollte. Wenn sie alleine war, gelang es ihm vielleicht. Doch sollte noch mehr Gesinde im Hof sein …

Er verwarf den Gedanken und zuckte zusammen, als der Junge plötzlich laufend neben seiner Stute auftauchte. »Da kommt eine Kutsche!«, stieß er atemlos hervor. »Das ist bestimmt der Herr.« Er sah zu Lazarus auf, als ob er etwas von ihm erwarten würde.

Lazarus begriff. Er zügelte das Pferd und durchsuchte

die Taschen. Allerdings war in der Bäckerstracht nichts zu finden, was er dem Jungen hätte geben können. Er zuckte entschuldigend die Achseln.

Der Bursche musterte ihn mit einer Mischung aus Enttäuschung und Ärger. Dann machte er kehrt und trollte sich.

Lazarus schickte ein Stoßgebet zum Himmel, dass er ihn nicht verraten würde, ehe er seine Stute wieder antrieb und um den Gutshof herumritt. Auf der Rückseite glitt er aus dem Sattel, band das Tier an und überlegte, was er tun sollte.

Kapitel 59

Ein Gutshof, April 1412

LAZARUS HATTE MÜHE, das Gleichgewicht zu halten. Mit leisem Zureden hatte er die Stute dazu bewegt, sich direkt neben die Mauer zu stellen, und sie dort an einem Baum festgebunden. Dann hatte er sich zurück in den Sattel geschwungen und sich vorsichtig aufgerichtet, so dass er auf dem Rücken des Pferdes stehen konnte. Mit beiden

Händen klammerte er sich an der Mauerkrone fest und hoffte, dass das Tier sich nicht plötzlich bewegte. Ein Blick über die Mauer verriet ihm, dass er sich bei einem kleinen Hinterhof befand, in dem mehrere Wäscheleinen gespannt waren. Von den Männern und der Kutsche war noch nichts zu endecken.

Mit wild klopfendem Herzen zog er sich weiter hoch, schwang die Beine über die Krone und sprang in den Hof, obwohl sein Kopf immer noch heftig schmerzte. Dass er sich damit vielleicht in eine Falle begab, ignorierte er. Zwischen die Wäschestücke geduckt, huschte er zu dem nächstliegenden Gebäude, bei dem es sich um einen Stall zu handeln schien. Er betrat das Innere, rümpfte die Nase und schlich durch die Gasse zwischen den Koben zu einer Tür am anderen Ende. Von dort gelangte man in einen größeren Hof, in den soeben der Einspänner des Hausherrn einfuhr.

»Soll ich abschirren?«, fragte ein Knecht, der aus dem Hauptgebäude auftauchte.

Der Mann auf dem Bock, Jobst, schüttelte den Kopf.

Die Tür des hölzernen Aufbaus der Kutsche öffnete sich und der Sohn des Bürgermeisters sprang leichtfüßig auf den Boden.

»Gut, dass Ihr zurück seid, Herr!«, hörte Lazarus den Knecht ausrufen.

»Warum? Machen die beiden Schwierigkeiten?«

»Sie haben versucht zu fliehen!«

Lazarus' Herz setzte einen Schlag aus. War Anna die Flucht gelungen?

»Was?« Johannes hob die Hand, um dem Knecht einen Hieb zu versetzen. »Du verdammter Tölpel! Wo sind sie?«

Der Mann hielt sich die Wange und senkte den Kopf. »Das Mädchen habe ich wieder eingefangen, aber der Spielmann ist über alle Berge.«

Lazarus' Mut sank.

»Verdammt!« Einen Augenblick lang sah es so aus, als ob der erzürnte Hausherr seinen Knecht erneut züchtigen wollte, doch dann besann er sich eines Besseren. »Zeig Jobst, wo du ihn verloren hast«, knurrte er. »Nehmt die Hunde mit und sucht noch mal nach ihm!«

»Aber …«

»Tut, was ich sage!« Mit hochrotem Kopf ließ er die beiden Männer stehen und stürmte ins Hauptgebäude.

Lazarus ballte die Fäuste. Macht schon, dachte er ungeduldig. Wenn die beiden den Hof verließen, war sein Vorhaben vielleicht doch nicht so aussichtslos. Er hoffte inständig, dass Johannes Anna bis dahin nichts antat. Wenn er nur eine Waffe hätte!

Anna schrak zusammen, als sich Schritte ihrem Gefängnis näherten. Mit plötzlich feuchten Handflächen strich sie sich eine Strähne aus dem Gesicht und versuchte, ein Lächeln aufzusetzen. Allerdings missglückte der Versuch kläglich, als Johannes die Tür entriegelte und auf der Schwelle erschien. Alles in ihr sträubte sich dagegen, ihm zu Gefallen zu sein.

»Wo ist der andere?«, fragte er ohne Umschweife.

Anna wich vor ihm zurück, als er, bebend vor Zorn, auf sie zukam.

»Sag es mir!«, herrschte er sie an und baute sich so dicht vor ihr auf, dass sie den Kopf in den Nacken legen musste.

Starr vor Furcht, sah sie zu ihm auf.

»Wo ist er?«, zischte er.

Anna schüttelte den Kopf. »Ich weiß es nicht«, erwiderte sie mit zitternder Stimme.

Johannes holte aus und versetzte ihr einen solch gewaltigen Schlag, dass sie zur Seite taumelte.

»Ich frage dich nicht noch mal!«, tobte er.

Anna schmeckte Blut. Ihre Lippe musste von dem Hieb aufgeplatzt sein. Sie hielt sich an einem der Bettpfosten fest und kämpfte gegen die Tränen an, die ihr in die Augen schossen. Sie würde nicht heulen wie ein kleines Mädchen!

»Wo ist er?«, zischte Johannes. Er packte sie bei den Armen und schüttelte sie, bis ihre Zähne aufeinanderschlugen.

Als er sie losließ, wich Anna vor ihm zurück. Allerdings kam sie nicht weit.

»Wie du willst«, stieß er hervor, als sie weiterhin schwieg. Mit grimmiger Miene löste er seinen Gürtel und schwang ihn drohend durch die Luft.

Anna sah ihn entsetzt an. »Bitte, Johannes«, flehte sie. »Wenn du mich gehen lässt, werde ich deine Frau.« Die Worte bereiteten ihr Übelkeit, aber die Alternative erschien ihr im Augenblick wesentlich bedrohlicher.

Johannes lachte freudlos. »Dafür ist es zu spät. Glaubst du im Ernst, ich würde zulassen, dass du diesen Ort jemals wieder verlässt?«

Annas Herz setzte einen Schlag aus. Dann wallte Wut in ihr auf. »Willst du mich töten so wie Englin?«

Er faltete den Gürtel in der Mitte und kam auf sie zu. »Wer weiß. Vielleicht vergnüge ich mich auch eine Weile mit dir, bevor ich deiner überdrüssig werde«, presste er zwischen den Zähnen hervor.

Annas Plan, ihn durch ihre weiblichen Reize zu betören, löste sich in Luft auf. Niemals würde sie sich diesem Widerling hingeben. Als er noch einen Schritt auf sie zumachte und den Arm hob, um sie mit dem Gürtel zu schlagen, duckte sie sich und sprang zur Seite.

Der Hieb durchschnitt die Luft.

So schnell, dass sie fast über ihre Röcke gestolpert wäre, humpelte Anna auf die Tür zu.

Johannes setzte ihr mit einem Schrei nach.

Sie hatte die Schwelle gerade erreicht, als Johannes sie bei den Haaren packte und nach hinten riss. Dann legten sich seine Hände um ihren Hals.

»Lass sie sofort los!«

Trotz ihrer Furcht erkannte Anna die Stimme.

»Hast du mich verstanden?« Lazarus schwang drohend einen Knüppel und betrat den Kellerraum. Er steckte in einer Bäckerstracht, die schon bessere Tage gesehen hatte. »Lass sie los!«

Johannes lockerte den Griff.

Anna rang keuchend um Atem.

»Wer zum Teufel bist du denn?«, knurrte Johannes. Er versetzte Anna einen Stoß, der sie zum Bett taumeln ließ.

»Jemand, der dir dein dreckiges Handwerk legen wird!« Ohne zu zögern, betrat Lazarus die Zelle, holte mit dem Knüppel aus und traf Johannes am Oberarm.

Der machte seiner Wut mit einem Laut Luft, der Anna an ein wildes Tier erinnerte. Dann stürzte er sich auf Lazarus und schlug wie ein Wildgewordener auf ihn ein.

Obwohl Lazarus sich heftig wehrte, dauerte es nicht lange, bis Johannes ihm den Prügel entwand und ihn mit einem gewaltigen Hieb zu Boden streckte.

»Du hättest in deiner Backstube bleiben sollen«, zischte

er und hob den Knüppel, um ihn auf Lazarus niedersausen zu lassen.

Da kam Leben in Anna. Obwohl sie immer noch Schwierigkeiten beim Atmen hatte, war sie mit zwei Schritten beim Tisch, hob den schweren Kerzenständer, der dort stand, auf und prügelte damit blindlings auf Johannes los.

Die Ablenkung genügte, um ihn herumwirbeln zu lassen. »Himmel, Arsch und Zwirn!«, fluchte er, holte aus und schlug Anna mit dem Handrücken ins Gesicht.

Diesen Moment nutzte Lazarus, um ihm die Beine unter dem Körper wegzufegen. Als er auf dem harten Boden aufschlug, warf Lazarus sich auf ihn, holte sich den Knüppel zurück und rammte ihn Johannes gegen die Schläfe.

Augenblicklich erschlafften seine Glieder.

Heftig atmend rappelte Lazarus sich auf, umklammerte den Prügel und stand einige Augenblicke da, über Johannes gebeugt. Doch der rührte sich nicht mehr.

»Oh, mein Gott, Lazarus!« Ohne nachzudenken, flog Anna auf ihn zu und fiel ihm um den Hals. »Ich dachte, du seist tot«, schluchzte sie.

Einen Moment lang versteifte sich Lazarus, dann ließ er den Knüppel fallen, schlang die Arme um sie und vergrub das Gesicht in ihrem Haar. »Und ich dachte, ich komme zu spät«, murmelte er.

Wie Ertrinkende klammerten sie sich aneinander fest, bis Annas Tränen schließlich versiegten. Mit einem Schniefen machte sie sich von Lazarus los und sah zu ihm auf. »Was sollen wir jetzt tun?«, fragte sie mit einem Blick auf Johannes.

»Weglaufen, so schnell wir können.«

Ein Geräusch ließ Anna aufhorchen. Aus dem Augenwinkel sah sie, wie eine Gestalt im Türrahmen auftauchte. Ehe sie reagieren konnte, griff eine Hand nach dem Knauf und zog die Tür ins Schloss.

Das Geräusch des Riegels durchschnitt die plötzliche Totenstille in ihrem Gefängnis.

Kapitel 60

Ein Gutshof, April 1412

GALLUS WUSSTE NICHT, warum sich ausgerechnet an diesem Tag ein Funken Anstand in ihm geregt hatte, aber je weiter er sich von dem Gehöft entfernt hatte, desto schlechter war sein Gewissen geworden. Ihm war klar, was das Mädchen erwartete, wenn die Männer zurückkehrten. Obwohl er sich für einen hartgesottenen Gesellen hielt, den so schnell nichts erschüttern konnte, hatte ihre Unschuld ihn irgendwie gerührt. Deshalb hatte er wider besseres Wissen kehrtgemacht und war den ganzen Weg zurückgelaufen.

Jetzt kauerte er im Geäst einer alten Eiche und beobachtete, wie sich zwei Männer mit den Hunden erneut auf den Weg zum Waldrand machten. Zu seiner Erleichterung steuerten sie auf eine Stelle zu, die weit von ihm entfernt war, weshalb die Hunde ihn vermutlich nicht wittern konnten. Bei einem der Kerle schien es sich um denselben Mann zu handeln, der ihnen bei ihrer Flucht nachgejagt war. Den anderen konnte er aus der Entfernung nicht erkennen.

Von seinem Aussichtspunkt sah er, dass eine Kutsche im Hof des Anwesens stand, allerdings rührte sich nichts. Nachdem das Bellen der Hunde kaum mehr zu hören war, kletterte er vom Baum und rannte auf die Hinterseite des Gutshofes zu. Dort hatte jemand ein Pferd bei der Mauer angebunden, das Gallus mit einem leisen Wiehern begrüßte.

»Wo ist dein Herr?«, wisperte er und tätschelte dem Tier den Hals.

Als Antwort warf es den Kopf.

Gallus überlegte nicht lange. Wenn er der Kleinen helfen wollte, musste er in den Hof gelangen. Er tat es nicht aus Freundlichkeit, redete er sich ein. Gewiss sprang eine Belohnung für ihn heraus, wenn er sie zurück in die Stadt brachte. Er zog sich in den Sattel des Pferdes, richtete sich auf und schwang sich über die Mauer. Dann schlich er auf das Hauptgebäude zu und suchte nach einer unverschlossenen Tür.

Im Inneren des Hauses spitzte er die Ohren, doch außer dem Gackern eines verirrten Huhns war nichts zu hören. Auf Zehenspitzen huschte er den Gang entlang, bis er die Treppe fand, die in den Keller führte. Wenig später erreichte er die von außen verriegelte Tür des Gefängnisses.

Nachdem er sich ein letztes Mal versichert hatte, dass ihm niemand gefolgt war, hob er den Riegel aus der Halterung und öffnete die Tür. Als er den Kopf in die Zelle steckte, traf ihn ein Schlag an der Schulter.

»Was soll das?«, protestierte er, sobald er erkannte, wer auf ihn eingeschlagen hatte.

»Du?« Die Begine hielt den Mann, der mit ihr in dem Raum eingeschlossen war, davon ab, ihm erneut eines überzubraten.

»Wer bist du?«, fragte der.

Gallus' Blick fiel auf den Boden, wo der Sohn des Bürgermeisters lag.

»Wart ihr das?«, fragte er anstelle einer Antwort.

~

Anna nickte. Sie bedeutete Lazarus, den Prügel sinken zu lassen, und sagte: »Das ist Gallus. Er war auch hier eingesperrt.« In wenigen Worten berichtete sie Lazarus, was sie von dem Spielmann erfahren hatte.

»So etwas hatte ich vermutet«, gab Lazarus zurück. »Ich habe ihn«, er zeigte mit dem Kinn auf den immer noch bewusstlosen Johannes, »belauscht.«

»Dann weißt du, dass wir es mit Mördern zu tun haben«, sagte Gallus. Er gab ihnen einen Wink. »Wir sollten so schnell wie möglich von hier verschwinden, bevor die Kerle mit den Hunden wiederkommen.«

»Es muss noch jemand im Haus sein«, wandte Anna ein.

»Die fette Elsbeth«, stöhnte Lazarus. »Warum ist mir das nicht früher eingefallen?«

»Du weißt, wer uns hier eingesperrt hat?«, fragte Anna.

Er zuckte die Achseln. »Ein Junge im Dorf hat mir den Namen der Köchin genannt. Vermutlich hat sie die Tür verriegelt.«

»Wollt ihr weiter hier herumstehen und reden?«, brummte Gallus.

»Nein.« Lazarus riss einen Streifen Stoff aus seiner Bäckerstracht. Damit fesselte er Johannes Hände und Füße. Als er fertig war, schulterte er den Knüppel und fasste Anna bei der Hand. »Mein Pferd ist hinter dem Haus angebunden.«

»Und wie soll *ich* hier wegkommen?«, wollte Gallus empört wissen.

»Der Einspänner?«, schlug Anna vor.

Gallus schüttelte den Kopf. »Mit so etwas kann ich nicht umgehen. Warum nehmt ihr nicht die Kutsche und ich das Pferd?«

»Meinetwegen«, erwiderte Lazarus. »Und jetzt nichts wie fort von hier!«

»Ihr werdet nicht weit kommen«, ließ sich Johannes vernehmen, der offenbar zu sich gekommen war.

»Ach ja?«, spuckte Gallus abfällig aus. »Und wie willst du uns daran hindern?«

»Ich finde euch, egal wo ihr euch versteckt.«

»Wir haben nicht vor, uns zu verstecken«, gab Lazarus zurück. »Wir werden Euch und Euren Vater bei der Stadtwache anzeigen. Dann wird ans Licht kommen, was Ihr hier getrieben habt.« Er sah verächtlich auf den am Boden Liegenden hinab. »Wie viele Frauen habt Ihr ermordet?«

»Der Teufel soll dich holen!«, zischte Johannes.

Lazarus lächelte freudlos. »Dieses Schicksal wird wohl eher Euch vorbehalten bleiben.« Er fasste Anna bei der

Hand und zog sie aus dem Keller. »Nichts wie fort von hier.«

Anna atmete erleichtert auf, als sie wenig später im Freien standen. »Bleib dicht bei uns«, forderte Lazarus Gallus auf, der sich auf den Weg zum Tor machte.

»Ich komme aber nicht mit nach Ulm«, sagte der.

»Wieso nicht?«

»Weil man mich der Stadt verwiesen hat und die Wache mich für einen Strolch hält.«

»Du bist ein wichtiger Zeuge!«, hielt Lazarus ihm entgegen.

»Ich glaube nicht, dass mir ein Gericht Glauben schenken würde«, war Gallus' Antwort. »Eure Aussage wird genügen müssen.«

»Aber du hast gesehen, wer Konrad angegriffen hat«, sagte Anna. »Du bist der Einzige, der von der anderen Toten weiß.«

Gallus schien einen Augenblick zu überlegen, ehe er listig fragte: »Denkt ihr, es gibt eine Belohnung?«

Anna begriff. Er wollte nur handeln. »Auf die Ergreifung eines Mörders ist sicher eine Belohnung ausgesetzt.«

»Auch wenn es sich um den Bürgermeister und seinen Sohn handelt?«

»Auch dann«, erwiderte Anna und hoffte, dass sie sich nicht irrte. Dann kletterte sie mit Lazarus auf den Bock des Einspänners und kurz darauf befanden sie sich auf der Straße, die nach Ulm führte.

Kapitel 61

Ulm, April 1412

»Eure Anschuldigungen sind ungeheuerlich.« Der Hauptmann der Wache sah von einem zum anderen und schüttelte den Kopf. »Ihr behauptet, der Bürgermeister, sein Sohn und seine Knechte hätten Frauen auf einem Gutshof gefangen gehalten, ermordet und in die Gräth gebracht, um sie dort in Heringsfässer zu stecken?« Die Ungläubigkeit schwang deutlich in seiner Stimme mit.

»Ja, ich habe es selbst gehört«, beteuerte Lazarus. »Der alte Mann hatte Angst, dass die Toten wiederkehren und seine Seele holen könnten. Bis man die Leichen in den Fässern entdeckt hätte, wären sie weit fort gewesen und niemand hätte mehr nachvollziehen können, wo sie getötet und in die Fässer gesteckt worden sind.«

Der Hauptmann blies die Wangen auf. »Was Ihr mir hier auftischt, ist ein ziemlich dicker Brocken. Warum hätten sie das tun sollen?« Er warf Lazarus einen scharfen Blick zu. »Und wenn ich mich recht entsinne, wart Ihr unter Hausarrest gestellt!«

Lazarus wich seinem Blick aus.

»Lazarus hat nichts getan! Der Zimmermann Konrad wurde vergiftet, weil er als Zöllner in der Gräth gearbeitet hat«, kam Anna ihm zu Hilfe. »Der Mann, den die Gänsemagd im Spital gesehen hat, ist ein Knecht des Bürgermeisters!«

»Er heißt Jobst. *Er* ist der Mörder«, ergänzte Lazarus.

»Und wo ist dieser Jobst jetzt?«, wollte der Hauptmann wissen.

»Auf dem Gutshof. Er sucht mit den Hunden den Wald nach uns ab«, brummte Gallus. Er stand mit verschränkten Armen in der Wachstube und schien sich alles andere als wohlzufühlen in seiner Haut.

»Ihr wisst, dass ich euch eigentlich alle verhaften und in den tiefsten Kerker werfen sollte«, sagte der Hauptmann mit einem grimmigen Ausdruck auf dem Gesicht. »Ihr«, er zeigte auf Anna, »seid mit ihm«, sein Finger wanderte weiter zu Lazarus, »unbefugt in die Gräth eingedrungen. Dann ist er aus dem Spital geflohen, wo er unter Hausarrest gestellt war.« Sein Blick fiel auf Gallus. »Und du bist der Stadt für dreißig Tage verwiesen worden. Was sollte mich davon abhalten, euch allesamt in den Turm sperren zu lassen?«

»Das dürft Ihr nicht!«, rief Anna aus.

»Ach?« Der Hauptmann bedachte sie mit einem Blick, der ihr das Blut aus dem Gesicht weichen ließ. »Ihr spaziert in meine Wachstube und tischt mir ein derart abenteuerliches Märchen auf, dass ich mich fragen muss, ob ihr noch bei Sinnen seid.«

»Aber Ihr habt doch die Tote in der Gräth gefunden«, wandte Lazarus ein. »Wie könnt Ihr an dem zweifeln, was wir sagen?«

»Zum einen, weil ihr den zweiten Bürgermeister und seinen Sohn beschuldigt. Das sind nicht irgendwelche dahergelaufenen Strolche.« Er funkelte Gallus an. »Zum anderen, weil jeder Einzelne von euch gegen das Gesetz verstoßen hat. Und sie«, er zeigte erneut auf Anna, »ist zudem eine Begine!«

»Wir haben nur gegen das Gesetz verstoßen, um einen Mörder zu überführen!«, brauste Lazarus auf.

»Das ist mir gleichgültig.« Der Hauptmann gab seinen Männern ein Zeichen, woraufhin diese vortraten. »Bringt ihn in den Turm.« Er deutete mit dem Kinn auf Gallus. »Die anderen beiden stehen unter Hausarrest.«

»Aber …«, hob Anna an.

»Kein Aber. Ich werde dem Rat Eure Anschuldigungen vortragen. Die hohen Herren werden entscheiden, was in dem Fall zu tun ist.« Mit diesen Worten ging er zur Tür der Wachstube, öffnete sie und sah mit ausdrucksloser Miene zu, wie Anna, Lazarus und Gallus abgeführt wurden.

Anna hätte vor Wut und Verzweiflung beinahe geweint. Der Griff des Wachmannes war hart, doch die Enttäuschung schmerzte mehr als seine Finger, die sich in ihren Oberarm gruben. Wie hatten sie nur so töricht sein können, anzunehmen, dass der Hauptmann ihre Geschichte glauben würde? Johannes und sein Vater waren viel zu mächtig. Vermutlich stand der halbe Rat in ihrer Schuld, oder es galt das ungeschriebene Gesetz, dass eine Krähe der anderen kein Auge aushackte. Da es keinen Sinn hatte, sich gegen den Soldaten zu wehren, folgte sie ihm widerstandslos zum Beginenhof, wo sie unsanft durchs Tor befördert wurde. Ein Teil von ihr war froh, nicht zu Jakob gebracht worden zu sein, ein anderer schämte sich für das, was in der Zwischenzeit vorgefallen war.

Ehe sie sich Worte zurechtlegen konnte, um ihre Abwesenheit zu erklären, stürmten zwei Beginen auf sie zu und schlossen sie in die Arme.

»Wo warst du nur?«, fragte die eine.

»Geht es dir gut?«

»Warum steckst du in diesen Kleidern?«

»Was ist dir widerfahren?« Eine der Schwestern

berührte Annas Gesicht, auf dem sich von Johannes' Hieb ein Bluterguss gebildet hatte.

»Die Meisterin war krank vor Sorge. Sie hat befürchtet, dass man dir den Prozess machen will.«

Der herzliche Empfang sorgte nur dafür, dass Anna sich noch schlechter fühlte. Sie hatte ihre Schwestern im Stich gelassen, war Jakob gefolgt und hatte die Beginentracht abgelegt. Sie verdiente die Freude nicht, mit der man sie begrüßte. Sie ließ sich von den Frauen auf eines der Wohngebäude zuschieben, in dem sich der Gemeinschaftsraum befand. Dort saßen die anderen Schwestern bei der Handarbeit, während die Meisterin aus einem dicken Buch vorlas.

Als Anna den Raum betrat, hielt sie inne und klappte das Buch zu. »Schwester Anna! Wie schön, dass du zurück bist.« Sie kam auf Anna zu und sah ihr fragend in die Augen.

»Es ist etwas Schreckliches vorgefallen«, sagte Anna. Sie hatte keine Wahl. Wenn sie der Meisterin nicht reinen Wein einschenkte, würden ihre Feinde im Rat das Vorgefallene vielleicht gegen sie und die Sammlung verwenden. Erst jetzt wurde ihr bewusst, dass sie durch ihre Neugier die Schwestern vielleicht noch mehr in Gefahr gebracht hatte.

Die Meisterin fasste sie beim Arm. »Komm mit in meine Schreibstube«, sagte sie. Offenbar sah sie Anna an, dass sie ihr Herz nicht vor allen Anwesenden erleichtern wollte. In der Stube angekommen, schloss sie die Tür und drückte Anna auf einen Schemel. »Was ist passiert?«

Obwohl Anna beim strengen Ausdruck der Meisterin der Mut sank, erzählte sie ihr alles, bis hin zu ihrer Flucht mit Lazarus und Gallus.

»Bruder Lazarus ist dir zu Hilfe gekommen?«, fragte die Meisterin ungläubig. »Ohne Erlaubnis des Magisters Hospitalis?«

Anna nickte.

»Das wird dem Orden nicht gefallen.« Die Meisterin betrachtete Anna nachdenklich, ehe sie schließlich sagte: »Was du getan hast, war sehr töricht. Unsere Aufgabe ist die Versorgung der Kranken und Notleidenden«, wiederholte sie, was sie schon bei Annas letztem Gespräch mit ihr gesagt hatte. »Gott hält seine Hand über uns und bewahrt uns vor allem Übel. Allerdings hast du durch deine Torheit vermutlich dafür gesorgt, dass die Stimmen im Rat gegen uns noch lauter werden.« Sie seufzte. »Ich hatte gehofft, die Angelegenheit würde irgendwann im Sande verlaufen.«

Anna sah sie ungläubig an. »Aber der Magister Hospitalis …!«

»Ich werde mir eine Buße für dich überlegen, Kind«, unterbrach die Meisterin sie. »Und jetzt geh in deine Kammer und bitte Gott um Vergebung für deine Zweifel an seiner Barmherzigkeit.«

Anna glaubte, ihren Ohren nicht zu trauen. Waren denn alle von Sinnen? Begriff niemand, dass ein Mörder frei herumlief? Was würde Gott unternehmen, um den Bürgermeister und Johannes zu bestrafen? Hatte er nicht tatenlos dabei zugesehen, wie Englin ermordet worden war? Sie senkte den Kopf und schlug ein Kreuz vor der Brust. Die Meisterin hatte recht. Ihre Zweifel waren lästerlich. Alles, was geschehen war, war Gottes Wille. Wenn sie ihren Glauben aufgab, hatte sie keinen Platz mehr in der Sammlung. Mit einer gemurmelten Entschuldigung erhob sie sich, verließ die Stube und machte sich auf den Weg zu ihrer Kammer.

Kapitel 62

Ulm, April 1412

DIE VORLADUNG VOR DEN RAT erreichte Anna zwei Tage später durch einen Ratsknecht. Feierlich überreichte er ihr eine Rolle, die mit dem Siegel der Stadt versehen war. Dann führte er sie zum Rathaus, wo Lazarus und Gallus bereits in der Halle warteten. Sobald auch Anna den großen Vorraum betreten hatte, kamen mehrere Gerichtsdiener auf sie zu und bedeuteten ihnen, die Treppen ins Obergeschoss zu erklimmen. Flankiert wurden sie von zwei bewaffneten Stadtwächtern. Mit einem furchtbaren Gefühl im Bauch folgte Anna den Männern zur Ratsstube, in der bereits der gesamte Stadtrat versammelt zu sein schien. Am Kopfende des getäfelten Raumes thronten der Bürgermeister und die Beisitzer auf einem Podest, vor dem Johannes und der zweite Bürgermeister sowie ein weiterer, protzig gekleideter Mann standen. Die beiden Knechte des Bürgermeisters wurden etwas abseits von Soldaten bewacht.

Die Blicke der Anwesenden erschienen Anna feindselig und misstrauisch, das Tuscheln unheilvoll. Selbst ihr Bruder Jakob musterte sie mit unverhohlener Missbilligung, weshalb sie hastig den Blick senkte. Als sie das Kopfende der Stube erreichten, bedeutete ihnen der erste Bürgermeister, unter einem der Wappen an der Wand Platz zu nehmen. Dann hob er die Hand und bat um Ruhe. Er wandte sich an Johannes und seinen Vater. »Euch wird von diesen Zeugen zur Last gelegt, mindestens zwei Frauen getötet zu haben. Zudem wird Euch vorgeworfen, die Leichen der Frauen in die Gräth geschafft und Euren Knechten befohlen zu haben, den Zimmermann Konrad, Zöllner und Wächter in der Gräth, zu vergiften.« Er machte eine bedeutungsvolle Pause. »Außerdem sollt Ihr zwei der anwesenden Zeugen auf Euer Anwesen in Stetten verschleppt und dort gefangen gehalten haben. Ihr habt das Recht auf einen Prokurator, der Euch vor diesem Gericht verteidigt.« Sein Blick wanderte zu dem Mann, der neben Johannes und seinem Vater stand. Dieser verneigte sich.

»Gesteht Ihr die Taten, die Euch vorgeworfen werden?«, fragte der Vorsitzende.

»Nein«, erwiderte Johannes mit fester Stimme.

Sein Vater schüttelte heftig den Kopf.

»Die Beschuldigten fordern, sich durch einen Eid zu reinigen«, meldete sich der Prokurator zu Wort.

»Ich fürchte, das wird in diesem Fall nicht ausreichen«, erwiderte der Vorsitzende. »Die Anschuldigungen sind zu schwerwiegend.«

»Dann zweifle ich die Redlichkeit der Zeugen an«, fuhr der Prokurator unbeirrt fort. Er zog die Anklageschrift, die den Beschuldigten durch einen Büttel zugestellt worden sein musste, aus seiner Schecke hervor. »Wir haben hier«, sein Blick wanderte zu Anna, Lazarus und Gallus, »eine Begine, die unter Hausarrest steht, einen Ordensbruder, der sich unerlaubt aus seinem Orden entfernt hat, und einen Fahrenden, der der Stadt verwiesen wurde.« Er fuchtelte mit der Anklageschrift in der Luft herum.

Ein Raunen ging durch die Reihen.

»Ich gehe sogar noch weiter und behaupte, dass diese drei die Verbrechen begangen haben und sie redlichen, unbescholtenen Bürgern in die Schuhe schieben wollen.«

»Das ist eine infame Lüge!«, erboste sich Lazarus. Er sprang von seinem Sitz auf.

»Schweigt, bis Ihr gefragt werdet!«, herrschte der Vorsitzende ihn an.

»Diese drei gestehen nicht nur, in die Gräth eingebrochen zu sein, sondern auch in das Haus des zweiten Bürgermeisters«, stellte der Prokurator mit einem Blick in die Anklageschrift fest. »Wie könnt Ihr annehmen, dass derlei Volk Glauben zu schenken ist?«

»Er ist ein Mann Gottes«, mischte sich einer der Ratsherren mit Blick auf Lazarus ein.

»Er ist ein Mann, der die Regeln seines Ordens missachtet und aus dem Arrest geflohen ist«, berichtigte der Prokurator ihn. »Wir fordern, dass die Zeugen der peinlichen Befragung unterzogen werden, da wir sie im Gegenzug des Verbrechens bezichtigen, das sie anderen vorwerfen!«

Anna stieß einen spitzen Schrei aus.

»Das ist doch eine Ungeheuerlichkeit!«, meldete sich Annas Bruder Jakob zu Wort. Er war von seinem Sitz aufgesprungen. »Wenn jemand der peinlichen Befragung unterzogen werden sollte, dann sind es die Beschuldigten!« Er zeigte auf Johannes und seinen Vater. »Oder deren Knechte, die der Mithilfe bezichtigt werden. Meine Schwester ist nicht nur eine Begine, sie ist auch eine Ehinger! Bedenkt, wen Ihr vor Euch habt!«

»Ach!«, schnaubte Johannes. »Das solltet Ihr ebenfalls nicht vergessen. Mein Vater ist der zweite Bürgermeister!«

»Ruhe!«, donnerte der Vorsitzende. »Wenn Ihr nicht augenblicklich schweigt, lasse ich Euch alle verhaften!«

Sein Gesicht hatte die Farbe reifer Kirschen. »Gibt es weitere Zeugen?«

»Eine junge Gänsemagd hat gesehen, wie er«, Lazarus zeigte auf den Knecht Jobst, »sich unerlaubt ins Spital geschlichen hat – an dem Tag, an dem der Zimmermann Konrad vergiftet wurde.«

»Ist das wahr?«, wollte der Vorsitzende wissen.

Lazarus nickte.

»Habt Ihr irgendwelche Beweise für die Anschuldigungen gefunden?«, wandte sich der Vorsitzende an den Hauptmann der Wache, der ebenfalls anwesend war.

»Wir haben auf Euren Befehl das Gut in Stetten durchsucht«, gab dieser zurück.

»Was?«, empörte sich Johannes. »Was erlaubt Ihr Euch?«

»Schweigt!«

Johannes verschränkte mit grimmiger Miene die Arme vor der Brust und funkelte den Hauptmann an.

»Es gibt dort in der Tat einen Kellerraum, der den Anschein einer Zelle erweckt«, fuhr dieser fort. »Auch einige Frauenkleider. Allerdings deutet nichts darauf hin, dass dort einem Opfer Gewalt angetan wurde.«

»Hedwig«, murmelte Johannes' Vater.

»Seid still!«, ermahnte ihn der Prokurator.

»Wer ist Hedwig?«, erkundigte sich der Vorsitzende.

»Niemand«, versuchte Johannes abzuwiegeln.

»So hieß seine verstorbene Frau«, mischte sich einer der Ratsherren aus den hinteren Reihen ein. »Sie ist vor Jahren an einem Fieber gestorben.«

Alle Augen im Raum richteten sich auf Johannes' Vater. Der starrte blicklos geradeaus und schien die Aufmerksamkeit nicht zu bemerken.

»Die wichtigste Frage ist doch«, sagte der Prokurator nach einigen Augenblicken des Schweigens, »warum die Angeklagten die Taten begangen haben sollten, die ihnen vorgeworfen werden. Was für einen Grund sollten sie als unbescholtene Patrizier und Ratsherren dieser Stadt gehabt haben, solche Abscheulichkeiten zu begehen?«

»In der Tat«, pflichteten einige Anwesende ihm bei. »Warum?«

»Ist es nicht die Aufgabe des Gerichtes, das herauszufinden?«, meldete sich Jakob erneut zu Wort.

»Das ist es«, stimmte der Vorsitzende ihm zu. »Dennoch muss sichergegangen werden, dass die Anschuldigungen der Wahrheit entsprechen.« Er wandte sich Anna, Lazarus und Gallus zu.

Ehe er sagen konnte, was Anna befürchtete, verließ ihr Bruder jedoch seinen Platz, trat nach vorn und verkündete: »Dieser Prozess ist unzulässig! Ich fechte dieses Verfahren an!«

»Was soll das?«, brauste der Vorsitzende auf.

»Ihr wollt den Spieß einfach umdrehen«, herrschte Jakob den Prokurator an. »Der Leumund meiner Familie ist mindestens ebenso gut wie der der Beschuldigten! Ich werde nicht zulassen, dass der Name meiner Familie in den Schmutz gezogen wird!«

»Beruhigt Euch«, ermahnte ihn der Vorsitzende.

»Ich fechte diesen Prozess an«, wiederholte Jakob mit fester Stimme. »Dieser Mann dort«, er zeigte auf einen der Beisitzer, »ist in der Acht!«

Die Ruhe im Saal war dahin. Plötzlich riefen mehrere Männer durcheinander und es entstand ein Aufruhr am hinteren Ende der Ratsstube.

»Ruhe!«, dröhnte der Vorsitzende.

Doch die aufgebrachten Ratsmitglieder hörten nicht auf ihn.

»Schafft sie fort!«, hörte Anna den Vorsitzenden befehlen und wenig später wurden sie, Lazarus und Gallus von zwei Stadtwächtern aus dem Saal geführt.

Einen Moment lang fürchtete sie, dass man sie in den Turm werfen würde. Doch die Soldaten brachten sie lediglich zur Wachstube, wo sie auf einer harten Bank Platz nahmen, um zu warten, was geschehen würde.

Kapitel 63

Ulm, April 1412

»Das lief nicht so, wie ich es mir vorgestellt hatte«, brummte Lazarus. Er lehnte sich mit dem Rücken gegen die Wand und verzog das Gesicht.

»Ich hatte euch gewarnt«, brummte Gallus. »Allerdings hätte ich nicht gedacht, dass man euch beiden ebenso übel mitspielt.«

»Was wird jetzt geschehen?«, fragte Anna bange. Sie hatte das Gefühl, ein zentnerschweres Gewicht drücke auf ihre Brust. Die Furcht vor dem, was der Vorsitzende angedroht hatte, war überwältigend. Auch wenn sie wusste, dass sie auf Gott vertrauen sollte, ließ die Angst ihr Herz erkalten.

»Es wird alles gut«, versuchte Lazarus, sie zu beruhigen. Allerdings schien er selbst nicht besonders überzeugt davon zu sein.

»Ihr solltet besser nicht so viel reden«, riet Gallus mit einem Blick auf die Wachen. »Wer weiß, welche Worte man uns sonst in den Mund legt.«

Anna sah furchtsam zu den Bewaffneten, die sie misstrauisch im Auge behielten. Dann legte sie die Hand auf das Kruzifix an ihrem Hals und fing an zu beten.

Lange Zeit saßen sie schweigend da, und als schließlich der Hauptmann aus dem Rathaus zurückkehrte, zuckte Anna furchtsam zusammen. Sie warf Lazarus einen hilfesuchenden Blick zu.

Der drückte ihre Hand, erhob sich und fragte: »Was hat das Gericht beschlossen?«

Der Hauptmann zuckte die Achseln. »Noch nichts. Ihr werdet bis zu einer Entscheidung wieder unter Arrest gestellt.«

»Was? Ich soll wieder in den Turm?«, erboste sich Gallus.

»Sei froh, dass wir dich nicht direkt in die Folterkammer stecken«, gab der Hauptmann ungerührt zurück.

»So ein Mist!« Gallus schüttelte ärgerlich den Kopf. »Ich hätte mich einfach davonmachen sollen.«

Anna kam mit weichen Knien auf die Beine und warf Lazarus einen letzten Blick zu. Dann ließ sie sich von einem Wächter zur Tür führen und zurück in die Beginensammlung bringen.

Dort verbrachte sie den Rest des Tages und die halbe Nacht auf den Knien, um Gott um Hilfe anzuflehen. Wenn es nur um ihr eigenes Leben ginge, würde sie die Buße mit Freuden tragen. Doch Lazarus hatte eine solch fürchterliche Strafe nicht verdient. Er hatte ihr das Leben gerettet. Wenn er nicht gewesen wäre …

Am nächsten Morgen hatte sie kaum das Frühstück beendet, als einer der Männer, die den Hausarrest der Beginen überwachten, einen Besucher in den Hof führte.

»Jakob!«, begrüßte Anna ihn. Sein ernstes Gesicht brachte die Furcht zurück.

»Es gibt Neuigkeiten«, sagte ihr Bruder mit ernster Miene.

Anna hielt den Atem an. Warteten draußen Männer, um sie ins Loch zu werfen? War ihr Schicksal besiegelt?

»Die Anklage wurde fallengelassen.«

Anna glaubte, nicht richtig gehört zu haben. »Wie meinst du das?«

»Die Anklage gegen Johannes und seinen Vater wurde fallengelassen«, wiederholte Jakob.

»Aber …«

»Seine beiden Knechte werden der peinlichen Befragung unterzogen. Anscheinend sind *sie* für die Verbrechen verantwortlich.«

Anna öffnete den Mund, um etwas zu erwidern, doch ihr fehlten die Worte.

»Der zweite Bürgermeister wurde seines Amtes enthoben, da sein Geist seit einiger Zeit vernebelt zu sein scheint«, fuhr Jakob fort.

»Aber ich war dort!«, protestierte Anna, als sie die Sprache wiederfand. »Es waren Johannes und sein Vater! *Sie* sind die Mörder!«

»Das solltest du besser nie wieder in der Öffentlichkeit behaupten«, warnte Jakob sie.

»Das ist Unrecht!«, stieß Anna hervor.

»Es war der einzige Weg, dein Leben zu retten!«, knurrte Jakob.

Anna schüttelte den Kopf.

»Das sind nicht die einzigen Nachrichten, die ich bringe«, sagte Jakob.

Anna runzelte die Stirn.

»Da der zweite Bürgermeister einer derjenigen war, mit denen der Magister Hospitalis sich gegen eure Sammlung verschworen hat …«

Anna keuchte auf. »Sind wir …?«

»Der Hausarrest ist aufgehoben«, erklärte Jakob. »Der Rat wird einen neuen Vertrag aufsetzen, in dem er sich ausdrücklich zum Schutz der Beginen verpflichtet.«

»Dem Herrn sei Dank!«, murmelte Anna und presste die Hand auf ihr Kruzifix. Dann sah sie zu Jakob auf. »Du bist für uns eingetreten, nicht wahr?«

Er legte den Kopf zur Seite.

»Warum? Ich dachte, du verabscheust die Tatsache, dass ich eine Begine bin.«

Er lachte freudlos. »Nachdem sich der letzte Mann, mit dem ich dich verheiraten wollte, als Verbrecher herausgestellt hat, bin ich davon ausgegangen, dass du weiterhin in der Sammlung bleiben willst.«

Anna schossen Tränen der Erleichterung in die Augen. Sie griff nach Jakobs Händen. »Ich danke dir von Herzen«, sagte sie mit erstickter Stimme. »Ich werde dich und Ella in meine Gebete einschließen.«

Jakob lächelte schief.

»Was wird aus Lazarus?«, fragte Anna nach einigen Augenblicken. »Zürnt ihm der Magister Hospitalis noch?«

»Das weiß ich nicht«, entgegnete Jakob. »Das wirst du ihn selbst fragen müssen.«

Epilog

Ulm, Juni 1412

Sechs Wochen waren vergangen, seit man Gallus aus dem Turm entlassen hatte. Noch immer konnte er sein Glück kaum fassen, besonders wenn er sich in dem zwar kleinen, aber sauberen Zimmer umsah, das er inzwischen gemietet hatte. Seine Sackpfeife hing an einem Haken neben der Tür, wo er auch seine neue Tracht aufbewahrte. Als frischgebackener Stadtpfeifer gehörte es zu seinen Aufgaben, bei Hochzeiten und Hinrichtungen zu spielen, und der heutige Tag war ein ganz besonderer. Denn an diesem Morgen würden die beiden Knechte, die ihn beinahe umgebracht hätten, den Tod durch den Strang finden.

Mit frohem Herzen zog er sich die bunte Tracht an, schulterte seine Sackpfeife und verließ mit einer Melodie auf den Lippen sein Zimmer. In der Stadt wimmelte es bereits von Schaulustigen, die zum Rathaus strömten, vor dem die Verurteilten vor ihrer Hinrichtung mit Ruten geprügelt werden würden. Gallus reihte sich in den Strom der Gaffer ein und genoss die Wärme der Sonne auf der Haut. Diese stach aus einem wolkenlosen Himmel, an einem Tag, der viel zu schön war zum Sterben. Ein Lächeln huschte über sein Gesicht, als eine hübsche junge Magd ihm einen bewundernden Blick zuwarf. Anscheinend meinte das Glück es ausnahmsweise gut mit ihm, weshalb er jeden Augenblick auskosten würde, der sich ihm bot. Zwar hatte sich sein Traum vom großen Geld vorerst zerschlagen, doch die Anstellung als Pfeifer bot ihm gewiss Möglichkeiten, sich doch noch eine reiche Witwe anzulachen. Er drängte sich durch die Menschenmenge zum Eingang des Rathauses, wo die anderen Musiker bereits versammelt waren. Die Verurteilten waren vom Loch in die Wachstube gebracht worden, nachdem ihnen ein Pfaffe die Beichte abgenommen hatte. Als sich die Tür der Stube öffnete und der Henker ins Freie trat, gab einer der Stadtbüttel Gallus und den anderen Musikern ein Zeichen.

Begleitet vom Gebrüll der Schaulustigen und der Musik der Pfeifer, riss der Henker den beiden Verurteilten das Büßergewand vom Leib und begann, mit Ruten auf sie einzuschlagen. Beide wurden an einen Karren gebunden, der von einem alten Gaul zur Richtstätte gezogen wurde. Dort lehnte bereits eine Leiter am Galgen, an den einer der Henkergehilfen zwei brandneue Stricke geknüpft hatte.

Mit blutigen Rücken taumelten die beiden Knechte auf die hölzerne Plattform zu, wo man ihnen einen Sack über den Kopf stülpte.

»Fahrt zur Hölle!«, brüllte jemand aus der Menge und sprach Gallus damit aus dem Herzen.

Als der Henker ein Zeichen gab, setzten die Pfeifer ihre Instrumente ab und die Menge verstummte.

»Hiermit wird das Urteil wegen Entführung und Mordes vollstreckt!«, posaunte ein Büttel. Er gab dem Henker ein Zeichen.

Daraufhin packte dieser einen der beiden Verurteilten, zerrte ihn unter den Galgen und legte ihm den Strick um den Hals.

»Bitte! Habt Erbarmen!«, erklang die durch den Sack gedämpfte Stimme des Mannes.

Doch der Henker betätigte, ohne zu zögern, einen Hebel, woraufhin sich die Luke unter den Füßen des zum Tode Verurteilten öffnete.

~

Anna spürte Beklemmung in sich aufsteigen, als sie an diesem sonnigen Sommermorgen die Sammlung verließ. Die letzten Wochen hatte sie im Beginenhof mit der Buße verbracht, die die Meisterin ihr auferlegt hatte. Und heute war der erste Tag, an dem sie die schützenden Mauern wieder verließ. Das Erlebte saß immer noch tief, bereitete ihr Alpträume und ließ sie schreckhaft zusammenzucken, wann immer ein lautes Geräusch ertönte. Die ersten Tage nach dem Prozess war sie immer wieder schweißgebadet aus dem Schlaf aufgeschreckt, in dem sie gegen gesichtslose Geister angekämpft hatte.

»Ihr seid in Sicherheit«, hatte Jakob mehrfach beteuert. »Der Rat wird sich weiterhin hinter euch stellen.«

Anna hoffte, dass er recht behielt. Sie umklammerte ihren Korb fester und eilte in Richtung Spital, in dem sie wie gewohnt ihren Aufgaben nachgehen würde. Auf dem Weg dorthin drang das Geschrei der Menge an ihr Ohr, die sich auf dem Richtplatz versammelt hatte. Nur mühsam widerstand sie der Versuchung, sich die Hände auf die Ohren zu pressen, um die aufgebrachten Rufe nicht hören zu müssen. Die Tatsache, dass die wahren Schuldigen nicht bestraft worden waren, nagte an ihr. Allerdings hatte sie gehört, dass Johannes seinen Vater ins Narrenhäuslein gesteckt hatte – eine Strafe, die vermutlich nicht viel besser war als die Turmhaft. Gott würde dafür sorgen, dass auch Johannes bekam, was er verdiente, auch wenn es im Augenblick nicht danach aussah. Denn der Sohn des Bürgermeisters war auf dem besten Weg, seinen Vater im Rat zu ersetzen, hatte Jakob sie wissen lassen.

Mit gesenktem Kopf eilte sie am Predigerkloster vorbei und atmete auf, als sie das Tor des Heilig-Geist-Spitals erreichte. Nachdem der Torhüter sie hatte passieren lassen, ging sie zur Dürftigenstube, in der Hoffnung, Lazarus dort anzutreffen. Sie konnte es kaum erwarten, ihn wiederzusehen.

»Schwester Anna, wie schön, dich zu sehen!«, begrüßte eine der Mägde sie, als sie die Stube betrat. »Wir hatten schon befürchtet …« Sie errötete.

Anna ging nicht auf die Anspielung ein. »Wo ist Bruder Lazarus?«, fragte sie.

Die Augen der Magd weiteten sich. »Hast du es noch nicht gehört?«

Anna schüttelte den Kopf. »Was soll ich gehört haben?«

»Er ist nach Rom beordert worden.«

Anna hatte das Gefühl, der Boden würde sich unter ihr auftun.

»Was?«, hauchte sie.

»Er ist nach Rom gereist. Offenbar soll er den Oberen des Ordens dort Rede und Antwort stehen.«

Anna stellte ihren Korb ab. Plötzlich schien sich der Raum um sie zu drehen. Lazarus war fort! Damit hatte sie nicht gerechnet. Wie sollte sie jetzt nur weiterleben?

Nachwort

DEUTSCHLAND ERLEBTE ZU BEGINN des 15. Jahrhunderts eine unruhige Epoche. Die seit Karl dem Großen gesamteuropäisch orientierte Reichspolitik war Vergangenheit. In Europa entwickelten sich die Nationalstaaten und im Deutschen Reich selbst schwand die kaiserliche Zentralgewalt zugunsten mächtiger Landesfürsten und Freier Reichsstädte.

Wirtschaftliche, soziale und religiöse Spannungen nahmen zu, die Folgen waren Raubrittertum, Bauernunruhen und kirchenkritische Reformbewegungen.

Fernhandel, Kaufmannschaft und Handwerk waren die neuen Kräfte, die an die Stelle von Grundherrschaft und Landwirtschaft traten und die gesellschaftliche Entwicklung vorantrieben.

Und diese Kräfte gediehen vor allem in den unabhängigen Freien Reichsstädten, die nur dem Kaiser untertan waren. Ein gutes Beispiel für diesen historischen Umbruch war die reiche und mächtige Stadt Ulm.

Das 15. Jahrhundert brachte für die freie Reichsstadt Ulm den Höhepunkt ihrer Macht. Die Stadt war nicht nur einer der wichtigsten Umschlagplätze für Eisen, Holz und Wein, der berühmte Ulmer Barchent – ein Mischgewebe aus Baumwolle und Leinen – wurde in Venedig, Genua, Genf, Lyon, den Niederlanden und sogar in England verkauft. Die städtischen Kaufherren besaßen Niederlassungen an allen wichtigen Handelsplätzen der Welt. Der Wohlstand der Ulmer spiegelte sich auch im Besitz der Stadt wider, da Ulm neben den Städten Geislingen, Albeck und Leipheim auch fünfundfünfzig Dörfer besaß. Keine andere Reichsstadt außer Nürnberg hatte jemals ein solch großes Stadtgebiet.

Nachdem die bürgerkriegsähnlichen Auseinandersetzungen zwischen den Handwerker-Zünften und dem kaufmännischen Patriziat der Stadt zuerst mit dem *Kleinen Schwörbrief* (1345) und schließlich mit dem *Großen Schwörbrief* (1397) beigelegt worden waren, gewannen die Zünfte mehr und mehr an Macht. Das Patriziat hatte nur noch zehn von vierzig Sitzen im Großen Rat und wurde zusehends in den Hintergrund gedrängt.

Aus diesen alten und vornehmen Familien stammte ein Großteil der seit 1230 in Ulm beurkundeten Beginen. Die unabhängigen und gebildeten Frauen mussten sich in die »Sammlung« einkaufen und waren nicht zur lebenslangen Ehelosigkeit verpflichtet. Es stand ihnen jederzeit frei, aus der Gemeinschaft auszutreten, um eine Familie zu gründen. Neben den Brüdern des Heilig-Geist-Ordens waren es die Beginen, die seit dem 13. Jahrhundert kranke und andere hilfsbedürftige Menschen betreuten.

Da das Beharren der Beginen auf Unabhängigkeit und Eigenverantwortung für die Gestaltung des religiösen Lebens in ihren Gemeinschaften höchstes Misstrauen erweckte, wurden die Frauen immer wieder als Ketzerinnen verdächtigt und angeklagt. Im Jahr 1311 wurde das freigeistige Beginentum auf dem Konzil in Vienne schließlich verboten. Daher beschloss die Sammlung in Ulm im Jahr 1313, sich dem Orden der Franziskaner anzuschließen, allerdings mit einem selbstverfassten Text für die Anschlussurkunde. De facto behielten sie durch diesen Schachzug ihre Unabhängigkeit und konnten ihr religiöses

Leben und ihre geschäftlichen Aktivitäten ungestört fortsetzen. Zu Beginn des 15. Jahrhunderts besaßen die Beginen nicht nur das große Anwesen der Sammlung in der Frauenstraße, sondern Wald, Ackerland, Höfe und sogar ein ganzes Dorf, über das sie die kleine Gerichtsbarkeit ausübten.

Dass derlei unabhängige und mächtige Frauen das Missfallen vor allem der Zunftmeister auf sich zogen, versteht sich von selbst. Denn durch den am 30. Juni 1377 begonnenen Bau des Ulmer Münsters gewannen die Handwerker noch mehr Macht in der Stadt. Obwohl Ulm zu dieser Zeit lediglich 10.000 Einwohner besaß, wurde der gewaltige Kirchenbau für die doppelte Anzahl an Menschen konzipiert. Als Werkmeister wurde Ulrich von Ensingen verpflichtet, einer der bedeutendsten Kirchenarchitekten der damaligen Zeit. Von 1392 bis 1417 unterstand ihm die Bauhütte, der heutige Turm geht auf seinen Entwurf zurück. Außer am Ulmer Münster wirkte er am Mailänder Dom und am Straßburger Münster mit. Er kann ohne weiteres mit einem heutigen Stararchitekten verglichen werden, der dank seiner genialen durchbrochenen Turmkonstruktionen in der ganzen damals bekannten Welt berühmt war.

Reichtum und bittere Armut lagen in Ulm dicht beieinander. Einerseits konnte der Bau des Münsters allein durch Spenden der Bürger finanziert werden, andererseits wären ohne die Beginen und die Brüder des Heilig-Geist-Spitals zahllose Menschen elendig zu Grunde gegangen. Denn im Spital kümmerte man sich nicht nur um Kranke, sondern auch um Arme, Waisen und alte Menschen, die sich keine Pflege leisten konnten.

Silvia Stolzenburg, Mai 2018

Bibliografie

Bookmann, Hartmut et.al.: *Mitten in Europa: Deutsche Geschichte.* Berlin: Goldmann Verlag, 1990.

Fabri, Felix: *Traktat über die Stadt Ulm. Übersetzt und kommentiert von Folker Reichert.* Bibliotheca Alemannica Bd.1. Norderstedt: Books on Demand, 2014.

Halbfas, Hubertus: *Die Bibel.* Düsseldorf: Patmos Verlag, 2001.

Isenmann, Eberhard: *Die deutsche Stadt im Mittelalter 1150–1550: Stadtgestalt, Recht, Verfassung, Stadtregiment, Kirche, Gesellschaft, Wirtschaft.* Köln: Böhlau Verlag, 2012.

Jones, Peter Murray: *Heilkunst des Mittelalters in illustrierten Handschriften.* Stuttgart: Belser Verlag, 1999.

Kollesch, Jutta; Nickel, Diethard (Hrsg.): *Antike Heilkunst: Ausgewählte Texte aus den medizinischen Schriften der Griechen und Römer.* Stuttgart: Philipp Reclam, 2007.

Lang, Stefan: *Vom Ulmer Heilig-Geist-Spital zur Hospital-Stiftung: 770 Jahre Hospitalstiftung Ulm 1240–2010.* Ulm: Verlag Klemm & Oelschläger, 2010.

Leven, Karl-Heinz (Hrsg.): *Antike Medizin: Ein Lexikon.* München: C.H. Beck, 2005.

Link, Otto: *Alt-Ulm: Ein Stadtbild von Otto Link.* Tübingen: Alexander Fischer Verlag, 1924.

Petershagen, Wolf-Henning: *Ulms Straßennamen: Geschichte und Erklärung.* Stuttgart: Kommissionsverlag W. Kohlhammer, 2017.

Reddig, Wolfgang F.: *Bader, Medicus und Weise Frau: Wege und Erfolg der mittelalterlichen Heilkunst.* München: Battenberg Verlag, 2000.

Schulz, Ilse: *Verwehte Spuren: Frauen in der Stadtgeschichte.* Ulm: Süddeutsche Verlagsgesellschaft, 2005.

Stadtarchiv Ulm (Hrsg.): *StadtMenschen. 1150 Jahre Ulm: Die Stadt und ihre Menschen.* Ulm: Ebner Verlag, 2004.

Strehlow, Wighard: *Hildegargd-Heilkunst von A–Z.* Hamburg: Nikol Verlagsgesellschaft, 2012.

Ulmer Museum: Reinhard, Brigitte; Roller, Stefan (Hrsg.): *Das alte Ulm: Grafik, Zeichnungen, Modelle.* Ulm: Süddeutsche Verlagsgesellschaft, 2005-2006.

Ulmer Museum: Reinhard, Brigitte; Schulz, Ilse (Hrsg.): *Ulmer Bürgerinnen, Söflinger Klosterfrauen in reichsstädtischer Zeit.* Ulm: Süddeutsche Verlagsgesellschaft Ulm, 2003.

Unger, Helga: *Die Beginen: Eine Geschichte von Aufbruch und Unterdrückung der Frauen.* Freiburg: Verlag Herder, 2005.

Vogt-Lüerssen, Maike: *Der Alltag im Mittelalter.* Norderstedt: Books on Demand, 2006.

Vogt-Lüerssen, Maike. *Zeitreise 1: Besuche einer spätmittelalterlichen Stadt.* Norderstedt: Books on Demand, 2005.

Wortmann, Reinhard. *Das Ulmer Münster. Große Bauten Europas Bd.4.* Stuttgart: Verlag Müller und Schindler, 1972.

Weitere Titel finden Sie auf den folgenden Seiten und im Internet:

WWW.GMEINER-VERLAG.DE

Historische Romane von Silvia Stolzenburg:

Die Salbenmacherin
ISBN 978-3-8392-1731-3
ISBN 978-3-8392-0253-1 **(TB)**

Die Salbenmacherin und der Bettelknabe
ISBN 978-3-8392-1910-2
ISBN 978-3-8392-0254-8 **(TB)**

Die Salbenmacherin und die Hure
ISBN 978-3-8392-2157-0

Die Salbenmacherin und der Engel des Todes
ISBN 978-3-8392-2423-6

Die Salbenmacherin und der Stein der Weisen
ISBN 978-3-8392-2706-0

Die Salbenmacherin und der Fluch des Teufels
ISBN 978-3-8392-0017-9

Die Meisterbanditin
ISBN 978-3-8392-2301-7

Die Flucht der Meisterbanditin
ISBN 978-3-8392-2530-1

Die Begine von Ulm
ISBN 978-3-8392-2552-3

Die Begine und der Siechenmeister
ISBN 978-3-8392-2814-2

Die Begine und der Turm des Himmels
ISBN 978-3-8392-2814-2

Die Begine und der lebende Tote
ISBN 978-3-8392-0248-7

Die Begine und die Zauberin
ISBN 978-3-8392-0340-8

Die Begine und der Feuerteufel
ISBN 978-3-8392-0467-2

Die Begine und der Sterndeuter
ISBN 978-3-8392-0766-6

Das Pestmädchen
ISBN 978-3-8392-0840-3

Das Pestmädchen und der Medicus
ISBN 978-3-8392-0852-6

Alle Bücher von Silvia Stolzenburg finden Sie unter **www.gmeiner-verlag.de**

Thriller von Silvia Stolzenburg:

Mark Becker ermittelt:
1. Fall: Blutfährte
ISBN 978-3-8392-2069-6

2. Fall: Das dunkle Netz
ISBN 978-3-8392-2280-5

3. Fall: Falschspiel
ISBN 978-3-8392-2424-3

Gerda Stauner
Das kleine Hotel am Getreidemarkt
Roman
320 Seiten, 12,5 x 20,5 cm,
Broschur
ISBN 978-3-8392-8086-7

In ihrem charmanten Hotel am Getreidemarkt hat Marille einen wohligen Zufluchtsort für Menschen auf der Suche nach Geborgenheit erschaffen, der sowohl Reisende als auch Kreative magisch anzieht. Sie geht ganz in ihrer Rolle als Hotelbesitzerin auf und merkt dabei nicht, dass ihr bester Freund Ferdinand sich mehr und mehr zu ihr hingezogen fühlt. Als ein junger Mann aus Afghanistan auftaucht und Marille ihm Hilfe anbietet, gerät ihre kleine geschützte Welt ins Wanken. Und dann ist da noch Astrid vom Reisebüro nebenan, die verzweifelt Anschluss sucht. Als deren Bruder plötzlich auf der Matte steht, müssen sie sich alle entscheiden: Ist Freundschaft stärker als Hass?

GMEINER SPANNUNG

WWW.GMEINER-VERLAG.DE
Wir machen's spannend